JN034938

ロキ・レーベヘル
銀髪の探知魔法師で、アルスのパートナー。アルスに全てを捧げる覚悟で、逆境を戦い抜く。
アルス・レーギン
学生身分ながら、ランキング1位の最強魔法師。レティに請われ、バナリス奪還作戦に参加する。

ムジェル
レティの部下。クールな頭脳派で、搦《から》め手が得意戦術。
レティ・クルトゥンカ
陽気で姉御肌の女魔法師。アルスをバナリス奪還任務に誘った裏には、意外な想いが……!?
サジーク
レティの部下。近接戦闘に秀でた、肉体派の魔法師。

「蒼の恒星……
【M2──ポラリス】」

最強魔法師の隠遁計画 10

イズシロ

HJ文庫
860

最強魔法師の
隠遁計画

The Greatest Magicmaster's Retirement Plan

CONTENTS

10

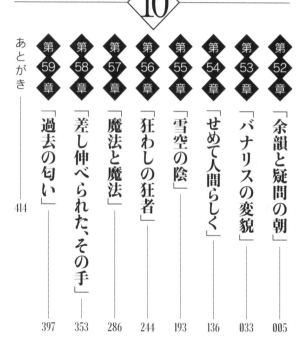

Presented by IZUSHIRO Illustrator MIYUKIRURIA

第52章「余韻と疑問の朝」

閑散《かんさん》として、寂《さび》しさのみに満たされた一室。そこは、学院の研究棟《けんきゅうとう》の最上階だった。最上階に存在するのはこの部屋のみ。実質、フロア丸ごとが一部屋という広さである。

幾《いく》つも設置された嵌《は》め殺《ごろ》しの窓からは、今、ちょうど早朝の日差しが室内に届いているところだ。

だが、ひどく殺風景な室内には、同様に生活感というものがまるでなかった。まず、カーテンやブラインドその他、インテリアの類《たぐい》が圧倒的《あっとうてき》に少ない。

さらに、わずかばかりの机や椅子《いす》といった調度品にも、彩《いろど》りというものが皆無《かいむ》だった。いずれも白もしくは黒、といった雰囲気《ふんいき》で、部屋の主の色の好みというものを、微塵《みじん》も感じさせない。特に不便ではないのだろうが、面白味《おもしろみ》に欠けるというほかはない。

とはいえ、インテリアに関しては、まだ百歩譲《ゆず》って、という部分はあるかもしれない。

現代においては、カーテンなどの調光具は、どちらかというと趣味《しゅみ》の品であって、実用性はもはやあまりないと言えるからだ。しかも、この部屋にある採光窓は、通常の状態と黒塗《スモーク》り状態を任意に変更《へんこう》できる仕組みだ。さらに、調節機能をオートモードにしておくだけで、早朝、日差しの加減によって、自動的に切《き》り替《か》えることすら可能である。住宅設備機器としては広く知られたものだが、今なお、一般《いっぱん》家庭には手の出にくい贅沢《ぜいたく》な設備ではあった。

ちなみに高価という意味ならば、室内に鎮座《ちんざ》する実験機器類もまた、相当な代物《しろもの》ばかりである。一見すれば、素人《しろうと》ですらその価値について、およその想像がつきそうなものばかり。だが、それらがあまり整理もされず、ごちゃごちゃと無造作に配置されているあたりが、この部屋のどこか倉庫めいた印象を、さらに強めているのも否定できない。

それこそ、テスフィアとアリスが暮らす女子寮《じょしりょう》の部屋などと比べれば、まさに雲泥《うんでい》の差がある。彼女《かのじょ》らはもちろん、カーテンなどは大小問わずあらゆる窓に引いており、インテリアにも相応のこだわりを見せ、女子力という点では一切《いっさい》ぬかりがないのだから。

とはいえ、このアルスの研究室も、ほんの一角程度であれば、多少なりとも生活感のある内装を施《ほどこ》されてはいた——それらは主に、ロキの手によるものだ。

もっとも、ロキもセンスという意味では、根っこはアルスとどこか似たところがあり、決して今風とまでは言えないのだが。

とにもかくにも、今は早朝だ。大騒《おおさわ》ぎの後に訪《おとず》れる、嵐《あらし》の後の清々《すがすが》しい早朝である。

そんな——一般女性が見ればどうにもつまらないであろう——無骨そのものの室内に、初心《うぶ》で柔《やわ》らかい光を差し込ませている。

それらは無論、人工太陽による擬似的《ぎじてき》な陽光だが、今では科学と魔力《まりょく》の進歩によって、随分《ずいぶん》と本物に近しいものへと改良されていた。

微《かす》かな陽光は、部屋の中で眠《ねむ》っている三人の少女達《たち》の姿を、そっと照らし出していた。

彼女らは、まさに夜中の談笑中《だんしょうちゅう》に、そのまま意識を途切《とぎ》れさせてしまったかのように、思い思いの格好《かっこう》で眠りについていた。

ほとんど雑魚寝《ざこね》に近いような様相である。眠っているうちに身体《からだ》のどこかを痛めそうなものだが、せめてもの優《やさ》しさなのか、彼女達は皆《みな》、ロキによって、身体にタオルケットを掛《か》けられていたことだけが救いと言える。

やがて。

「ふぁ〜あ、よく寝、たッ!?」

珍《めずら》しく最初に目を覚ましたのは赤毛の少女——テスフィアだった。もっとも、いつもなら透《す》き通《とお》るような艶《つや》のある赤髪《あかがみ》は、今は見る影《かげ》もなくボサボサに乱れている状態である。

まあ、らしいといえばらしいのだが……。

おそらく自室のベッドの上で目覚めたつもりだったのだろう、遠慮《えんりょ》のない大欠伸《おおあくび》をした彼女は、次の瞬間《しゅんかん》、身体の節々の痛みに思わず顔をしかめた。無理もない、三人の中でも、テスフィアだけは本当の意味で、床《ゆか》に直接寝ていたのだ。

続いて身体を起こそうとしたテスフィアは、「うがっ」と奇妙《きみょう》な声を上げて、そのまましばし硬直《こうちょく》してしまった。

「身体が、痛い……」

誰《だれ》かに共感して欲《ほ》しそうな声で、テスフィアはそう発した。どこか、医師にでも訴《うった》えかけるような調子を帯びている。その直後、自分の状況《じょうきょう》に気づくと同時、テスフィアの意識は、身体に掛けられていた見覚えのないタオルケットに向けられた。

そこでようやく、いつの間にか眠ってしまっていたらしい、と彼女は気づく。

テスフィアは重たい瞼《まぶた》を持ち上げ薄《う》っすらと目を開くと、ようやくここがアルスの研究室であることを再認識《さいにんしき》する。それから、ペタンと足をハの字に広げると再び座《すわ》り込み、霧《きり》のかかった頭で、どうにか状況を理解しようと努めた。眠りに落ちた直後のことはどうも思い出せないが、昨日の記憶《きおく》を辿《たど》ることなら、幾分《いくぶん》か容易だったのが救いだろう。

ふと見ると、近くには、なんとも可愛《かわい》らしい寝息《ねいき》を立てているアリスの姿があった。テスフィアとは違《ちが》い、ちゃんと狭《せま》いソファーの上に縮こまるようにして、器用に眠っている。ただ、記憶を鮮明《せんめい》に思い出すまでもなく、昨晩はテスフィア、アリス、シエルの三人に加えて、ロキとアルスもここにいたはずだ。だが、今テスフィアが見つけることができたのは、アリスだけだった。

「ん、シエルは～？」

眠気《ねむけ》に頭を揺《ゆ》らしながら、ここにいない同級生の名を無意識に口にする。

親友のアリスとはそもそも寮《りょう》で同室なので、外泊《がいはく》したとしても二人でいるという状況には、あまり変わりはない。だが、シエルと同じ部屋で寝るというのは、実は初めてのことだった。

とはいえ、女子寮内で、互《たが》いの部屋を訪ねてのパジャマパーティー的なイベントは、さほど珍しいことでもない。そういった女子会的なノリは、年頃《としごろ》の女子が集まれば必然、生まれてくるものなのだ。だが、良家の子女や優等生が集《つど》う学院の風潮もあり、規範《きはん》を重んじる生徒や上級生からは疎《うと》まれる行為《こうい》の一つでもある。そのため部屋間でのお泊《とま》り会は、ごく密《ひそ》かに執《と》り行《おこな》われている、というのが実態である。ただ、それがまた、若い彼女らには程《ほど》よい刺激《しげき》となっていることは否定できない。

そういう訳で、テスフィアも当然、シエルとは女子寮内で交流があるだけでなく、それなりの付き合いもある。ただ、彼女がテスフィアとアリスの部屋に泊りに来たことだけは、意外にも一度もなかったのだ。

未《いま》だ去ってくれない眠気に頭をふらふらと左右に揺らしつつ、ひとまずテスフィアは、そっと目を擦《こす》った。

それから改めて部屋を見渡《みわた》す。ふと視界に飛び込んできたのは、見覚えのある可愛らしいブラウスだった。それは、ずれ落ちたタオルケットの脇《わき》に、そっと広げられていた。

テスフィアは無造作にそれを拾い上げると、訝《いぶか》しげな面《おも》持ちで、目の高さまで持ち上げた。

「なんで、こんなものがここに?」と首を傾《かし》げたテスフィアは、ふと視線を落とす。その先には、テーブルの下でもぞもぞと動く、何かの姿があった。

身体をかがめ、テーブルの下を覗《のぞ》き込んだ先——そこで、テスフィアはシエルを見つけた。乱れた髪を、まるで下ろしたように垂らしているシエルは、タオルケットを首まで持ち上げて、それに包《くる》まるようにして眠っていた。

タイミング良く、というべきか、次の瞬間、シエルはゆっくりと薄暗《うすぐら》いテーブルの下で目を見開いた。

「……おはよう、フィア」

小動物的なイメージを裏切ることなく、シエルは、まるで我慢《がまん》できなかったかのように中途半端《ちゅうとはんぱ》な欠伸《あくび》を一つだけして、呟《つぶや》くように言った。

「おはよう、シエル」

身体を傾《かたむ》けてテーブルの下を覗き込んだまま、というテスフィアの姿勢を除けば、朝の挨拶《あいさつ》としては至極《しごく》無難なものではあったが、残された疑問が一つ。となればこの服は、と未だ半分眠っているかのような頭で、テスフィアは思考を巡《めぐ》らせる。

直後――

ゴンッと、テーブルの天板に、下から勢いよく頭をぶつけた音が響《ひび》いた。

「イタッ」と小さくシエルが叫《さけ》ぶ。同時、彼女の意識から、半ば強制的に眠気がすっかり吹《ふ》き飛《と》ばされたようだ。痛みだけではない、何に気づいたのか、もはやシエルの表情からは、寝起《ねお》きの至福の時間をのんびり味わう余裕《よゆう》は失われていた。

タオルケットに包まりながら器用にテーブルの下から這《は》い出《で》ると、シエルは愛くるしい大きい目を瞬《しばた》かせつつ、ほっそりとした手をテスフィアに伸《の》ばしてきた。

「……返してもらって、いい？」

耳まで真っ赤になりながら、シエルは気まずそうな声で、そう頼《たの》んでくる。

さっきの騒《さわ》がしさが、ソファーでぐっすり眠っていたアリスまでも起こしてしまったようだ。テスフィアと比べれば低血圧でもなく、すぐさま二度寝なんてこともしないのがこの少女だ。まあ、このへんは育った環境《かんきょう》の違いもあるのだろうが、さすがのアリスも、連日の疲労《ひろう》を完全回復させるには至らなかったようで、しばらく意識がはっきりせず、二度三度と、目を瞬かせている。

「二人とも、早いね～」

普段《ふだん》から若干《じゃっかん》のんびりしている彼女だが、これだけのワンフレーズを言い終えるのに、今朝はことさらに時間がかかった。そして、そんなぼんやりとした状態のまま、アリスは目にした光景から感じた疑問を、ごく率直《そっちょく》に口にした。

「ところで、何でシエルは服着てないの？」

「…………」

「え!?　シエル、今、裸《はだか》？」

さっき見つけた服と、今のアリスの言葉。これだけ揃《そろ》えば、さすがのテスフィアにも状況の把握《はあく》は容易だ。

包まったタオルケットでシエルの身体は首下まで隠《かく》れているため、傍目《はため》には分からなかったが、寝起きでも、アリスはさすがにテスフィアよりは目ざとかったようだ。

そして、一度その事実に気がつけば、テスフィアの目は、嫌《いや》でもシエルのタオルケットを透かすようにして、その下にある姿を想像してしまう。

ただ、当のシエルも、己《おのれ》の身なりがどうなっているのか、完全には把握できていなかっ

たようだ。テスフィアの問いを受け、シエルは恐《おそ》る恐る視線をタオルケットの中へと潜《もぐ》り込ませた。

それから、二人が固唾《かたず》を呑《の》んで見守るかのような長い一拍《ぱく》。シエル本人から安堵《あんど》の息が漏《も》れ、

「だ、大丈夫《だいじょうぶ》……！　下着は着けてるみたい」

当然だ！　というテスフィアとアリスのツッコミは、二人が同時にハッと気が付いた、新たな事実によってかき消された。

――そう、この部屋には今、年頃の少女が三人＋一人。そして、そこにはもう一人、異性がいるはずだったのだ。

この奇妙な状況は、普段なら万に一つも生まれなさそうな可能性を、あえてテスフィアとアリスの脳裏《のうり》に連想させてしまった。女子四人に男子一人が同じ屋根の下で一夜を過ごし、そして翌朝、服を脱がされた少女が一人……。

とりあえずブラウスを返しつつ、テスフィアは妙《みょう》に不安げな視線を向け、アリスもそれに同調するかのように、シエルを見つめる。その懸念《けねん》されているところを鋭《するど》く感じ取ったのか、シエルは。

「ち、違うよ。そういうんじゃなくて……私、寝相《ねぞう》が悪い、というか、服を脱いじゃうと

いうか……」

耳まで真っ赤にしつつ、タオルケットの中でもぞもぞと服を着ながら、消え入りそうな声で、シエルはそう告白した。そんなタオルケットの簡易防壁《ぼうへき》の中に、インナーシャツとショートパンツを投げ込んでやりながら、アリスは普段からの疑問がようやく氷解した、とでもいったように口を開いた。

「だから、いつもシエルはお泊りとか断ってたんだね」

「……うん」と弱々しい返事が、着替《きが》え中のシエルから戻《もど》ってくる。

「気にしなくてもいいのに。女同士なんだから」

テスフィアとしては、上手《うま》くフォローしたつもりの一言。ただ、それは彼女を励《はげ》ますということの他に、微かに動揺《どうよう》してしまった自分自身に言い聞かせている、というニュアンスもある。

「まあ、フィアも寝相については、あまり人に見せられるような雰囲気じゃないしね」

苦笑《くしょう》しつつのこれは、同居人のアリスならではの言葉だ。ただ、テスフィアという少女は曲がりなりにも貴族の家柄《いえがら》。こう見えて、他所《よそ》の部屋に遊びに行ったり、例の女子会めいたお泊りイベントの時などは、意外に気を張って、きちんとしているのが常だ。

そういう意味でも、テスフィアの素《す》、いわばだらしないともいえる姿を知れるのは、それだけ彼女が自分に気を許してくれている証《あかし》でもあるのだろう、とアリスは思っている。

そんな彼女の内心を知ってか知らずか、シエルはなおも恥《は》ずかしそうに。

「小さい頃《ころ》からの癖《くせ》で、なかなか直らなくって」

どうやらこの脱ぎ癖のせいで、シエルは基本、外泊をしないようずっと我慢してきたらしい。昨日も実は帰る機会を窺《うかが》っていたのだそうだが、【学園祭】後の楽しい一時は、いつしかそんな懸念すらも忘れさせてしまったようだ。

だが、結局露見《ろけん》してしまったにもかかわらず、テスフィアとアリスのこの態度には、シエル自身、かなり拍子抜《ひょうしぬ》けしてしまったようだ。

「シエルは自分のことになると、妙に引っ込み思案なところがあるよねぇ。私達は気にしないから、またお泊りしようよ」

「……う、うん」

アリスのそんな提案に、戸惑《とまど》ったように小さく頷《うなず》くシエル。

「ま、正直ちょっと驚《おどろ》きはしたけどね。でも、今度からはいつでもお泊りができるわね。どうせバレてるんだから、同じことでしょ」

テスフィアも、苦笑気味に同調する。このぶんでは、弱みを握《にぎ》られたということですらないのだろう。そう考えると、シエルもいくらか気が軽くなったようだ。

実際、彼女としては、これからは二人の部屋くらいならば、遠慮なくお泊りぐらいはできそうな気がしていた。もっとも、どこか気恥《きは》ずかしいことには変わりないのだが。

そんなわけで、ようやく一段落したかに見えた、少女三人の和《なご》やかな早朝だったが。

ふと、アリスが何かを思い出したかのように、引《ひ》き攣《つ》った笑《え》みとともに周囲に目を配る。

「あ……でも、ここで着替えちゃうのはやめたほうが良かったかも。寝てると思うけど、アルもいるし」

迂闊《うかつ》だったが、確かにそもそもここは「アルスの部屋」である。

今更《いまさら》の忠告に、シエルは大きな動揺こそ見せなかったものの、着替《きが》える手をいっそう早めた。彼女としては、もちろん乙女《おとめ》らしい恥じらいは抱《いだ》きつつも、最低限肌《はだ》は隠せていることに、どこか安心感もあったせいだろう。これがテスフィアだったなら、それこそひと騒動《そうどう》が持ち上がったに違いない。

何はともあれ、早朝には騒がしすぎる一幕ではある。彼女らが知るあのアルスならば、ろくに声量を抑《おさ》えもしない、姦《かしま》しい会話を聞《き》き逃《のが》すはずもない。アリスもさっきの忠告を口に出した時点で、今にも眉間《みけん》に皺《しわ》を寄せたアルスが寝室《しんしつ》から出てくるのでは、と身構えてしまったほどだ。

なんなら、叱《しか》られる心の準備まで始めてしまったほどだが……彼女たちの予想に反して、何事も起こらず、壁《かべ》の時計は、刻々と時間を刻んでいく。

「あれ？」

拍子抜けしたように、テスフィアとアリスは互いに顔を見合わせた。三人が心構えを解いた途端《とたん》、言いようもない静けさが広い室内に満ちた。改めてそう意識してみれば、ここには人の気配というものが、この三人のもの以外感じられない。

そもそもロキの寝室とて、簡易的な仕切りがあるだけで、声や物音は筒抜《つつぬ》けなはず。テスフィアとアリスもその内装を手伝ったので、よく知っている。

「アルだけじゃなくて……ロキもいない、みたい？」

テスフィアがぽつりと呟き、改めて少女らは顔を見合わせる。

実際に三人が、この部屋に家主らが不在であることを確認《かくにん》したのは、それからすぐのことだった。

アルスとロキが消えたのは、彼女らが目覚めるよりかなり前で、それなりに支度《したく》をしてから出たようだ。それを裏付けるかのように、認証《にんしょう》キーの役割も果たせるライセンスがテーブルの上に置かれていた。残された客人達に、部屋の戸締《とじま》りについて促《うなが》す、確認の意味もあったのだろう。

やがて服をしっかり着なおしたシエルが、癖っ毛を手櫛《てぐし》で直しながら、昨日の会話を持ち出す。それは、テスフィアとアリスの二人が、すっかり忘れていたものだった。

「そう言えばアルス君とロキちゃん、今日は二人共用事があるって言ってたよね」

ちなみに昨日の打ち上げの後から、シエルはロキのことをもう「さん」付けせず、友達の証に「ちゃん」付けに変えている。

それはともかくとして、テスフィアとアリスはそれを聞き、一瞬《いっしゅん》はっとした後、「そっか」と、互いになんとはなしに相槌《あいづち》を打った。今更取り立てて騒ぐことでもないが、それなりに長い付き合いの二人なので、自然と察せられることもある。

「今度の『用事』は……何なんだろうね。フィアは知ってるの？」

水を向けられ、テスフィアは一度だけ顔を左右に振《ふ》って否定する。

「知らない。でも、昨日レティ様が来ていたから、無関係という感じじゃないと思うけど」

「そうだったの⁉　でも、フィアだけいいなぁ、私も会いたかったな～」

「私だって、結局お姿を見たのは少しの間だけよ。そうよね、せっかくいらしたのだから……」

そう言いかけたものの、昨日驚いてレティに声をかけた直後、アルスに酷《ひど》く叱られた記憶が蘇《よみがえ》って、テスフィアは苦い表情を浮《う》かべた。

だが、あくまでそれはそれ。アルスの迷惑《めいわく》にならない範囲《はんい》ならば、やっぱりレティといろいろ話してみたかった、という気持ちはある。レティ・クルトゥンカという人物は、単に魔法師《まほう》としての実力だけでなく、同性から見ても、こんな女性になりたいと思わせるだけの魅力《みりょく》を備えている。

歴戦の軍人として万事《ばんじ》に余裕を見せつつ、ときには己の感情を、ごく自然かつ人間的に表明することを厭《いと》わず、気さくさで、何をしなくとも周囲を惹《ひ》きつける……そんな人間に。

上手く言葉に言い表せないもどかしさを抱きながら、テスフィアは7カ国親善魔法大会時の、露天風呂《ろてんぶろ》での出来事を想起する。

そして、口にしかけた言葉を改めて言い直した。

「そうね、機会があれば、ゆっくりお茶でも飲みながらお話をしてみたいわね」

「レティ様は、すごく話しやすいしね」

「誰に対しても壁がないと言うか、人間らしいっていうか」

「あ、わかるかも〜」

アリスも賛同しながら、ニッコリと柔らかい笑みを浮かべた。人が人を惹き付《つ》ける理由を言語化するのは難しい。しかし、二人が感じたように、レティはやはり、どこかのびやかで、開放的な性格をしている。それでいて、奔放《ほんぽう》さの中に併《あわ》せ持《も》つ、独自の感性や考え方があるのだ。そもそも、彼女の行動の芯《しん》には、堅苦《かたくる》しい軍の規律や杓子定規《しゃくしじょうぎ》な一般常識とは異なる、確固たる行動指針がある。いわばレティなりの「正しさ」を支える、レティがレティたる所以《ゆえん》ともいえる真っすぐな軸《じく》が、明確に存在するのだ。

それに加えて、あの親しみやすさである。初対面でもレティは、二人を快く受け入れてくれた。懐《ふところ》の深さを感じとったテスフィアとアリスが、惹かれてしまうのも無理はない。

特にテスフィアやアリスのような若き魔法師の雛《ひな》にとって、彼女はまさに、完全な理想なのだろう。そういった資質に加え、外界で魔物《まもの》と戦い続けてもなお、人間らしさを保つことができているのだから。

それがまた、レティへの好感度につながっていることは、言うまでもない。

ただそれは同時に、彼女という魔法師の在り方は、アルスとは対極でもあるということだ。しかしまだ未熟な二人は、そこについては気づいた素振《そぶ》りもなかった。

レティが外界で保ち続けた人間性。

アルスが外界で失ってきた人間性。

この差異に気づき、語るには、今の二人はあまりにも外界を知らな過ぎた。

「レティ様って、ときどき思いつきみたいな行動もされるけど……そこがまた、親しみやすかったりするのよね」

「そうそう」

テスフィアとアリスがにこやかに話している横で、置いてきぼりを食った形の少女が一人、泡《あわ》を食ったようにして、話に割り込んできた。

「さっきから、誰の話？　レティって……まさか、あの第7位……の？」

そのまま、シエルはしばし絶句する。当たり前だが、レティの名を知らない者は、この学院にはまずいない。そんな彼女に、テスフィアとアリスはそれぞれ肯定《こうてい》の頷きを返した。

そもそも、アルス繋《つな》がりで知り合ったとはいえ、二人にとってレティは、ある意味で一生縁《えん》がなかったかもしれない大物であることに違いはない。そんな彼女に、名前まで覚えてもらったのだから、これ以上光栄なことはなかった。

だが、それでも二人は、アルスという少年をすでに知ってしまっている。レティのさらに上を行く、全魔法師の頂点たる唯一《ゆいいつ》絶対の「1位」という存在を。

であればこそ、レティもまた、額面通りの人間ではないはずだ。そもそも、凡百《ぼんぴやく》の人物に一桁魔法師《シングル》が務まるはずもない。無論、順位にまつわる様々な不自由さや柵《しがらみ》も、彼女達の想像を超《こ》えて多々あることだろう。

一度そう考えてしまえば、もはや一学生のように、無邪気《むじやき》に憧《あこが》れてばかりいることはできない。

ただ、それでも……。

「レティ様が戦ってるところ、一度は見てみたいわよね、アリス！」

　まだまだ若気の至りともいえる、そんな贅沢な望みを口にできる程度には、学生気分は抜《ぬ》けていない。

「うん、どんな魔法を使われるのかな？」

　無邪気かつ素朴《そぼく》な疑問を表に出すアリス。ただそんな興味本位の言葉を口にする彼女にも、人類の戦いの最前線にて一騎当千《いっきとうせん》とまで謳《うた》われるシングル魔法師の偉大《いだい》さが、きちんと実感できていない節があった。アルスと日々接していてもなお、である。つまるところ「外界を知らない」とは、そういうことなのだ。

　とはいえ、これは彼女らに限ったことではない。学院の生徒はほぼ皆、外界での戦闘《せんとう》がどういったものなのか、本当の意味では分かっていない。それを理解するには、誰かの死がセットだということもまた、未だ彼女達には知る由《よし》もないことであった。

「シングル魔法師ともなると、系統や魔法に関する情報は全部伏《ふ》せられてるしね。まあ、アルなら知ってると思うけど？」

　無邪気を通り越《こ》して、寧《むし》ろ地雷原《じらいげん》に踏《ふ》み込むかのような話題を向けてくるテスフィアに、アリスは乾《かわ》いた笑みを浮かべて答える。

「アルに聞くのは、さすがに怒《おこ》られそうだねぇ」

シエルもそれに同調し。

「それはそうだよ。というか、やっぱりアルス君は知ってるんだね？」

【学園祭】のことはさておき、先日、校内に大きな波紋《はもん》を広げた出来事。リリシャによって明かされた、アルスが軍の管轄下《かんかつか》にある非正規魔法師だという情報。

魔法師をいわば本職の軍人とするならば、まだ学生のアルスは魔法師見習いという扱《あつか》いになるだろうか。

まだ転校してきて比較的《ひかくてき》日も浅いリリシャの言動の信憑性《しんぴょうせい》はともかく、【学園祭】一日目で起きたハイレベルな模擬《もぎ》試合のことを思えば、疑う余地などもはやどこにもなかった。

もっとも真実は、リリシャが場をとりあえず収めるため、あえて漏らした偽情報を遥《はる》かに上回るものなのだ。それはさすがの生徒達も、想像が及《およ》んでいない。まさか自分達と同じ生徒身分であるアルス・レーギンが、現役《げんえき》1位の座にある全魔法師の頂点たる存在だ、ということまでは……。

そのことはさておき、【学園祭】から一日経過した今、シエルは多少冷静に、先日の出来事について考えることができるようになっていた。

「でも、普通《ふつう》に考えたら、釈然《しゃくぜん》としない説明ではあったよね。アルス君が軍人だった……ううん、軍務を手伝っていたっていうのは分かったけど、軍規的にありなの？」

いわば当然の疑問だった。軍への未成年の入隊は、現在では原則として許可されていない。かつてならいざ知らず、現在においては、少年少女を死地に送り込むことには、世間的に強い反発がある。

これは表向き守られている内地の平穏《へいおん》さが、危機意識を鈍化《どんか》させてしまったことにも原因の一端があり、いわば保たれた平穏の副作用ともいえる産物だった。

「多分、不味《まず》い」

そう応じたのは、テスフィアである。貴族出身であり、母が軍人でもあった彼女は、そのへんの事情には多少なりとも通じている。テスフィアの眉間には皺が寄せられていた。

アルスの身分や軍部での扱いについてあれこれ取《と》り沙汰《ざた》されるのは、普通ならば軍にとってはあまり嬉《うれ》しくない話のはずだ。何より軍はアルファにおいて、単純な戦力という以外にも、ある意味で、内地を外界の脅威《きょうい》から心理的に隔離《かくり》するための外壁《がいへき》とでもいうべき働きも担《にな》っている。

外の景色から人々の意識を遮断《しゃだん》し、本来の恐怖《きょうふ》を忘れさせるための、高く聳《そび》え立《た》つ壁。

だからこそ、アルスほどの実力者ならば、軍は如何《いか》なる軍規違反《いはん》やリスクを冒《おか》してでも、自らの内に取り込んでしまう。いや、取り込まざるを得ないのだ。

そこまで考えてから、テスフィアは普段の彼女には似合わず、しばし沈思《ちんし》黙考《もっこう》する。

そう考えてみると、リリシャが校内でアルスについての情報を告げたことは、確かに彼《かれ》自身のためにはなったのかもしれない。少なくとも彼が生徒達の前から姿を消さねばならないような事態が回避《かいひ》されたのはもちろん、立場の悪化すらも最小限に抑えられたのだから。そもそも、生徒の中でも特に優秀《ゆうしゅう》な者は、研修という名目で卒業前に軍務を非正規に請《う》け負《お》うこともあるし、現にアルスを除けば学院トップの実力を誇《ほこ》るフェリネラは、父親たるヴィザイストの仕事を手伝っていると聞いたこともあった。

それに、リリシャの明かした内容は、完全な偽《いつわ》りではないにせよ、致命的《ちめいてき》な事実のみは、きちんと伏せられていた。いわば最低限の犠牲《ぎせい》で、アルスの一番大事な秘密は、未だに守られているともいえるのだ。だが……。

「ねぇ、リリシャって本当に、アルの味方なのかな？」

不意に口をついて出たテスフィアの言葉は、同時にアリスとシエルをも、一瞬沈黙《いっしゅんちんもく》の中に包みこんだ。

リリシャについて、他ならぬアルス本人の口から「こいつを信用するな」と言われたこと。それが、テスフィアの胸にどうにも引っかかっている。

何より〝監視《かんし》〟こそがリリシャの本分だと考えるならば、私情はともかくとして、やはり警戒《けいかい》しておくに越したことはない、と思ってしまう。

テスフィア自身、そこまでの確信はない。だが、彼女はリリシャとの初対面時に、すでにこの少女の内に、通常の貴族とはどこか異質な匂《にお》いとでもいうべきものを嗅《か》ぎ取っていた。だからこそ、素直《すなお》に好感を抱けなかったのだ。貴族の世界は、やはり一般的《いっぱんてき》な庶民《しょみん》らの社会と比べると、歪《ゆが》んだ場所だ。そもそもそこに、通常や普通などありはしないのかもしれない。いや、もしかしたら単純に馬が合わない、というだけかもしれないが……。

何とももやもやした思いが残るが、この感覚を、アリスとシエルに共有してもらうのは難しい。貴族社会をそれなりに知っているテスフィアだからこそ、なんとなく分かる、感じる肌感覚的なものなのだ。

端的《たんてき》に言ってしまえば、リリシャが持つフリュスエヴァンという家名もその一因となっている。この一族は、貴族社会の中でも、どこか浮いた存在である。いや、実質的に異端《いたん》扱《あつか》いされているに等しい一族とさえいえるのだ。

いつの間にか眉間に皺を寄せていたテスフィアに、アリスはため息交じりの助言をした。

「ま、あまり考えこんでも仕方ないよ？　多分フィアは、下手に考えれば考えるほど、結果的に頭がこんがらがって、引っ掻《か》き回《まわ》しちゃうタイプだと思うから」

無自覚なトラブルメーカーだと言っているに等しいが、それが主に、テスフィアなりの善意から出た行動であるケースが多いのもまた、親友たるアリスはよく知っていた。とにもかくにも、いちいち空回りしてしまいがちなのが、このテスフィアという少女なのだ。

そんな、聞きようによっては辛辣《しんらつ》ながら、基本的には優しさに基《もと》づいた言葉を前に、テスフィアは、小さく肩《かた》を竦《すく》めて。

「……わ、分かってるわよ」

テスフィア本人からしても失敗談には事欠かないだけに、彼女はなんとか膨《ふく》れっ面《つら》を作るので精一杯《せいいっぱい》であった。

「でも……やっぱり、私達が知らないのはなんか嫌だね」

不意に漏らされたアリスのそんな言葉には、一抹《いちまつ》の寂しさのようなものが混ざっていた。なんとはなしに事情は分かっていても、今日までアルスやロキと一緒《いっしょ》にずっと学院生活を送ってきただけに、除《の》け者《もの》とまではいわないにせよ、部外者扱いを受けた気持ちにさせられるのだろう。

そもそも、彼女らとてもうどこかで悟《さと》っている。アルスの教え子として、二人——テスフィアとアリスが彼の手ほどきを受けていられるのは、彼の学院内での役割と居場所を作るのに役立っているからだ。そもそも彼は、本来ならば学院の生徒である必要すらない。

事の経緯《けいい》に理事長たるシスティの意向が絡《から》んでいたらしいことからも、それは分かる。今の二人が僥倖《ぎょうこう》とも呼べる立ち位置にいられるのは、いわば、政治的な事情から。アルスが学院生活を送るために必要だったからに過ぎない。

だとすれば、知らなくて良いことにまで、わざわざ首を突っ込むべきではないのだろう。アルスに限っては、そこに明確に一線が引かれているのだ。それを踏み越えることは、自らこの生活に亀裂《きれつ》を生じさせる行為に等しい。でも……。

「言ってくれれば、力になれるかもしれないのに」

ぽつりとそう漏らしつつ、アリスはやや俯《うつむ》いて、寂しそうな笑みを見せた。

いつも柔和《にゅうわ》に笑っているアリスが、珍しく気落ちした様子を見せたので、テスフィアは慌《あわ》ててフォローを入れた。

「アリスらしいっちゃらしいけどね。そういう気持ち、分からなくはないよ」

「もう！　二人だけで勝手に納得《なっとく》しないでくれない？　一緒に一晩語り明かした仲なのに、私だけ除け者？」

シエルはシエルで、少し拗《す》ねたような表情で、ややしんみりとしたムードに割って入ってくる。

「まあ、リリシャちゃんがアルス君とどういう関係なのか、私には分からないけど……あ、もしかして二人にとっては、リリシャちゃんこそが問題なのかな？　もしかして、恋敵《こいがたき》ってヤツ？　そっか、そういう方面なら私、得意だよ！」

一人、したり顔でうなずいて見せると――気を利《き》かせたのかは分からない――シエルは、勝手に話をあらぬ方向へと持っていこうとする。一応彼女も、アルスの「事情」については、他《ほか》の生徒よりも多少は踏み込んで察知していてもおかしくはないのだが。

今にも鼻をうごめかせんばかりの得意顔は、思春期特有の悩《なや》める乙女の匂いを嗅ぎ取った、とでも言わんばかりだった。

「……ねぇシエル？　もしかして、まだ眠いの？」

「フィア、酷くない⁉　ちゃんと起きてるよ、目なんかパッチリだよ！」

真顔で返したテスフィアに、シエルは断固抗議《こうぎ》の意思を示すように、両手の指で、わざわざまぶたを大きく開いて見せた。

シエルは天然に見えて、色恋《いろこい》に敏感《びんかん》なところがあるのも確かだ。それに、年頃の少女が三人いて、男子の話題となれば、すでに条件は満たされているわけで。

「まぁ、ちょっと想像を飛躍《ひやく》させ過ぎちゃったけど、それは許して？」

顔の前で手を合わせたシエル。さっきのはやはり彼女流の冗談《じょうだん》だったようだ。

「でもさ、リリシャちゃんが鍵《かぎ》だっていうなら、逆に距離《きょり》をこっちから縮めてみれば？　ほら、リリシャちゃんていろいろ情報通だし、何か聞き出せるかもしれないよ」

これは、二人ほど事情に詳《くわ》しくないシエルならではの助言ともいえた。続いてアリスが言う。

「そうだね。最初から険悪ムードになる必要もないし、何かアルのことで協力できるかもしれないもんね」

確かに、リリシャが軍関係からアルスの監視役《かんしやく》として遣《つか》わされたのなら、こちらから彼《か》女《のじょ》に協力する姿勢を見せれば、何かしらで結果的に、アルスの助けになることができるかもしれない。監視役を逆に監視する、というのも、一定の距離さえ保てれば、意外に良いかもしれない。

そう安直に考えたアリスだが、一方のテスフィアは「う～ん」と小難しい顔で一度だけ唸《うな》った。だが、それでもしばし思案した後、

「そうね。アルにもお世話になってるわけだし、お節介《せっかい》ぐらい焼いてみる?」

「うん、話ぐらいは聞いてみよ」

テスフィアの同意が得られたことで、アリスは、ぱっと曇《くも》りのない笑みを浮かべた。

だが、そんな二人の、言外の思惑《おもわく》やためらいを、いまいち掴《つか》み切れていないシエルは。

「いやあ……普通に同級生だし、仲良くするのが良いんじゃないか、な?」

最後に曖昧《あいまい》な疑問符《ぎもんふ》を付け加えたそんな彼女の言葉が、結局はこの話題に終止符《しゅうしふ》を打ったのだった。

その後、三人は一先《ひとま》ず辺りを見回し、昨晩の名残《なご》りでまだ散らかっている部屋を、最低限片付けることにした。ちなみにこの後には、全校生徒に向けた【学園祭】の打ち上げが控《ひか》えている。自由参加ではあるが、多目的ホールを開放しての立食パーティーが開かれるのだ。なお、テスフィア達《たち》のクラスはそれに先んじて、教室を使っての小さな打ち上げを予定していたのだが、まずはここを片付けないと、ということで意見が一致《いっち》したのだ。

ちなみに清掃《せいそう》スキルについていえば、シエルもアリスに劣《おと》らない手際《てぎわ》の良さだ。だが、そんな二人を余所《よそ》に、テスフィアだけが、どうも要領が悪い。

それは、単に清掃スキルで劣るだけでなく、ずっと一つの疑念が、テスフィアの頭から離《はな》れなかったせいでもある。いつ来てもとにかく広いこの研究室の主が、銀髪《ぎんぱつ》のパートナーとともに、いったいどこへ出掛《でか》けてしまったのか。

自分が考えても仕方がないことだとは分かっていても、やはりどこか、もやもやとした思いが残る。そんな雑念を追《お》い払《はら》おうとするかのように、彼女はことさらにせっせと手を動かし、部屋を自分なりに清掃していった。

(フリュスエヴァン……そうだ、一度お母様に話を聞いてみたら良いかも)

ふとテスフィアがそう思い立ったのは、散らかった部屋が、ある程度片付いてからのことだった。

第53章「バナリスの変貌」

アルスは、バナリスの地のただ中、唐突《とうとつ》に目前に広がった銀世界を前に、一つ大きく息をついた。吐《は》き出《だ》された空気が、たちまち白く色づき、濁《にご》っていく。

【学園祭】の翌日、アルスがロキとともにアルファを発《た》ってから、すでに数日。実質的に総督《そうとく》の許可は取っているが、レティとアルス、シングルが二人とも本国を空ける状況《じょうきょう》はもちろん好ましくない。そのため、本来ならこの任務には、あまり時間はかけられないはずだった。しかし、あまりにも予想外のこの事態は……。

アルスは、少し前に立つレティを一瞥《いちべつ》した。

レティは、ちらちらと降りかかる雪を払おうともせず、ただ呆然《ぼうぜん》と立ち尽《つ》くしていた。

このバナリス攻略《こうりゃく》は、以前に半年以上かかってなお、彼女が果たせなかった任務だ。だからこそ、アルファ最大の切り札ともいえるアルスの手を、レティはこうして借りている。なればこそ、〝短期決着〟こそが、今現在、レティに課せられている最優先事項《じこう》であることは間違《まちが》いない。

（しかし、それも少し危《あや》うくなったか）

アルスは素早《すばや》く思考を巡らせる。進軍期間も含《ふく》め、実際の討伐《とうばつ》に割《さ》ける時間は約三日。討伐後、残った魔物の掃討《そうとう》など事後処理の時間を含めても、やはり五日程度が望ましい。

例の【悪食《あくじき》】の事件からまだそこまで日が経《た》っておらず、どんな影響《えいきょう》があったのか、外界では最近、妙な動きをする魔物も現れ始めたと聞く。つまるところ、アルファを含めた人類の生存圏《せいぞんけん》と外界を巡る状況は、まだまだ安定していないのだ。

もちろん、シングル魔法師二人を送り込んでいる以上、二人を欠いている間の防衛人員の配置諸々《もろもろ》、その辺りのことはベリックも考慮しているだろう。シングル魔法師を欠いたとしても、そうそうアルファの防衛能力が揺《ゆ》らぐわけではない。

ただ、それにも通常ならば、という仮定が付く。仮に魔物の一大侵攻《しんこう》があった場合、シミュレート上、侵攻してきた魔物をSレート級とするならば、防衛ラインは七日以内に完全崩壊《ほうかい》する、とされている。もちろんアルスも、流石《さすが》にこれを真に受けることはしない
……寧ろアルスの予想では、その最悪が起きた場合、防衛ラインは三日と持たないだろう。

本来、この季節、この地域には存在しないはずの雪景色は、そんな彼らの思惑を、全《すべ》て打《う》ち砕《くだ》くだけの破壊力《はかいりょく》があったといえる。

外界の自然に人の手が入らなくなって、すでに一世紀。

だがそれでも、魔物のみならず自然界における種々の変容は、人間の想像を超えていると言わざるを得ない。異常な速度で成長する木々がそうであり、文献《ぶんけん》にも残っていない新種の動植物もまた然《しか》り。

進化の恩恵《おんけい》を最大限享受《きょうじゅ》したのは、人ではなく、また魔物ではなかった。勝者は結局、大自然であったのかもしれない。

だが、いくら想像の埒外《らちがい》の光景だったとしても……これは、絶対にただの自然現象のみが生み出した変化ではありえない。

つい数時間前までは、周囲にこもるような熱気を感じていたはずだったが、今や色づく世界は一面銀色に染め上げられ、吐く息までもが凍《こお》り付くかのような白さだ。

あまりにも急激過ぎるこの温度変化は、自然現象どころか、闇魔法《やみまほう》による幻覚《げんかく》の可能性すら、真っ先に排除《はいじょ》させる。

そんなアルスの隣《となり》で、微《かす》かな動きがあった。追いついたロキが、すぐさまやるべきことを行動に移したのだ。探知のための魔力波《まりょくは》が、周囲にさっと広がっていく。しかし、彼女はそのまま口を噤《つぐ》み、微かに首を横に振ることで、手近な魔物の存在を否定した。

この衝撃《しょうげき》に一方的に打ちのめされることなく、ロキがひとまず的確な初動を取れたことに内心で合格点を与《あた》えて、アルスはそのまま状況の分析《ぶんせき》に入った。

まず、アルスが知覚している魔物の気配のこと。その上で、その魔物がロキの探知で炙《あぶ》り出せなかったということ。

（ここら一帯に降ってるのが、ただの雪じゃないことは確実か。魔力ソナーの阻害《そがい》……ジャミング？）

そう考えてはみるが、雪の欠片《かけら》一つ一つからは、特に魔力が感じられない。空気中に自然に漂《ただよ》う魔力のことも考えれば、外界に現れたこれほど大量の雪の結晶《けっしょう》に、魔力がまったく存在しないのは逆に不自然なのだ。物質への干渉《かんしょう》よりもさらに高度な、情報次元への干渉の結果生み出された、ということも考えられる。

ただ……あまりにも異常な事態であるゆえに、すぐには答えを出せない。

ロキの探知同様、アルスはすでに己の無系統魔法の派生ともいえる【視野】を広げていた。基本は、脳内に周囲の立体的な構造情報が展開されるだけではあるが、まるで上空から俯瞰《ふかん》したジオラマのように、周りの状況を把握することができるものだ。また、探知ほどではないが、魔物の気配などもある程度察することが可能だった。

その力の有効範囲はおよそ1キロメートル程度。そして今、そのエリア内に、やはりぼんやりとではあるが、魔物の気配が感じ取れている。

しかし、アルスの力を駆使《くし》してもそこまでが限界であった。詳細《しょうさい》な位置の割り出しまでは不可能だったのだ。

やはり、情報次元そのものに干渉されてしまっているのだろう。

（大したヤツだが、どうやら至近距離にはいないみたいだ。すぐに移動して襲《おそ》ってくる気配もなさそうだな。さて、どうするか……）

アルスは思案しつつ、どうにも踏み慣れない地面の感触《かんしょく》に、そっと眉《まゆ》を顰《ひそ》めた。

「やはり、雪……ですよね？」

そんな彼に向けた疑問なのかどうか、ぼそりと呟《つぶや》くロキの声が届く。

確かに、目に見えるものをそのまま信じてはならないというのは、外界でのセオリーではある。

ただ、ロキの口調には、そうした魔法師としての警戒心《けいかいしん》の他に、もしや自分の知覚が正常な状態ではないのではないか、と訝《いぶか》しむような調子すら混じっていた。

「……だな」

アルスも一つ頷き、彼女の言葉を肯定する。現状、それを否定する材料は一片《いっぺん》も存在しない。それからロキが、視界に映る景色の全容をもう一度見渡《みわた》そうと、そっと顔を上げるのが見えた。

アルスも倣《なら》うが、やはりそこは、さっきと何一つ変わらぬ一面銀色の世界。降り積もった小さな雪の結晶が、灰のように舞《ま》い、全てを飲み込むかのように塗《ぬ》り潰《つぶ》している。

時間の経過さえも遅《おそ》くなっているのか、まるでスローモーションのようにゆっくり降り積もる雪は、いつの間にか、少し先に立つレティの頭上までも覆《おお》い、その髪色《かみいろ》を白く塗り変えようとしていた。

試《ため》しにザクッと足を踏み込むと、くるぶし程度までが積雪に埋《う》まってしまう。

(まさに見渡《みわた》す限り、か……相当な広範囲《こうはんい》に、かなりの量が降っているな)

こんな事態が起こりうるとは、アルスでも想定はできなかった。当然、過去に経験したこともない。

それでも、と状況の分析に意識を割くアルスとは対照的に、やがて我に返ったレティは、髪や肩の雪を払いのけると、すぐさま指示を出す。

「まずは状況の確認！　先遣隊《せんけんたい》の捜索《そうさく》を最優先、隊を五つに分けてすぐ向かいなさい！」

口癖《くちぐせ》すらも忘れ、鋭い口調で呆然としている隊員達へと指示を飛ばすレティだったが、他ならぬ彼女本人の瞳《ひとみ》にすら、未《いま》だぬぐい切れない動揺の色が感じ取れる有様だった。

ただ、それでも状況を動かすのに、彼女の指示は非常に有効ではあった。一先ずは、と隊員達が慌ただしく荷を降ろし、本格的に行動に移そうとした直後――。

「レティ待て、二・三分くれ」

了解《りょうかい》の返答を待たず、アルスはそれだけ言い捨てると、全速力で来た道を戻《もど》った。後を追ってくるロキに目もくれず、冷え切った世界の境界を目指す。

全速力のアルスに追いつくのはロキでさえ困難だ。だが、幸《さいわ》い彼女が主《あるじ》の姿を見失うことはなかった。

「アルス様！」

ロキは視界の先、ようやく立ち止まったその背中に、焦《あせ》ったような声をかける。

「どうなさったのですか⁉」

「ここか」

何を探していたのかは、アルスの視線を追えばすぐに行き着く。そこには、樹木の枝が重なり合った自然の傘《かさ》から漏《も》れた雪が、薄《う》っすらと線を引くように積もっていた。

「これは、どういう……」

疑問顔のロキに構わず、その場でしゃがみ込んだアルスは、雪を指ですくい上げ、擦《こす》り合《あ》わせた。

「すぐには気づけなかったが、これで確信を持てたな……魔法だ」

おそらく環境《かんきょう》変化型の魔法。だが、この一帯の見渡す限りが雪景色に変えられているのだから、その干渉力は【永久凍結界《ニブルヘイム》】などの比ではない。世界を偽るそのレベルという一点において、【砂国世界《ヘルヘイム》】に近いものだろう。ただその規模はというと、驚《おどろ》くべきことに、アルスが使うそれを、軽く凌駕《りょうが》している節すらある。

「やはり戻ってきて、正解だったな」

「はい。ですがこれは……」

ロキが不審《ふしん》げな表情を浮かべたのは、相手が何者であったにせよ、この魔法の使用意図について、測りかねたからだ。

魔法師が使う魔法は、そもそもが魔物への対抗策《たいこうさく》であり、武装である。攻性魔法だけでなく、探知魔法や障壁魔法も、基本的には同じだ。

以前、新魔法の考案中にアリスに彼自らが言ったように、魔法は一定に絞《しぼ》り込まれた目的《テーマ》によって描《えが》かれる。だからこそ万能《ばんのう》な効果など存在しえず、いわば、なんでも願いを叶《かな》えてくれるといった類《たぐい》のものではない。

兎《と》にも角《かく》にも、魔法師が使う魔法の本質は、魔物を殺すためのもの……それが、大前提なのだ。そして逆説的に、魔物にとっても、魔法とは人間を殺すための道具と同じと言える。なのに、これほど大規模な魔法を使っておきながら、相手にはこちらを攻撃《こうげき》する意図がないように思える。いや、この気候そのものが冷気による攻撃だと取れなくもないが、それなら直接、的としてアルス達を狙《ねら》えばいいだけだ。いくらなんでもこの一帯全てを雪景色に、というのは、あまりにも非効率的すぎるし、魔力の消費もばかにならないだろう。

ひとまず疑問を残しつつも、事実の確認だけを終えたアルスは、一時的に待機していたレティらと合流を果たす。

「結論だけいえば、この雪は、魔法の産物ということで間違いない」

情報としては今更《いまさら》な内容ともいえるが、相手が未知の事象であるだけに、少しでも理解できる領域を確認し、共有しておくのは、大事なことである。少なくともアルスのやり方として、必要な手順ではあった。

いかに些細《ささい》な疑問や不明点であろうと、放置しておくと往々にして足をすくわれることがある、というのは、アルスが経験的に知っていることだった。

「ただし、魔法の使用意図は不明だな。実際、この先どんな影響があるのかも、今のところ定かじゃない。俺達《おれたち》の足止めにしても、この程度では寧ろ中途半端《ちゅうとはんぱ》だ。かえって目的が見えない。すぐに魔法だと確信が持てなかったぐらいだからな」

一瞬、隊員達の顔や瞳に浮かんだ動揺《どうよう》の色をアルスは見逃《みのが》さなかったが、同時にさほど気に留《と》めることもしなかった。

実際、猛者揃《もさぞろ》いのこの部隊員達は、どんな状況でもすぐさま受け入れられるだけの場数を踏んでいるはずだった。ただし、それは熟練であるとともに、ただの順応性の高さでしかないともいえる諸刃《もろは》の剣《つるぎ》。

　当然ながら順応と分析は、本質的にまったく違《ちが》う。本当の危機というものは、ただそれを受け入れるだけでは対応として不十分なのだ。具体的には、それに続く分析と対応策の立案および実行があって、初めて合格ラインに達することができる。ただ現実を受け入れただけでは、状況の打開に必要な思考を放棄《ほうき》していることにも成り得てしまうのだから。

　神妙《しんみよう》な面持《おもも》ちになったレティと隊員達を横に、アルスはすでに対応策について、考え始めていた。

　レティもまた、自分があまり平静ではなかったことに、今更ながら気づいたのだろう。

「迂闊《うかつ》だったたっすね」と反省の色を顔に滲《にじ》ませる彼女に、アルスは「いや、こればかりは仕方ない」と、気にするな、といった風に応じた。

　ちなみに今の台詞《せりふ》は、全部が全部、彼女に気を遣ってのものという訳でもない。実際、レティが少なからず動揺している様子を見て、かえってアルスは、現状を客観的に捉《とら》えることができたからだ。一歩引いて物事を考えてしまうアルスの癖《くせ》は、こういう時には、逆に役立つこともある。

「アルくん、不甲斐《ふがい》ないっすけど……こうなった以上、もう少し知恵《ちえ》を貸して欲《ほ》しいっす」

「ま、約束は約束だ。仕事はする。とはいえ、あまりアテにされすぎても困るがな」

これほどの大部隊での行動は、アルスにとってもほとんど経験のないことだ。知恵は貸すが、最終的な判断はレティに任せることも言外に伝えておく。

（それにしても……嫌《いや》な雪だ）

常に心の隅《すみ》に浮かんで消えない、妙な予感。それが、アルスに、微かな不快感と苛立《いらだ》ちを与えてくる。

何はともあれ、この場に留《とど》まるのはあまり好ましくない。かといって、周囲を覆う雪の正体と、この現象の原因が掴めない状況下では、派手に動くのもはばかられる。

通常、この手の環境変化型の魔法は攻性目的以外にも扱われる。

（だが足止めとしては弱い……なら、探知用と考えるのが無難か）

アルスが考えたのは、網《あみ》の振動《しんどう》で獲物《えもの》を感知する蜘蛛《くも》のように、雪の上を歩く侵入者《しんにゅうしゃ》の気配を、積雪の表面を伝わる微かな魔力の波動などで把握《はあく》している、という可能性だ。

だが、魔法は本来、魔物のもの。だからこそ、彼らが扱う魔法は、人間の魔法とは違い、より原始的・本能的というべきか、目的のための緻密《ちみつ》な構成など、いわばロジックめいた部分が欠落していることも多い。そのため、結果的に生じた事象から隠《かく》された狙いを読み解くのは、アルスでも難しかった。それはいわば、幼児の手による非常に抽象的《ちゅうしょうてき》な絵画から、描き手《かて》の意図を汲《く》むようなもの。そもそも、意図など何もなかった、という答えが正解という可能性すらあるのだ。

「ここは焦らず行こう。地図をくれ」

アルスの要請《ようせい》に応じたのは、この部隊の治癒魔法師《ちゆまほうし》の女性だった。彼女は駆《か》け寄《よ》りながら、腰《こし》に下げた大きめのウエストバッグから、厚手の紙を取り出した。

受け取ったアルスがそれを広げると、この周辺二キロメートル程度までが、図面として描かれていた。アルスの【視野】でカバーできる範囲《はんい》を越えているのはありがたい。

手書きではあるが、右端《みぎはし》のバージョン表記的な文字から察するに、何度か更新《こうしん》されているらしいことが窺《うかが》えた。この地の攻略に時間を掛《か》けただけあり、入念な調査に裏打ちされた詳細な記載《きさい》だ。

「ここが前線の拠点《きょてん》だな？」

「そうっすよ。岩壁《がんぺき》に穴を空けて作ってあるんで、まず普通は発見されにくい場所っすね」

拠点としては、長期的に使える場所が選ばれているようだ。さすがの魔物も立ち入りにくい崖《がけ》の急斜面《きゅうしゃめん》を利用して作られているので、魔力漏洩《まりょくろうえい》などへの配慮《はいりょ》を徹底《てってい》すれば、確かにそうそう発見されないだろう。スペースはそう広くないので少数での利用に限られるが、拠点の役割としては完璧《かんぺき》に近い。

そこまでを読み取ってから、アルスはそれとなくレティの顔色を窺う。一応落ち着いた態度を取っているが、先程《さきほど》の動揺ぶりは、実は予想外の降雪だけによるものではないはずだ。それだけならば、アルスもいる以上、これから各自で対応もできるはずだ。彼女の懸《け》念《ねん》は寧ろ、自分達以外……先行して出立させたという先遣隊の安否についてだろう、とアルスは推測していた。

だとすれば、この部隊の実質的なリーダーであり、自分を除けば最高戦力でもあるレティのその不安を解消することが、最優先かもしれない。

（先遣隊《せんけんたい》は、拠点への物資輸送任務も兼《か》ねていたらしいからな……これだけの人数だ、物資不足は攻略の足を止める、か）

短期決戦が望ましい状況では準備に時間を取られるのは避《さ》けたいが、この因縁《いんねん》の地たるバナリスにおいて、無策で突っ込んでどうにかなるほど一区域の解放は楽ではないはずだ。仮に任務の遂行者《すいこうしゃ》がアルス一人だったとしても、ある程度の策と計画を練り、順を追って実行していく必要があるだろう。

ならば、今は動く。先遣隊を探し、その安否を確認《かくにん》した上で……そう、最悪でも物資を確保するべきだ。幸いにも雪がそれほど深くない今こそが、そのタイミングだろうとアルスは判断した。

「レティ、拠点まで徒歩で移動しよう。派手な動きはできないが、その間、体温を無駄《むだ》に下げないために、最低限の魔力を身体《からだ》に纏《まと》って防寒対策とする。だが、この地表を覆ってる雪には、自然の魔力が含まれていない。だとすれば、表面を伝わる魔力などで、こちらの動きが逆探知されるといった可能性もある。間違っても魔力は漏らすなよ」

アルスの提案にレティが頷《うなず》き、すぐさま隊員全員の魔力が、各々《おのおの》の身体をコーティングするかのように収束していく。

魔力操作の技術の一つではあるが、その持続時間には限りがある。

アルスならば、その身体に纏わせられる魔力は、ほとんど薄膜《はくまく》程度までに形成でき、その厚さは、僅《わず》か1ミリにすら届かない。仮に注視されても、並みの人間には気づかれないほどだ。それを維持《いじ》できる時間もまた、相応のもの。

だがレティはともかく、隊員達となると話は変わってくるはずだ。そしてそれはまた、ロキも然り。

（もって二時間ってとこだな）

ただ纏わせるだけというならば、全員が数日くらいは維持できるだろう。ただ、ギリギリまで抑《おさ》えた状態をキープするというのは、別次元の困難さを伴《ともな》う。それこそ、針の穴の中に極細《ごくぼそ》の糸を通し、それが穴の円周に僅かでも触《ふ》れないよう、指でつまんでずっと維持するといった状態に近い。

当然、極度の意識集中を要するため、その間に魔物の襲撃《しゅうげき》などがあれば、咄嗟《とっさ》の対応は難しくなるし、初動が遅《おく》れ命取りになる危険すらある。

「それでっすよ、アルくん。周囲の捜索はどうするんすか？」

当然レティもその困難さを理解しているのだろう、訝しげに尋《たず》ねてくる。だがそんなことは些事《さじ》とばかりに、アルスは、レティの身体に目を向ける。

「そこは、俺《おれ》がなんとかやってみせるさ。それにしても……伊達《だて》にシングルを名乗ってないな」

「そっすか？」

珍《めずら》しくアルスの率直《そっちょく》な称賛《しょうさん》に、レティはどこか、面映《おもは》ゆそうな表情を浮《う》かべた。

実際、レティの魔力操作技術は相当なレベルだった。持続時間については未知数だが、アルスと同様に、並みの魔法師《まほう》なら感じ取れるかどうかといった微細《びさい》な魔力が、薄膜《はくまく》のように全身を覆っている。

イメージ的には女性が、その柔肌《やわはだ》に化粧水《けしょうすい》を塗布《とふ》しているといった感じだろうか。

それを難なくこなすレティに、さすがのアルスも、何故《なぜ》かアイデンティティを揺るがされているような気分になった。アルスのそんな胸中をどう取ったのか。

「まあ、それでも、ちょっと寒いんっすけどねっ」

レティはにんまり笑うと、そう言ってから、アルスにそっと肩を寄せてきた。いくら魔力で覆っていても、レティの格好は相変わらず活動的というか、露出《ろしゅつ》の多いものだ。何しろこの雪の中、臍《へそ》を出しているのだから、ちぐはぐというか、妙な気分にもなる、が……。

アルスは「それぐらい我慢《がまん》しろ」とすげなく言い放ち、地図を片手に、レティを押《お》しのける。

続いてもう一人、密《ひそ》かに気がかりだったロキに、ちらりと視線を向けた。

（こっちも……まぁ、問題ないか）

日頃《ひごろ》の特訓の成果もあり、ロキの魔力操作技術は格段に向上している。もはや、レティ隊の隊員達と比べても見劣《みおと》りしないほどだ。

一方で、自分にアルスが視線を向けた理由など知る由《よし》もないロキは、表情を引《ひ》き締《し》めつつ、ひたすらに魔力操作に打ち込んでいた。

「とにかくだ、レティ。周囲の索敵なんかは俺もやる。幸い俺の探知は少々特殊《とくしゅ》で、ほとんど魔力の痕跡《こんせき》が残らない。その分、探知魔法師のような正確さには欠けるがな。今後の移動についてだが、ちょっと手間とはいえ、やはり地道に足を使っていくのが無難だ。それと……こうなった以上、一度態勢の立て直しを図《はか》るという手もある」

これはあくまでアルスの考えだ。この部隊について指揮権を持つのは、実質的な隊長で

あるレティただ一人。

「ま、決めるのはお前だ。俺はお前のやり方に従う……」

それから続けようとした台詞を、アルスは反射的に呑《の》み込んだ。『俺のやり方では、きっと余計な反感を買うからな』というその言葉を。己《おのれ》をどこか卑下《ひげ》するかのような物言いは、自身の経験から来る戒《いまし》めでもある。

そもそも、ここでプランを立て直すということは、すなわち先遣隊の安否確認を、後回しにするということに他ならない。いわば、効率的ではあるが冷徹《れいてつ》な決断……しかも先遣隊は、レティ達にとって、共に戦場を戦い抜《ぬ》いてきた仲間なのだ。当然、隊員達の中に、感情的な反発が生まれるのは必至。自分のフィールドならともかく、余所の部隊で身勝手をやるほど、アルスも幼くはなかった。

「そうっすね。でも先遣隊には、補給物資以外にも、治療《ちりよう》器具や拠点の強化資材、予備のAWRその他、いろんなものを持たせてるんすよ。少なくとも物資の回収は必須《ひっす》っすね」

レティの言い分には一理ある。単純な討伐だけでは、この任務は終わらない。いずれにしても物資はどこかで必要になるし、負傷者の治療に必要な機器や術式符《じゅつしきふ》は、一度戦闘《せんとう》が起これば必須ともいえる貴重品だ。

「大荷物だな。先遣隊との合流予定地は、すでに確保してある拠点なんだろ?」

「そうっすよ。他にもいくつか……仮拠点は二つほどあるんすけど、そっちは何かあった時に身を寄せるための緊急避難用《きんきゅうひなん》っすね」

アルスは、レティの表情をそっと窺った。口調こそ冷静そうだが、その裏では、どこか感情を押し殺《ころ》しているような気配が感じられる。

外界で長らく戦い抜いてきただけあり、理性は保っているが、やはり部下達のことが心配なのだろう。アルスにとっては、歴戦の猛者《もさ》であり自分と同じシングルであるレティのそんな様子が、少々意外ですらあった。

だが同時にふと、寧《むし》ろそう思ってしまう自分こそが、やはり異端《いたん》なのではないか、という空虚《くうきょ》な気持ちが胸をよぎる。胸に空いた穴は何も溜《た》め込めず、風通しが良い。代わりに塞《ふさ》がることもないのだろうが。

そして、レティが何やかんやで、あれほど部下達に慕《した》われている理由もまた……。そう、自分とレティは、やはり似ているようで違う。アルスは黙《だま》って続く言葉を紡《つむ》ぐ。

「そうだな、ひとまず拠点に行ってみないと始まらんかもな。状況が確認できれば、今後の方針も立てやすい」

そうと決めれば、レティが内心で感じている不安や焦燥感《しょうそうかん》も、多少は和《やわ》らぐかもしれないと、アルスはひとまずレティの気持ちに沿うだろう返事をしておく。

（幸い、魔物側に動きはなさそうだしな）

さっき推測した可能性の一つ、もしこの雪がこちらの動きを探知するための手段なら、すでにアルス達は、敵の手中にいると考えて間違いはない。そして魔物の習性からして、アルス達を捕捉《ほそく》しているならばすぐにでも襲ってくるはず。なのに、今のところその気配は全くない。

探知魔法師の魔力ソナーなどに比べれば不正確なアルスの〝視野〟でも、これほど大きな力を持った敵が急速に接近してくれば、さすがに察知できるはずだった。

（もしこのまま何もリアクションがないというなら、この雪はやはり、探知などの用途《ようと》ではない可能性も……ますます不気味な魔法だな）

それからしばらくの間、アルス達は雪道を黙々《もくもく》と歩き、進軍を続けた。

バナリスの地形は、基本的に周囲を傾斜地《けいしゃち》に囲まれた丘陵《きゅうりょう》地帯である。小高い山が尾根《おね》で結ばれているのだが、いずれも標高はさほどなく、急げば一気にその頂上に到達《とうたつ》することもできるはずだった。そして、目指す拠点は、そこから少し下った傾斜地に築かれている。

実際、数時間もすると、アルスは視界の先に、薄っすら霞《かすみ》がかかった頂を望むことができた。

ここからは、いよいよそのバナリスの標高上の最高地点を目指すことになる。

アルスはその道中、ただ黙って、隊員らが雪を踏《ふ》むことで生まれる鳴き雪の音に耳を傾《かたむ》けていた。

「…………」

相変わらず、この雪には自然発生的に帯びるはずの魔力が一切含《いっさいふく》まれていない。やはり魔法の産物なのだとは思う。だが、限りなくリアルな物音を聞いていると、これらが魔法で生み出されたとは、にわかには信じ難くなってくる。

本物との区別などほとんど不可能だ。ひやりと冷たく、手で掬《すく》ってみるとごく自然に体温で解けゆく、そんな真っ白な無数の結晶。それが作られたものだというのなら、己が感じるそれらの感覚すら、ただ脳がそう感じているだけで実体のない偽物《にせもの》だとでもいうのだろうか。

その体験は、魔法とは、情報とは、そんなどこか哲学的《てつがくてき》ですらある難問を、アルスに突《つ》きつけてくるかのようだった。

ふと我に返り、一つ舌打ちをして堂々巡《どうどうめぐ》りをする思考の罠《わな》から逃《のが》れると、アルスはおもむろに地図の記載を再確認しながら、拠点へ向かうルートの目印になるものを探して、次々と眺《なが》めやる方向を変えた。おそらくこのへんに、特徴的《とくちょうてき》な形の岩があるはずだ。

「大丈夫《だいじょうぶ》でしょうか」

ふと、己とは違う小柄《こがら》な体重で雪を踏みしめる音が耳に届き、隣にやってきたロキが小声で話しかけてきた。その言葉は、レティの精神状態を指してのことか、それとも変わり果てたバナリスを指してのものか。

「大丈夫だ。でもって外界じゃよくあることだ、この雪景色以外はな」

ただ、ロキの心配がレティのことだというなら、ある意味もっともではある。

そもそもレティ達は、バナリス攻略の完遂《かんすい》を見ずに、唐突な命令で内地に召還《しょうかん》されている。そういった経緯《けいい》もあって、アルファに戻ってもなお、バナリスを空けてしまったことに、彼女は強い遺憾《いかん》を示していた。気持ちとしては、一刻も早く前線に戻りたかっただろう。

アルスとしても、その思いを察せないことはない。想像を絶する脅威《きょうい》がひしめく外界で、文字通り生命を削《けず》って遂行《すいこう》してきた任務なのだ。それが振《ふ》り出しに戻れば、あまりにも理《り》不尽《ふじん》だと感じてしまうのは当然だろう。

アルスにとってはよくある話で片付けられても、それが普通《ふつう》の感覚だとは思わない。そもそも、レティはこの任務の中で、隊員を何人か失っているのだ。部下思いの彼女ならなおさらやりきれないはずだ。実際に、レティがアルスに向け、そんな思いを吐露《とろ》したこともあった。

だが、今はロキに余計なことを考えさせるべきではない。雪景色の中でも輝《かがや》きを失わない銀髪に積もった雪を払ってやりながら、アルスは何食わぬ顔で、不安そうな少女に告げる。

「忘れたか、あいつはあれでもシングル魔法師だぞ。そしてここは外界だ、招かれざる客はこちら側だからな。大事な集中力を無駄に費やしていい時間は、とうに過ぎている」

「はい！　失礼しました」

余計な気遣《きづか》いなど、そもそも外界では無用。必要ならば、内地に戻ってから傷を舐《な》め合えばいい。ここでは、そんな優《やさ》しさは弱さ、果ては罪にさえなり得るのだから。

レティの焦燥感も分かるが……世界が内包する残酷《ざんこく》な理《ことわり》がはっきりと剥《む》き出しになるこの異形の地では、結局のところ、己の心と魂《たましい》を支えるのは、己自身でしかあり得ない。

「アルくん、アルくん、一つ言い忘れてたんすけど……」

その直後、話題の主が、やけに鼻につく口調とともに、アルスの肩《かた》を叩《たた》いた。なんだか気まずそうに濁した語尾《ごび》が、事の重要性を暗に匂《にお》わせているようで、正直嫌な予感しかしない。

「いきなり、なんだ。何かあるんなら、この際だから洗いざらい吐け」

「う～んとっすね。ここ、バナリスを支配してた魔物なんすけど」

「ああ、前に聞いたな。キマイラ、混合種とかだったか。で、そいつが妙な魔法を使う理由にでも、思い当たったのか？」

「……多分、あれって三代目のヤツなんすよ」

「は？」

背後のレティの声に耳だけを傾けていたアルスは、思わずその顔ごと、レティの方へと向き直った。正面には、何故か逆に驚いた様子のレティの顔がある。

かと思うと、アルスの反応が少し可笑《おか》しかったこともあったのか、ばつの悪さを隠すように少し苦笑《くしょう》してから。

「悪《わ》りぃっす」

レティは、顔の前で手を合わせてきた。実は、その情報自体をあまり重視していなかった、とでもいった具合だ。それから補足説明するように、彼女《かのじょ》は再び歩き始めながら、言葉を続けた。

「正直、不確定要素だったっすから、言おうかどうか迷ったんすけど……」

「迷ってる場合か。で、三代目とは？」

「つまり、バナリスを統治していると思《おぼ》しき最高レートの魔物は、私が知るだけでも二回入《い》れ替《か》わってるんすよ。ほら、激戦区的な場所だとたまに起きる、縄張《なわば》り争いってやつすよ」

「――――！　ちょっと待て、それじゃあ……」

「ここを空けてる間に、バナリスを仕切ってるのが、また別の魔物に交代したってことかもしれないっす」

「この雪も、ひょっとしたらそいつがやっていることだと？」

「たぶん、っすけどね。今ここを仕切ってるのは、もうあの混合種ですらない、別の魔物かも……そうなると四代目になるんすかね」

一先《ひとま》ずレティの口調がいつも通りに戻ったのは、幾分《いくぶん》か落ち着いてきて頭を切《き》り替えられた証拠《しょうこ》だろう。情報の後出しについて、誤魔化《ごまか》そうとしてのことかもしれないが。

そこについては一安心なのだが、魔物の縄張りの主がここまで頻繁《ひんぱん》に代わるというのは、アルスも聞いたことがない。

端的《たんてき》にいえば、このバナリスを支配下に置けるほどの魔物がそう何匹《なんびき》もいる、ということ自体が異常な状況なのだ。さらに、百歩譲《ゆず》ってそれがあり得たとするならば、競争原理に基《もと》づき、より強い者が支配者の座に成り代わっていくのは当然の成り行き。つまり、四代目の魔物となれば、相当手強《てごわ》い相手だということになる。

「はぁ～、まったく厄介《やっかい》な任務を請《う》け負《お》った。それを先に聞いてたら、絶対に断った自信がある」

八つ当たりじみた視線をレティに向けるが、それも今更詮無《いまさらせんな》いことだ。レティの微かに持ち上がった口角を見て、アルスはさらに肩を落とした。

「今更引き返せないっすよ、ア、ル、くん！」

レティに問《と》い詰《つ》めても躱《かわ》されるのが目に見えている。つまりは、最初から手玉に取られていたということかもしれない。アルスはいったん全てを諦《あきら》め、文句の一つも言いたい気持ちに、渋々《しぶしぶ》見切りをつける。

「そのつもりはない。一度は引き受けたんだからな。それに、さすがにこんな外界の奥地《おくち》くんだりまで来て、手ぶらで帰るなんて馬鹿《ばか》みたいな真似《まね》はな……」

「頼《たよ》りにしてるっすよ！」

レティがにっと笑いかけ、アルスはそこで、彼女の立ち直りが予想外に早いことに気づく。バナリスの変貌《へんぼう》ぶりがショックだったのは間違《まちが》いないはずだが、今回はアルスの存在が、彼女にとってそれだけ心強かったということかもしれなかった。

（一杯《いっぱい》食わされた気もするが、まあいいか）

まもなく、レティ達《たち》が拠点として使っていた場所がほど近いことを確認したアルスは、目指すべき山――今は雪山だが――を改めて例の【視野】でチェックした。

同時に周囲の索敵《さくてき》も行い、魔物が近くにいないことも確認しておく。

それからしばらく進軍し、さすがのアルスもそろそろ肌寒《はださむ》くなってきた頃《ころ》。

道中、前方の雪の吹《ふ》き溜《だ》まりから、半ば積雪に埋もれた状態の荷車が発見された。それらは雪の中、ごく無造作に置かれていたようだ。車輪も固定されておらず、積荷もそのまま。

隊員らが積荷を確認したところ、食料類は凍っていたおかげで大部分が保存状態の良いままであった。レティに先遣隊の出立時の様子を確認したところ、さすがに荷車を引いてバナリスに来たわけではないようだ。

「バナリスに着いてから荷物をばらし、荷車に積《つ》み替えて改めて運搬中《うんぱんちゅう》だった……というところか。それがそのまま放置された、と」

「……。アルくんはどう思うっすか」

ちらりとレティへと視線を走らせた後、アルスは自分の考えを忌憚《きたん》なく答えた。

「普通に考えれば……魔物との遭遇《そうぐう》だろうな。とはいえ大きな戦闘《せんとう》の痕跡はない。足跡《あしあと》などは雪に消されてしまっているみたいだから分からんが、敵に拠点が発見されるのを恐《おそ》れて、一旦《いったん》ここを離《はな》れたと考えるべきだろう」

先遣隊の者達は、魔物に対して無闇《むやみ》に抵抗《ていこう》することはせず、いったん退《ひ》いたのだろう。それはアルスから見ても、ベストな判断だと思えた。

「拠点はここから近い。このまま物資を運び、一先ず彼《かれ》らが戻っていないか確認しよう」

「そうっすね」

レティからは、意外にもあっさりした返事が戻ってくる。アルスもその態度に合わせて、あえて最悪の事態の可能性に言及《げんきゅう》することは避けた。

レティの内心は分からないが、どのみち、こういう時に掛けるべき言葉などありはしないのだ。期待は往々にして裏切られるものだと相場が決まっている。

その後、隊員達が可能な限りの範囲を捜索したものの、雪のせいでそれらしい痕跡は一切見当たらなかった。

先程よりさらに進んだので、アルス達が目指す拠点は、もう目と鼻の先に迫《せま》っている。ここからでは正確に目視できないが、急斜面の岩壁に作られたそれは、魔物の目から逃れるため迷彩化《めいさいか》されているはずだった。

「順調過ぎるな」

無言で警戒《けいかい》しつつ歩を進める隊員達の中で、アルスは唐突《とうとつ》に、ぽつりと呟いた。

その辺りの感覚は、経験によって培《つちか》われたものなのか、それとも突出《とっしゅつ》した才能の為《な》せる技か。

第1位のそんな言葉を聞いた全員が、はっと身体を強張《こわば》らせて、一層意識を研《と》ぎ澄《す》ませた。

そんな時だった。

ばったり出くわす、という表現そのままに、それはごく自然に、アルス達の進行上に突《とつ》如《じょ》現れた。

「ッ――!?」

ほんの三十メートルほど先に、ずんぐりとした物体が這《は》うように移動しているのが見えたのだ。それは雪上に轍《わだち》にも似た跡《あと》をつけて、ゆっくりと斜面《しゃめん》に向かう道を横切ろうとしていた。

闇色のドーム状のテントをかぶり、そのまま引きずっているような黒い物体。全身からは、何本もの蔦《つた》を生やしていた。その先には、雪の表面を擦るたび、カサカサと鳴る葉。

蔦も葉も一度も見たことのない奇妙《きみょう》な形状で、動く度に揺《ゆ》れるばかりでなく、その先端《せんたん》は宙をうねうねと彷徨《さまよ》っている。

蔦の巻きつき具合からして、奇妙な外殻《がいかく》の内部を窺い見るのは、まず不可能だった。いわば天然の防護服ともいえるそこには蔦が複雑に絡《から》まり合っており、蔦の束そのものが動いているような錯覚《さっかく》すら覚える。

そして、驚くべきことにこの魔物は、これまで敵意など一切《いっさい》感じさせず、それどころかアルスにさえ存在を感知されることなく、この距離《きょり》まで接近してきたことになる。

奇妙な容姿も相まって、誰《だれ》もが一瞬《いっしゅん》、まるで気を抜かれたようにその場に立《た》ち尽《つ》くした。

いや、そう思われた刹那《せつな》——アルス一人がただ、誰よりも早く地を蹴《け》っていた。

一足飛びに、ほぼ一瞬で魔物との距離を詰める。リアクションとしては、異常なほどの迅速《じんそく》な行動。文字通り本能的な何かに、弾《はじ》き出《だ》されたかのような反射速度である。

ほとんど稲妻《いなずま》のように全身を使った瞬発力《しゅんぱつりょく》で、アルスの姿は隊列の中から消えていた。

一瞬、その手に煌《きら》めくAWRが握《にぎ》られているのが残像のように見えたかと思えば……次にアルスの姿を皆《みな》が認めたのは、魔物の遥《はる》か後方においてだった。

AWRから伸《の》びる魔力の刃《やいば》は極限の薄さに保たれ、振り抜かれた魔力刀が、はっきりとその長大さまで含《ふく》めて視認《しにん》できる。そして魔物の方は、と視線を戻せば、その身体を覆う蔦は、まさに一刀の下に斬《き》り裂《さ》かれていた。

少し遅れて、神業《かみわざ》の名残《なご》りの衝撃《しょうげき》を受けた雪が舞い上《あ》がったと同時、黒いドームのような外殻ごと、魔物の身体に断線が浮かび上がった。かと思うと、その身体が断《た》ち割《わ》られたかのようにずれていく。次いで断ち切られた無数の蔦が、一斉《いっせい》にガサガサと音を立て、雪上にこぼれ落ちていった。

身じろぎすらせず、アルスはそのまま、伸ばされた魔力刀の刀身を解く。

だが、魔核《まかく》を捉えた感触《かんしょく》はなかった。
（チッ）
アルスは内心で舌打ちをする。この相手は、アルファ近辺ではまず見かけられない魔物だ。魔力の放出を最小限に抑《おさ》えるという意味でも、魔力刀の使用は理に適《かな》った方法ではあったはずだが、結局はそれが仇《あだ》となったのか、一撃《いちげき》では仕留められなかった。ただ、攻撃を加えてみて、直感的に悟《さと》れたことがある。

（魔核の位置がおかしい、それにこの手ごたえは……）

果たして、切断された蔦の束と黒い外殻の中から、ムクリと奇妙な存在が姿を覗《のぞ》かせた。姿は、甲虫《こうちゅう》の蛹《さなぎ》に似ているだろうか。左右が対《つい》となった計六本の脚《あし》は腹部を覆《おお》うように折《お》り畳《たた》まれている。背中には、炭化したような黒色の背の低い若木が数本生えていた。これが、身体を覆っていた蔦の出元だと思われた。そして、それらの若木の下には肉厚の翅《はね》が、ピタリと身体に張りついて収まっている。黒い外殻の「本体」というよりも、ほぼ「中身」というほうが正しいだろう。

見たこともないこの奇妙な姿に、さすがのアルスも冷水を浴びせられたような気分になった。驚愕《きょうがく》の中、同時にアルスの魔法師としての本能が、スッと研ぎ澄まされていく。数秒後にはすでに、この魔物に驚きを感じるよりも、具体的に討伐《とうばつ》するための分析《ぶんせき》段階へと、アルスの思考はシフトしていた。

だがアルスが次なる行動に移るより早く、その不気味な蛹へと向かって、雷《かみなり》を纏った拳《こぶし》の一撃が飛んでいた。

アルスの斬撃《ざんげき》に続き、レティ隊の一人、サジークによる追撃である。それはアルスの意図を素早《すばや》く汲んだ結果、自身が最も適任であると判断しての行動。最速の踏み込みに加え【身体強制強化《フォース》】をも併用《へいよう》した動きは、サジークの巨体《きょたい》を稲光へと変えた。拳に纏われた魔力は空気を震《ふる》わせ、雷鳴《らいめい》にも似た轟《とどろ》きを周囲に響《ひび》かせた。

一撃一殺の打撃《だげき》は、魔物を外殻ごと粉砕《ふんさい》するには十分過ぎる威力《いりょく》を有しているはずだった。

が、次の瞬間《しゅんかん》、サジークの拳は蛹の頭らしき箇所《かしょ》の前で、ぴたりと静止した。見ると、彼の太い腕《うで》には折り畳まれていたはずの脚が伸びて絡みつき、同時にうねった蔦が、ぎりぎりとそのガントレット型のＡＷＲごと腕を縛《しば》り上げている。

続いて、鍛《きた》え上げられた巨腕をへし折らんばかりに、それらが彼の腕に食い込んでいく。

「ぐッ」

全身を駆け巡《めぐ》る痛みをこらえるサジーク。噛《か》みしめられた奥歯《おくば》が、ぎりぎりと鳴った。

ならば、とサジークの内包魔力が膨《ふく》れ上がる。AWRから発した雷の力で、腕もろとも
に魔物を感電させようというのだ。このままでは腕が使い物にならなくなるのも時間の問
題とみて、腕を犠牲《ぎせい》にしてでも、と覚悟した、痛み分けを狙った反撃《はんげき》である。

「焼《や》け焦《こ》げろ！」

腕の皮膚《ひふ》に血管が浮き上がり、サジークの腕の筋肉が、爆発的《ばくはつてき》に膨張《ぼうちょう》して太くなったよ
うに見えた。やがて、耳を劈《つんざ》くような高い音が、彼の拳の先から放たれる。

「【雷獅子】！」

サジークの拳を起点として、魔法が構築・具現化する。召喚魔法《しょうかんまほう》である【雷獅子】――
それによって生まれる獅子《しし》の頭部だけが先行構成されたのだ。獅子はたちまち、鋭《するど》い雷の
顎《あぎと》を開き、魔物の脚の先にある頭部へと食《く》らいついた。

蛹の身体を爆発のような電撃が駆け巡り、周囲を輝く白光が包み込む。

そのまま、一秒、二秒……いつ果てるとも知れない連続した雷撃《らいげき》は、蛹めいた魔物の身
体から煙《けむり》が上がり始めても止《や》むことなく、巨大《きょだい》な雷の熱とエネルギーを、ひたすらに加え
続けていく。

背後からその様子を捉えていたアルスは、なおも険しい目つきで、白煙《はくえん》を立ち昇《のぼ》らせる

蛹の身体を見つめた。

刹那、動きが生まれた。

蛹の身体に張りついていた翅が勢いよく広がり、網のように身体に纏わりつく雷撃を、一気に吹き飛《と》ばした。たちまち白煙の混じった突風《とっぷう》が、空気を裂くかのように辺りに吹き付《つ》ける。

それを見ていた隊員達は全員、あわや、という事態に身体を強張らせた。

だがレティだけは、一人落ち着いた瞳《ひとみ》で、じっと冷静に事の成り行きを見守っていた。

サジークが冷《ひ》や汗《あせ》を流しつつも、なおも魔物の脚と蔦に捕捉された腕を突き出して、雷撃を放ち続ける姿勢を崩《くず》していなかったからだ。

サジークの腕がもはや限界か、と思われたその時、蛹の頭部から腹部にかけて、幾《いく》つもの断裂線《だんれつ》が現れ、一気に走《はし》り抜けた。

正しくは、魔物の身体を含めた空間に、何本もの亀裂《きれつ》が生じたと言うべきだろう。

十数個に切り分けられた魔物の身体が、血しぶきとともにずちゃっと鈍《にぶ》い音を立てて雪上に転がり落ちていく。

サジークが、ふと視線を飛ばした先。そこに、無表情に立っているアルスの姿があった。

雪上を濃緑色《のうりょくしょく》に染めた魔物の血が、その直後、付着した雪ごと綺麗《きれい》に蒸発して消え去っていく。

腕の状態を気にもかけず、サジークはすぐさま背筋を正し、アルファ流の敬礼を行う。

「ありがとうございます！」

だが、最後に手を貸したアルスへと律儀《りちぎ》に返礼したサジークの頭に、不意に拳骨《げんこつ》が振り落《お》とされた。

「この馬鹿ッ‼」

鉄槌《てっつい》を下したのは、レティだった。ある程度予想内ではあったのか、その顔には怒《いか》りよりも呆《あき》れの色の方が濃《こ》い。

「すまねっす、アルくん」

「まぁ、構わない。どの道、一撃で仕留め損《そこ》なった俺にも原因があるからな。妙な相手だったが、こうして無事に終わったわけだし」

魔物の断片《だんぺん》がポロポロと崩れ、霧散《むさん》していく様を見下ろして、アルスはそう溢《こぼ》した。

サジークの雷撃とアルスの空間断裂魔法により、どこにあるか不明だった魔核は無事破《は》壊《かい》できたようだが、何故かこの至近距離でも、魔物の魔力量《ポテンシャル》自体を、完全に感じ取ることはできなかった。やはり、この妙な雪の影響《えいきょう》だろうか。

一方で、レティに大目玉を食らったサジークは、その理由を悟れずどこか困惑《こんわく》気味なようだった。だがすぐに同僚《どうりょう》のムジェルが、そんな彼に向けて呆れたように説教を垂れる。

「馬鹿が、アルス様自らが即時《そくじ》対応した理由を少しは考えろ。それからな、魔力刀を用いられたことの意味にも、ちゃんと気づけ」

ムジェルの言葉に、サジークはどこか不服そうな視線で返す。自らの最大の過《あやま》ちにまだ気づけていないのか、どうも納得《なっとく》いかん、とでも言いたげだ。

だが実はそれは、一部始終を見ていたロキも同様である。もちろんサジークの危機に、すぐに手助けはするつもりだったが、この分ではもしかすると、余計な手出しになってしまっていたかもしれなかった。

彼女はそっと、状況《じょうきょう》を理解できない己の不明に恥《は》じ入るかのような表情で、アルスを見上げる。そんな彼女の様子を知ってか知らずか、ムジェルは。

「はぁ、反応速度だけなら部隊でも随一《ずいいち》なのに、まったく残念な奴《やつ》だな。アルス様、代わって俺が、こいつに説明してもいいでしょうか？」

アルスは小さく頷いた。どうせアルスからすれば大した話でもないし、この隊のことは、この隊の人間に任せたほうがいいだろう。

「つまりは、魔力漏洩へのケアだ……他《ほか》の魔物に余計な魔力を感知させないため、魔法じゃなくわざわざ魔力刀を用いたんだ。あと、先程おっしゃっていただろ。この雪だよ。アルス様が看破された通り環境《かんきょう》変化型の魔法のようだが、ただの足止めでないとすれば、何らかの罠か、魔力を察知する索敵手段である可能性が高い。もし後者だった場合、お前の行動が、結果的にどういう事態を引き起こしたと思う？」

わざわざ意地悪いほどに噛み砕《くだ》いて説明する様子には、已のミスをよく噛み締めろ、というニュアンスと同時に、レティ同様に、呆れの色が多分に含まれているようだった。

はっとした様子のサジークは、改めて已の浅薄《せんぱく》な行動を謝罪しようとする気配を見せたが。

「いや、終わったことだ、とやかく言うつもりはない。だが、さすがに中身があんなのとは思わなかったな」

アルスはサジークの動きを制するようにさらりと話題を流して、こともなげに言う。

「ともかく、Aレート以上は確定だな」

「いや、【中身のない殻《から》《ミッシングシェル》】がAはないっすよ。あんなのただのビックリ箱じゃないっすか。それにうちらが把握《はあく》しているAレートでもないっすから、増えたってことっすか？」

【ミッシングシェル】は、その生態が特に謎《なぞ》に包まれている魔物の一種に数えられる。比《ひ》較的《かくてき》低いレートの魔物だが、魔核の位置が蔦の中心部にある一方、その周囲が空洞《くうどう》になっているという不可思議なものだ。レティがビックリ箱と表現する程度には、各国でもその姿が驚《おどろ》きをもって迎《むか》えられた、謎多き化物。

バナリスに存在しうる魔物で、Aレートは残り二体。そのうちの一体が脳喰《ぐ》らいこと【オグマ】であったはずなのだから、寧ろ「増えたかも」というレティの返答に困惑したのはアルスの方だった。

内心舌打ちしたい気分にさせられ、アルスは一旦思考をリセットした。

【ミッシングシェル】は通常のレートでいえば、〝C〟が関の山。十分対処可能な分類である。ただし、その中身は評価軸《ひょうかじく》に含まれていなかったはずだ。そもそも中身というものがあるのをアルスが知ったのは、今回が初めてである。魔核の周囲が空だ、という話は、もしかしたら身体が灰塵化《かいじんか》した直後の姿を、見間違《みまちが》えたということなのかもしれない。

ただ、少なくともレティ達がここを空けている二ヶ月《かげつ》ほどの間に、魔物についての情報は、更新《こうしん》が必要になってしまったようだ。加えて彼女達《かのじょたち》が把握していない高レートの魔物などが存在していては、バナリス攻略《こうりゃく》の未来に暗雲が立ち込める。とはいえ、それでも【ミッシングシェル】を高レートとしてカウントすることはできないので、今回が異例だった可能性もある。どのみち慎重《しんちょう》にならざるを得なくなった。

「バナリス攻略の進捗《しんちょく》が、思った以上に後退したな」

ポツリと溢したアルスに、レティの表情が険しくなる。

「仲間の安否が、心配っすね」

レティのそんな言葉は、どこか独り言のようでもあったが、その実、アルスに対する懇《こん》願《がん》めいたものも含まれていそうな気配だった。もちろん、アルスとしては、先程《さきほど》の方針に変更はない。まずは拠点《きょてん》に到達し、先遣隊《せんけんたい》を含めた状況を確認する。ただ、予想外の状況が重なっているだけに、任務全体に遅れが出ることは必至だろう。

そのとき。

「アルス様⁉」

ロキの切迫《せっぱく》した声にすぐさま全員が身構え、緊張感《きんちょうかん》が自然と彼らを戦闘態勢につかせた。

「お出ましか……なら、まずい状況にあるってことで、確定だな」

先程の魔物を、アルスが瞬殺しようと動いたのは、この不吉《ふきつ》な未来を察知してのこと。

「アレ、斥候《せっこう》ってところだったんすかね」

「にしては、ずいぶん高レートのようだったが」

それもアルスの懸念《けねん》の一つ。新たに新種登録されたオグマはAレートとして算定されていた。だが、今しがた倒《たお》した魔物の力もまた、Aレートくらいはあるだろう、とアルスは感じていた。そして、バナリスを率いる魔物の、代替《だいが》わりという情報。もしかすると、この一帯の魔物全体が強力化している可能性も考えられはしないか。

「まあ、考えるだけ無駄《むだ》か」

呟《つぶや》く間にも、雪に覆われた岩陰《いわかげ》から、白銀色に染められた地中から、様々なタイプの魔物が這い出《で》てくる。その総数は二十を遥かに超《こ》えていた。

もちろん、アルス達も接近を許した覚えはない。ロキの探知に、抜かりがあったわけでもない。……そもそも、気づけないのだ。

アルスは悟る。この奇妙な雪は、魔力をそうとは気づかせないままに少しずつ乱反射させてしまうのだ。その結果、表面上には、魔力を帯びないクリーンな層が生まれる。魔物達はその擬《ぎ》態《たい》によって、自らの存在を覆い隠《かく》していたのだろう。もちろん、この地に張り巡らされた古い坑道《こうどう》も、十二分に利用されているはずだ。

こうなれば、ロキの探知はもちろん、アルスの〝視野〟でも、もはや正確な位置情報を把握することが難しい。

（これが意図してのことだとしたら、狡猾《こうかつ》というよりも戦略的すぎるな。まるで熟達した軍司令官でもあるかのような……）

そこまで考えて、アルスはすぐさまレティの視線に気づいた。魔力の漏洩《ろうえい》を気にせず、いっそ、魔法による大火力での迎撃《げいげき》を試みては、という意味ありげな目配《めくば》せだ。

確かに、この数の魔物に捕捉されている今、もはや少々取《と》り繕《つくろ》ったところで意味がないのは確かだろう。それにこれらが斥候だとすれば、すでにこちらの動きは、周囲の魔物にも筒抜《つつぬ》けになっている可能性は高い。

「構わない。さっさと片付けよう」

アルスの返答と同時、レティは部下達に腕を振り下《お》ろし、指示を与《あた》えた。

「殲滅《せんめつ》っす」

もう出し慣れた命令だ、とでもいう風に、その口調に緊張感はない。

アルス達を囲った魔物達が、いずれもごく一般的《いっぱんてき》な種であることはすでに確認《かくにん》済みだ。

そして、戦闘が始まった。

あちらこちらで、魔力が炸裂《さくれつ》し、飛び交《か》う。あれほどの数の魔物が次々と、間断なく駆《く》逐《ちく》されていく。彼らの動きには一糸乱れぬ統制があり、まったく無駄がない。雪上に飛び散る不気味な色の血が、次の一瞬で霧散し、そして魔力残滓《まりょくざんし》へと還《かえ》っていく。

これは適材適所、隊員らが各々《おのおの》、状況を瞬時《しゅんじ》に判断して、一番高いパフォーマンスを出せる形で動いているためだろう。その起点となっているのがサジークとムジェルだ。彼らは二人で、まずは厄介そうな魔物を優先的に討伐しており、その後の処理を適宜《てきぎ》他《ほか》の隊員に任せて、流れるように戦闘を進めている。

連携《れんけい》の面ではアルファ随一。この部隊の戦力は、レティを抜いても確かに突出しているものがあった。

そもそも、斥候《せっこう》程度ではレートからしてレティらの敵ではなかったのだろう。最高レートがB程度だったせいもあるだろうが、魔核の破壊を後続に任せ、まずは無力化を優先しているのも、この場合は良い判断と言えた。相手によっては欠損箇所を瞬時に回復する魔物もいるが、それも全て計算済みということだ。

まるで工場での流れ作業のように淡々《たんたん》と戦闘は処理され、蓋《ふた》を開けてみれば、結果は誰《だれ》一人《ひとり》手傷すらも負わず、完封《かんぷう》。

アルスやレティ、そしてロキと治癒魔法師《ちゆまほうし》の女性は、動く必要すらなかった。

（集団戦において、これほど戦い慣れている部隊が、今のアルファに幾つあるか）

【背反の忌み子／デミ・アズール】戦でのことが、改めて思い出される。

やがて、周囲に静けさが戻《もど》ってきた直後――。

「!?」

遥か遠方で、一筋の光が煌めいた。アルスがその気配を感じ取った後、辛《かろ》うじて【視界】の上部に、急速接近する何かを視認する。

それを捕捉したと同時、静まった空気を破るかのような連続音が轟いた。いや、その音が最初に耳に届いた時には、すでに巨大な白光が、アルス達の影《かげ》を塗《ぬ》り潰《つぶ》してしまうほど近くにまで到達していた。

分析する間もない。魔法《まほう》を感知した時点では、すでに遅《おそ》きに失していた。

超遠距離《ちょうえんきょり》からの魔法放射に、即座《そくざ》に反応できたのはアルスとレティだけだった。レティがはっと身構え、その上を行ってアルスが腕を突き出すのと同時、飲み込まんばかりの眩《まばゆ》い光が猛《たけ》り鳴く。その場の全員が、一斉に耳を塞《ふさ》いだ。

アルスは咄嗟《とっさ》に障壁《しょうへき》を展開したのだが、瞬時に割り込ませたため、障壁の強度はあまりにも頼りなかった。それでも、一瞬の時間さえ稼《かせ》げれば、どうとでもなるというもの。

ＡＷＲ【宵霧】に魔力が注がれ、鎖《くさり》の輪に魔力光が溢《あふ》れる。

神速の初撃をかろうじて耐《た》えた半透明《はんとうめい》の障壁の上から、更《さら》に凍《い》てつく氷がぶ厚く覆った。

その造形は、巨神が使うようなスケールの大盾《おおだて》であった。それこそ、隊員達全員を覆い隠すに足る巨大さである。もっとも、単一魔法式から呼び出した魔法であるから、造形についてはは無骨そのものだ。

だが、氷系統の障壁は、巧《たく》みに構成を操《あやつ》れば、受け止めた魔法の構成情報を鈍化《どんか》させる性質がある。それなりの使い手ならば、それを利用し、相手の魔法の威力を劣化《れっか》させることも可能にする。

だが、その光には、実に巨大な魔力量が込められていた。強すぎる輝きは、分厚い氷の盾を透過《とうか》するようにして、光が若干《じゃっかん》、その効果圏内《けんない》へと漏《も》れ入ってくるほど。

速度は雷を超え、凄《すさ》まじい熱量が氷の盾と衝突《しょうとつ》し、火花にも似た光の粒子《りゅうし》が飛散する。

直後、アルスの目が捉《とら》えたのは……派手に跳ね返され、飛散されたはずの光。それはまるで蛇のように尾を引いていた。なおかつ、消失するでもなくそのまま空気中に留《とど》まるという異様な光景。

（弾かれてもなお、持続する⁉）

アルスは驚愕を押《お》し殺《ころ》し、衝撃に備える。弾かれ分かたれた光の尾の数は、ゆうに百を超えるだろうか。次の瞬間、普通なら消失するはずのそれらが、まるで意思を持つように鎌首《かまくび》をもたげ、再び一斉に、アルス達へと襲《おそ》いかかる。

「【絶命の天雷槍《ブリューナク》】かっ……？　いや！」

その第二波を再度氷の大盾で受け止めた後、アルスが短く唸《うな》る。アルス……いや、人類が知りえているその魔法と比べると、今放たれたものは、構成や込められた魔力量が異なっている。寧《むし》ろ、魔法本来の力を、十二分に引き出しているという感触さえある。

（【ブリューナク】の完成形⁉　その真髄《しんずい》には、未《いま》だ魔法師は誰もたどり着けていないという話だったが、まさか魔物が到達しているとは！）

魔法は、そもそも本来魔物が扱《あつか》っていた力だ、ということを、今更《いまさら》ながらアルスは痛感する。いまや状況は、一気に危機的といえる段階まで悪化していた。

この【ブリューナク】……いや、便宜上《べんぎじょう》名を付けるなら【偽真《ぎしん》・絶命の天雷槍《デミス・ブリューナク》】とでも呼ぶべきそれは、人類の知り得るものと異なり、『防げない』魔法だ。障壁の強度がいくら上回っても、弾かれるたびにかえって無数に分裂《ぶんれつ》し、再び襲いかかってくる。もしかすると気長に弾き続ければ、どこかでさすがに消失するかもしれないが、それを試《ため》している暇《ひま》はない。

今もアルスの視界の端《はし》では、先程《さきほど》弾いたばかりの【デミス・ブリューナク】が無数の光の矢となって、三度《みたび》、流星の如《ごと》く降り注ごうとしていた。

光の粒子はその数をもはや千近くにまで伸ばし、翻《ひるがえ》りながら襲い来る。

刹那、アルスは思い切って氷の盾を解く。濃密《のうみつ》な魔力残滓が霧《きり》のように周囲に舞《ま》う中、アルスは一度、細い息を吐《は》いた。

それとほぼ同時、全身に薄《うっす》らと黒き魔力を一気に纏《まと》わせ、アルスは大きく地を蹴る。続いて空中から、両腕《りょううで》に纏わせた黒き魔力――【暴食なる捕食者《グラ・イーター》】を、いくつも解き放った。

アルスはそれらを指揮するかのように腕を振り、襲いかかる【デミス・ブリューナク】

を全て、余すことなく喰らわせる。

デミ・アズール戦以降、やむなしと腹を括《くく》って初めて行使する【グラ・イーター】だったが、以前よりも細かな制御《せいぎょ》が可能になっていることに、アルス自身、少なからぬ驚きがあった。そんなアルスの内心をよそに、雪を巻き上げて踊《おど》り狂《くる》う【グラ・イーター】は、一瞬のうちに次々と光をその漆黒《しっこく》の中へと飲み込んでいく。

やがてアルスが再び地に足を下ろした時、全ての脅威は綺麗に取り除かれていた。片膝《かたひざ》を突いたアルスは、内心の安堵《あんど》を小さな息に乗せて、ほぅっと一つだけ吐き出した。

幸い、隊員達は全員が半ば呆気《あっけ》に取られていたのと、直感的に【グラ・イーター】をアルスがコントロールしていることを悟れたせいで、誰一人余計な回避《かいひ》行動を取らなかった。そのおかげで、【グラ・イーター】の制御・操作に全神経を注ぐことができたのは、僥倖《ぎょうこう》だったと言えよう。

周囲にはただ、鼻をつくような焦げる臭《にお》いが、強烈《きょうれつ》な異臭《いしゅう》となって漂《ただよ》っているばかりである。

彼らにシングルとしての切り札の一つを垣間見《かいまみ》せてしまったことになるが、この際仕方がない、とアルスは割り切り。

「驚かせたかもしれんが、話はあとだ」

続いてアルスがきっ、と鋭く視線を上げて見据《みす》えたのは、無論、【デミス・ブリューナク】が放たれた方角。

すでに消えかかってはいるが、光が走り抜《ぬ》けた道筋に沿って、白煙はまだ、微《かす》かにたなびいている。

(かなり遠い。数キロは離れているか)

ただ、魔法の速度が音を置き去りにしたことからも、恐るべきスピードの奇襲《きしゅう》だったのは間違いない。レティでも反応するのがやっと、具体的な対処が行えたのはアルスただ一人。

「さすがはアルくんっすね！　そんで、敵さんとの距離は？」

レティは、その正体まではよく知らないながらも、先の悪食討伐戦《あくじきとうばつせん》で一度は【グラ・イーター】を見ているので、比較的驚《ひかくてきおどろ》きは少ないようだった。そんな彼女の声に、アルスは淡々と、愛想《あいそ》のない返事を返した。

「正確には分からん」

「じゃあ、何で落ち着いてるんすか！　次弾くるっすよ！」

「いや、すぐには来ない」

「……？」

疑問顔のレティにこの場で説明している時間はないが、そう言い切れるだけの根拠《こんきょ》はある。まず【デミス・ブリューナク】は、人類が既知《きち》とするそれより遥かに強力だが、連射できるような魔法ではない。もしそれができてしまう相手なら、さすがのアルスも、己《おのれ》以外の面子《メンツ》を、直ちに撤退《てったい》させる必要があっただろう。

「要するに、空気中の浮遊魔力《ふゆうまりょく》を取り込み、超圧縮《ちょうあっしゅく》して放つ魔法なんだ。あの大出力だ、一度使えば少なくとも半日程度、ここらの大気中の魔力は元には戻らんだろう」

アルスはすでに、さっきの【デミス・ブリューナク】の根本原理までも看破してしまっていた。もっとも【グラ・イーター】で喰らったことで、より理解できるようになった部分もあるのだが。

「それに、距離はおろか、相手がどこにいるかすら分からん。闇雲《やみくも》に魔法を撃《う》っても無意味だ」

そう言いながらも、アルスの口調は、自然とうんざりした気配の混じったものになった。それもそうだろう、アルスはここに至り、魔法で作られたこの雪の、別の有用性に気づいている。アルス達は敵の居場所を知ることができないのに対し、あの魔法を発したものは、おそらく確実にアルス達の居場所を掴《つか》んでいる。

視線を足元に落としたアルスは、一面に敷《し》かれた雪を鬱陶《うっとう》しそうに見下ろす。降る雪にのみ注意していたが、どうやら積もった雪にも何かしらの効果があるらしい。

(居場所を掴まれたのはこれが原因だな)

それを裏付けるかのように此処《ここ》に満ちた魔力、残滓《ざんし》も含めた魔力の一切合切《いっさいがっさい》が雪に吸い付き、一緒《いっしょ》に堆積《たいせき》している。非物理物質である魔力は、本来重量を持たないものだ。それが雪の上に落ちる理由は、一つしかない……この雪の特殊《とくしゅ》な性質だ。乱反射するだけでなく、一部を吸着する。そして、その性質を利用すれば。

(魔力の微弱《びじゃく》な名残りから探知されたな。居場所は筒抜けか。となると地下に何かいるな)

積雪の更に下、地下坑道あたりをレーダー網《もう》代わりに使っていると見るのが自然。探知結果を受信するにはもってこいの環境だ。

詳細《しょうさい》は不明だが、その手段と遠距離《えんきょり》型の魔法を合わせれば、まさに一方的な蹂躙《じゅうりん》が可能ではないか。少なくとも魔物同士での連携が取れている証拠でもあった。

直接顔すら出さず、安全圏《あんぜんけん》内に隠れている相手に好き放題やられるというのは、実に鬱陶しいものだ。

(せめて、ある程度距離くらいは把握できれば)

そう思った矢先、レティの口元が緩《ゆる》み、どこか不敵な笑《え》みを作った。

「距離さえ分かれば、良いんっすよね？」

「だが、探知はあてにならんぞ」

「チッチッチ、やられっぱなしってのは、性《しょう》に合わないっすからね。もちろん、アルくんもっすよね?」

「そりゃ、まあな……」

手があればすでに実行している、という意味のアルスの苦々しい顔での回答に対し、レティは後ろに向けて指をクイッと曲げた。すると即座に隊員の一人がアルスとレティの前に進み出る。

男はAWRに手を添《そ》えながら、そっと魔法を発動した。やがてアルスとレティの前に出現したのは、空中に浮《う》く水鏡のような奇妙な物体であった。水系統の魔法なのだろう、その表面には、遥か遠方の景色が映し出されている。いわば、簡易的に作り出された望遠レンズとでもいうべき代物《しろもの》だ。

だが、完全な雪の魔力攪乱《まりょくかくらん》の影響を受けてか、形はややいびつだ。水面のように揺れるそれには、今は雪山の頂がぼんやりと映っている。

アルスが覗き込むと、男が手をかざし、レンズの向きと形の微調整《びちょうせい》を行った。

やがてその光景の中に、何か動くものが捉えられた。アルスが注視すると、それは山頂から降りようと、悠々《ゆうゆう》と雪渓《せっけい》を渡《わた》っている一体の魔物の後ろ姿であった。体長は約三メートルはありそうで、しなやかな四足で歩くその姿は、どこか狼《おおかみ》を連想させた。纏っているのは、くすんだような色の変わった体毛である。それが風に靡《なび》く様子から、どうやら毛の質は人毛のように柔《やわ》らかいようだ。だが何より目立つのは、後ろ姿からでもはっきりと確認できる、特徴的《とくちょうてき》な一本角だった。それは今まさに、高出力の熱線を発した直後あるかのように、薄っすらと白煙を纏っている。

「なるほど、あれがさっきの魔法を放った奴と見て間違いなさそうだ。似ている魔物がいるとすれば【レフキス】か。だが、あの角は……」

だが、そんなアルスの呟きなどお構いなしとばかり、レティは鼻息を荒《あら》くして前へ一歩踏《ふ》み出した。

「うっし、これで奴の大体の場所は分かったっすね」

腕を肩《かた》ごとぐるぐる回しながら、そう息巻くレティ。もはやアルスは何も言わず、彼女《かのじょ》の背中を見つめた。

ようやく反撃の機会が掴めたといえば聞こえはいいが、単に今までの鬱憤《うっぷん》晴らしに、派手な魔法を使いたいだけな気もする。

せめてアルスの杞憂《きゆう》であってほしいが、彼女の性格からして、十分にあり得る話だ。

やがて、容赦《ようしゃ》なく全身にみなぎらせたレティの魔力は、実に凛々《りり》しく力強いものだった。

己の力に絶対の信頼《しんらい》を置いた者だけが扱える、揺るぎなくシンプルなエネルギーのみを感じさせる魔力。それは彼女の真っすぐな性格をそのまま純粋《じゅんすい》に反映したかのようで、いっそ清々《すがすが》しさすら感じられる。

当然、その直後に指輪型ＡＷＲへと注がれた魔力も、次に放たれるだろう魔法の絶大な威力を予想させる、馬鹿《ばか》げた量だった。

指を組み合わせて狙《ねら》いを付けるようなポーズを取り、順を追って魔法の座標情報と構成を組み上げていくレティ。直後、二十は下らない数の爆源《ばくげん》たる紅点が瞬き、遠くに見える雪山の頂を、イルミネーションのように飾《かざ》る。

なおもしばらくの溜《た》めがあった後、満を持してレティがパチンと指を鳴らした音は、周囲にやけに大きく響き渡った。

「【空置型誘爆爆轟《デトネーション》】!!」

彼女が発したその魔法名に、アルス以外の隊員らは皆、半歩ほど思わず後ずさった。

すぐに、連鎖《れんさ》する爆破《ばくは》が始まった。山肌《やまはだ》を覆うように真っ赤な炎《ほのお》が膨張し、上へ上へと駆《か》け上《のぼ》っていく。レティ得意の魔法であるが、今回の爆破規模の広さは、さすがに尋常《じんじょう》ではない。

だが……。

爆心地《ばくしんち》に目を向けたアルスは、一瞬後《のち》、呆れたような声を漏らした。

「おい、外してるぞ」

そう、魔法の発現場所――爆破座標――は山の頂から横にかなりずれていた。そもそも距離が開いているため、少しのずれが巨大な誤差となっており、百メートル程《ほど》も狙いから逸《そ》れている。幸い山の形状が崩れるということはなかったが、きちんと発動すれば、それこそ頂上が吹《ふ》き飛ぶほどの高出力だったはずだ。

「ありゃ？」

レティがやらかした、とでもいうように間の抜けた声を上げた。直後、これほど離れているというのに爆風《ばくふう》が押し寄《よ》せ、彼女の髪《かみ》を強く煽《あお》った。だが、アルスはそんな風など全く気にもせず。

「息巻いていた割にこれか。腕がなまったんじゃないか」

「え、えっ、えええええええ!!　違《ちが》うんすよ、アルくん！」

意地の悪いアルスの口ぶりに、レティは全力で言い訳しようとした。だが今や、彼女の隊長としての権威《けんい》はすっかり失墜《しっつい》してしまったと言える。隊員達《たち》のレティを見る目がどうも冷ややかなのも、決して雪景色のせいではないだろう。

「レティ様、ドンマイですッ！」

両拳をぎゅっと握り締《し》めてのロキの慰《なぐさ》めも、あまり効果はなかった。レティは「ロキちゃんまでぇ……」と口を尖《とが》らせたが、そもそもの原因となると、どうにも思い当たらないようだ。

「でも何でっすかね、発現座標は確かに大まかだったっすけど、あそこまで極端《きょくたん》に外れるはずはないんすよ？」

そもそも【デトネーション】の効果は広範囲《こうはんい》に渡るため、目標を爆破するのにそこまで精緻《せいち》な座標設定は必要ない。そのため、レティが大まかな狙いしかつけなかったのは、別に常識外れなことでもないのだ。

だが今回は、いわば的が極度に大きいのにもかかわらず、的どころか、まったく見当違《けんとうちが》いのところに着弾《ちゃくだん》してしまった、というのに等しいのだから、レティの疑問も当然だろう。

いかにも納得できない、という彼女の表情を見て、アルスはさっさと解答を提示した。

「ま、さっきのは冗談《じょうだん》だ。つまるところ、この妙《みょう》な雪のせいだろうな。この雪は魔力を細かく乱反射させる上、吸着性もあるようだ。だからソナーを使った探知や中・遠距離魔法《えんきょりまほう》の障害になる。魔力の歪《ゆが》みが積み重なれば、座標設定にまで影響が出るわけだ。それでもごく近くならまだましだったんだろうが、今回はあの距離だったからな」

アルスは淡々と告げた後、あえて口端をニヤリと持ち上げて。

「で、見事に標的を取り逃《のが》した、というわけだ」

「うっ……そ、そんなことよりもっすよ。アルくん、なんで先に言ってくれなかったっすか！」

「まだ推測に過ぎなかったからな。幸い実証が得られたから、これでほぼ確定だ。とはいえ、とことん派手にやったなー」

それなりに深刻な状況だが、アルスの言い方がどこか軽口めいているのは、もろもろの疑念が晴れ、方針が明確になったから、ということもある。

「ま、妨害《ぼうがい》されるのは魔《ま》法全般《ほうぜんぱん》ということが分かっただけでも収穫《しゅうかく》だぞ。裏を返せば、これからは全力でやれる……ちまちま探知する手間なんて無駄だ、ということだからな。それに敵の斥候とも、すでに遭遇《そうぐう》してる。加えて、あれだけ派手にぶちかましておいて、俺《おれ》達《たち》の存在や位置を悟《さと》られる、なんて気遣《きづか》いはもういらんだろ」

「アルス様、それではどうしますか？」

駄々《だだ》っ子《こ》のように腕を振《ふ》り上《あ》げ、アルスに襲いかかろうとしていたレティの機先を制した、ロキの一言。それによって綺麗にムードが切《き》り替《か》えられ、アルスは真面目《まじめ》な表情に戻ると。

「まずは、情報共有と作戦の仕切り直しだ。まず敵はこの雪を、魔力《まりょく》的な妨害だけでなく索敵網《さくてきもう》としても使える可能性が高い。だとすれば、ここに留まるのは利口じゃない。さっきのはそうそう撃てないだろうが、また別の魔法が飛んでこないとも限らん。だからまず、逃《に》げ込める拠点を目指す方針自体は変えなくていいと思うが」

レティに視線を送ると、彼女は黙《だま》って頷《うなず》き返してくる。

「レティ、隊を分けたほうがいい。人選は任せるが」

「了解《りょうかい》っす。つまりは奴に的を絞《しぼ》らせず、加えて拠点の位置を探《さぐ》られないように、ってコトっすね」

アルスは頷きで、その言葉に応じた。

何らかの理由で他の部隊と一緒に行動することになった場合、アルスが常に気をつけていることがある。

それは、隊員らを意思と命を持った「人間」としてよりも、単純な「戦力」としてカウントしてしまいがちな己の傾向《けいこう》についてだ。いや、そういう思考を取らないというよりも、それを極力表に出さないこと、といったほうが正しい。特に部下を大事にするレティのような指揮官とは、ほぼ相容《あいい》れない気質ともいえるだろう。

今回についても、アルスの冷徹《れいてつ》な頭脳は、すでに先遣隊の安否に関して、無意識に切り捨ててしまっている。

探知魔法師ぐらいは生存の有無《うむ》を確認してもいい、その程度の思考である。雪の影響が明らかになった今、その「価値」は多少目減りしてしまったが、今回のような敵を相手にする場合、やはりいずれは「目」の数と質が勝敗を分けるだろう、という直感があった。

この特殊な状況下では、それ以外の戦力など、いくら鍛え抜かれた猛者《もさ》であってもおそらくただの「頭数《あたまかず》」でしかない。

極端な話、生きていても死んでいても、現状の戦力さえ維持《いじ》できていれば十分作戦は立て直せるのだから。

その上で、どちらかといえば生きていたほうが好ましい、という程度。その理由はといえば、冷徹に示される答えは「単にその方がレティの精神状態が安定するだろうから」。(他部隊の人員の生死など、所詮《しょせん》はその程度か。つくづく団体行動には向かない思考回路だ)

そんな自虐《じぎゃく》めいた台詞《せりふ》は、ただアルスの胸中でのみ呟かれた。さすがのアルスも、不和や不興を買う種を、ここでわざわざ自らばら撒《ま》くようなことはしない。

ただ今は、何故《なぜ》か、それなりに平穏《へいおん》だった学院生活が、妙に懐《なつ》かしいような気分だった。

それからしばらく後。

アルスは自然な流れで、ロキと一緒に組むことになった。さらに二人には、拠点の場所を知る別の隊員が同行する形だ。

結局、レティの部隊は合計で四つの隊に分かれることになった。それぞれが一旦《いったん》この場を離れ、改めて各自で拠点を目指すということで、プランは落ち着いた。

機動力は上がるが戦力が分散する形にはなるので、基本的に戦闘《せんとう》は避《さ》け、魔物を撒《ま》きながらの移動となる。

いわば隠密《おんみつ》行動に入るわけだが、これに必要な準備は、皆《みな》に一層の緊張感をもたらした。すでに任務を短期間で終わらせる最初のプランは、危《あや》うくなっている。ここで誰《だれ》かが躓《つまず》くことは、任務の失敗を決定的にしかねないからだ。

「レティ、どんなに長くても二十一時間後には拠点で合流しよう。最悪、拠点を引《ひ》き払《はら》うことも視野に入れる。先に着いた奴は、準備だけでも整えておくように言ってくれ」

「いやいや、もううちを通さなくても自分で言えば良いじゃないっすか」

アルスにしては律儀に、なおも隊長としてのレティを通す形で指揮系統を維持しようとしたのだが、かえって妙な目で見られることになってしまった。

そんなアルス本人の意向はともかく、それもそのはず、という状況ではある。

先程の【ブリューナク】の上位互換《ごかん》ともいえる超遠距離魔法《ちょうえんきょりまほう》への対処その他、やはりアルス抜きでは、という雰囲気《ふんいき》がすでに出来上がっていたからだ。最初こそそうでもなかったが、もはや実質的に、この任務における作戦立案は、アルスが行っているも同然になっていた。

それを悟り、アルスも「そうか」と要《い》らぬ気遣いをやめたが、最終的な判断を下すのはレティという形だけは変えない。

そんな風に、アルスからのいくつかの助言に加え必要な情報を共有しあった後、アルス達は、直ちにその場から離れた。

◇◇◇

道中、アルスとロキに同行することになったのは、レティの部隊でも信頼の厚い治癒魔法師の女性であった。戦闘部隊において、治癒魔法師はかなり重要なポジションではあるので、アルスとしてはやや心苦しいような気持ちがある。ただ、それもレティの配慮《はいりょ》なのか、頼《たよ》られているのか、それとも押し付《つ》けられているのか……どちらにせよ、あえて何も言わないことにした。

「ルイスさん、で良かったですか？」

互《たが》いに無言なのも何なので、まずは無難にアルスの方から、会話の口火を切ることにした。ちなみにアルス達は、一先《ひとま》ず高速で移動を開始し、現在は放出魔力を最小限に抑《おさ》えて拠点へのルートを目視で探っているところだ。

「はい。この部隊に配属されて二年目になります」

まだ二年目ならば、部隊設立のタイミングから考えれば、さほど古参とは言えないはずだった。ルイス自身は、治癒魔法師という役割のせいか、少し落ち着いた雰囲気を持っている。まだ若いながらも年齢《ねんれい》はおそらくレティよりも少し上くらいだろうか、とも思うが、何しろアルスだ、女性の年齢についてはよく分からない、というのが本音だった。

「そうですか、レティの部隊にいるのは、何かと大変では？」

「え⁉　え、ええ、まぁ……」

アルスの率直《そっちょく》な問いに、ルイスはあからさまに言《い》い淀《よど》む。どうやらアルスの言葉は、少々ぶしつけ過ぎたようで、彼女に要らぬ葛藤《かっとう》を与えてしまったようだ。ともあれ、心当たりは大いにあるようだが。

「レティ様の部隊なのですから、それは大変に決まってますよ、アルス様」

ロキのフォローに、アルスも「それはそうか」と、何だか間の抜けた返事をする。

そんなやりとりに、ルイスは可笑《おか》しそうに微笑《ほほえ》んで、改めて付け加えた。

「そうですね、確かにそれはその通りです。でも、私が配属されたどの部隊よりも……何というか、楽しいですよ」

屈託《くったく》ない笑みが、彼女の顔を彩《いろど》った。

外界での戦いを経験してもなお、楽しいという彼女の言葉。

額面通りに取ればそんなはずはないのだが、魔法師として、ある意味の達観というか、一つの到達点《とうたつてん》を示しているのではないか、とアルスは感じた。同時にそれは「レティの部隊」だからこそなのかもしれない、とも。いずれにせよ、彼女が若いながらもかなりの腕《うで》なのではないか、と思える返事なのは確かだ。そんなアルスの内心を知ってか知らずか、今度はルイスが、質問を投げかけてくる。

「それはそうとアルス様、先ほどの魔物……あの遠距離から魔法を放ったという相手ですが」

「レフキスですか。まぁ、実際はその上位種なんでしょうが、まだ断定はできませんね」

「あの魔法について、確か【ブリューナク】と仰《おつしや》っていたようですが」

それについては、いずれ全員揃《そろ》った場で、言及《げんきゆう》しようと思っていたことだ。

「確かに、それに類似《るいじ》した超長距離魔法です。だが、あれはどうも俺《おれ》が知っている【ブリューナク】じゃない。魔物が独自に改変を加えてきていたというか、もしかするとあれが完成された【ブリューナク】なんじゃないか、というくらいの代物です。便宜上、上位進化なのか異形化なのか判然としないのでどちらでもあり得る『偽真』、【デミス・ブリューナク】といったところでしょう。具体的には……障害物や標的以外への接触《せっしょく》によって、二段階目の構成に切り替わる」

「切り替わる、ですか？」

その言葉に、ルイスだけでなく、ロキも思わず耳を欹《そばだ》てた気配があった。

「ええ、一定条件で構成を分裂・再構成し、追尾《ついび》型《がた》に切り替わるんです」

ここに至ってなお、アルスは己の言葉《ことば》遣《づか》いが、ルイスに対してだけは無意識に敬語交じりになってしまっていることに気付いていなかった。

もともと、この年頃《としごろ》の女性が持つ雰囲気というのは、どうにもアルスの調子を狂わせてしまう節があった。さらにレティとはまた違う意味で、彼女の態度から、アルスというシングル魔法師に対する過剰《かじょう》な敬意や慇懃《いんぎん》さを感じないせいもあるだろう。

もう一つ、アルスはなぜかルイスに、どこかでかつて、慣れ親しんでいたような妙な距離感と雰囲気を感じていた。だが、どうもその理由が分からず、何だか不思議な女性だ、という気もしていた。

「障壁はもちろん対魔《たいま》防壁魔法《ぼうへきまほう》で防ぐにしても、一時的に弾《はじ》かれるのみですぐに消失はしない、ということですね、アルス様。しかも、弾かれた後は性質を変えて、標的も再設定される、と」

「正解だ」

ロキの答えに、アルスは頷く。もともと【ブリューナク】は、集団殲滅能力が極《きわ》めて高い魔法の一つとして数えられている。だが一本角が放った魔法は、そもそも術式だけを見ても、人間が編み出した【ブリューナク】から、さらに手が加えられていることは間違《まちが》いなかった。

放たれた魔法に対して、強固な防壁で対応すればするほど、その分裂と再構成を促《うなが》してしまうという代物。受け手側としては、極めて厄介《やっかい》としか言いようがない。

「しかも、あの速度では対処のしようがありませんね」

神妙《しんみょう》な顔でルイスは対応策を模索《もさく》しているようだが、そもそもそれは、治癒魔法師の領分ではないはず。ただ、彼女はレティの部隊に所属しているだけあり、頭を捻《ひね》れるだけの頭脳と発想力を合わせ持っているようだ。

「はい。今のところ、対処法として俺の『異能』を使うのが一番手っ取り早かった、というわけです」

アルスはあえて【暴食なる捕食者《グラ・イーター》】を『異能』と曖昧《あいまい》に表現するこ

とで、なんとか一線を引いた……つもりだ。そもそも同じアルファの魔法師とはいえ、部隊員達の前では、できれば切り札は伏《ふ》せたままにしておきたかった、というのがアルスの本音である。単なる異能であれば、こうも神経質になる必要もないのだが。

それに【グラ・イーター】も万能《ばんのう》ではない。魔力を吸収するにも限度があり、何でもかんでも喰《く》らわせていては、暴走のリスクとともにアルスの身にも危険が付き纏う。何より、あのデミ・アズール戦での失敗を教訓にしなければいけない、とアルス自身が強く感じている。そうしなければ、またこの銀髪《ぎんぱつ》の少女……アルスの小柄《こがら》なパートナーが無茶《むちゃ》をしかねない。

そんなことを思ってちらりと傍《かたわ》らを行くロキに目をやるが、果たしてロキも、その意味ありげな視線に気づいたようだった。せめて、というように、代替案《だいたいあん》めいたものを提示してくる。

「アルス様、せめて『魔力相殺《まりよくそうさい》』という手段は取れないのですか？」

それは、同格かより上位の魔法を衝突させることで、対消滅《ついしょうめつ》を起こさせるという技術である。もちろん相応に高位の魔法師しか操れないものではあるが、アルスならば当然問題はない。

「俺も考えたが、正直、試しようがないな」

「……！」

その一言で、ロキも気づいたらしい。

いくら遠距離《えんきょり》からでも、あの速度で放たれては、対処は後手に回らざるを得ないということだ。出鱈目《でたらめ》に高出力の魔法だけに、それに対応し打ち消せるだけの魔法もまた、事前察知して準備しておくぐらいの規模のものでないと、釣り合《つあ》わないのだ。

アルスが咄嗟に張った障壁ですら、神がかった反射速度と魔法の構成速度があってこそのものなのだ。

「〝雪〟が、想像以上に効いてるな」

誰に言うともなく、そう呟《つぶや》くアルス。バナリスには、そこに居座《いすわ》る者にとっては、そもそもが要塞《ようさい》としての地形的優位がある。

張《は》り巡《めぐ》らされた坑道《こうどう》もその一つだが、何よりも環境《かんきょう》変化型の魔法によって生み出されたこの意外な伏兵《ふくへい》が、アルス達の侵略《しんりゃく》を執拗《しつよう》に阻《はば》んでいるのだ。

「レフキスの対処法だが、結局ここで詰《つ》めても後で詰めても、さして答えは変わらないな」

【グラ・イーター】についても後々、レティらに対してフォローしておかねばならないだろう。本来はベリックとアルスの間だけの機密であり、口止めも必要になってくる。

その点においては、レティと彼女の部隊の猛者達《もさたち》を無条件に信用しなければならないが、仕方がないだろう。今更か、という徒労感が湧《わ》いてくるのは、やはりレティ達だからなのかもしれない。

そんなことを考えながらも、先頭を歩くアルスは、聴覚《ちょうかく》と視覚を駆使《くし》し、常に周囲への警戒《けいかい》も怠《おこた》らない。

「ルイスさん……【デミス・ブリューナク】の対処者が俺しかいないのはご存知《ぞんじ》の通りです。当面あれが放たれる危険はないのが救いですが、やはりこのままでは不味《まず》い。で、一つお聞きしたいのですけど」

アルス同様、慎重《しんちょう》に歩を進めていたルイスは顔を上げ、真っすぐに彼《かれ》を見返してくる。

「私に分かることならば」

「では……先遣隊《せんけんたい》の中に光系統の魔法師はいましたか？」

「……！　それは、どういう意味でしょうか」

「ん？　どうも何も、そのままの意味ですが」

アルスの無遠慮《ぶえんりょ》かつ事もなげな口ぶりに、ルイスは眉間《みけん》に皺《しわ》を寄せた。

レティの前では彼女の心境を慮《おもんぱか》ったアルスだが、幸か不幸か、ここにはルイス一人。どうせいずれ、確認《かくにん》しなければいけないことだ。それならば、せめて不興を買う相手は少ないほうがいい。

ロキもまた、動揺《どうよう》の色は示さなかった。アルスほどではないが、今や彼女もまた、多少のことには動じない抑制《よくせい》を身に付けつつある。

死者に手向《たむ》ける花と、それを活《い》けるための哀惜《あいせき》という名の水に、アルスは意味など一切《いっさい》見出《みいだ》さない。外界にはそれこそ、すでに枯《か》れた花に与《あた》える水など、一滴《てき》すら存在しないのだから。

もちろん、そんな自分の価値観を他人に強要するつもりはない。何よりも、レティやルイス達の内心もまた、分からない感情ではないのだ。そういった意味で、繰《く》り返すようだが非人間的な思考をしているという自覚が、きちんとアルスには存在している。それでも、なお。

「……」

押し黙ってしまったルイスに、アルスはぽつりと漏らす。

「レティもそうだが、どうにも……俺と皆では、在り方に隔《へだ》たりを感じますね」

「いえ、受け取り方に違いがあるんです。アルス様は……そう、『話に聞いていた通りの人』です」

寧ろ、彼女の声音《こわね》はアルスに対して同情的ですらあった。

「俺達に付いてくれたのが、貴女《あなた》でよかった」

素直《すなお》にアルスはそう口にした。

テスフィアとアリス、二人の教え子を導く者として、強く感じる。やはり魔法師は皆、レティのような在り方こそ、目標とするべきなのだ。しかしアルスは、彼女と彼女が率いる隊員達が、こういった状況《じょうきょう》で、感情の切り分けをどのようにして行っているのか、理解できない。

他人には当然見えているらしいそれが、何故か自分にだけは見えていないことに、戸惑《とまど》いさえ覚えるほどだ。

そういった意味では、アルスもロキも、心底冷え切った心で外界に臨《のぞ》んでいる。いや、もう生き死にに飽《あ》いているのだ。

外界に出るたび、感情のブレーカーが落ちシャッターが閉じるように、意識に蓋《ふた》が下りる。他人の生死にもはや興味は湧かず、知人が死んだところで、きっと自分は「またか」程度にしか感じないのだろう。冷めた予感が、冷たい地底の河のように、心の奥《おく》で常に横たわっているのを感じるのだ。

そしてロキもまた……アルスを通してでしか、世界の色を感じることができない。

善《よ》し悪《あ》しではない。ただ、そうならざるを得なかった、というだけの話。

ルイスは一拍《ぱく》置き、かなり長く逡巡《しゅんじゅん》した様子を見せた後、諦念《ていねん》混じりの白い息を吐き出《だ》した。急に彼女の足取りが重くなったように見えるのは、気のせいではなかった。

「一人……先遣隊の中に、光系統の魔法師が、一人だけいました。探知魔法師が……」

そしてルイスの瞳《ひとみ》が、アルスに静かに問いかけてくる。その質問を彼が行った、その理由を。

「……確認まで、ということです。レフキスが使ってきた魔法の大元である【ブリューナク】は本来、光系統と雷系統の複合魔法です。そして魔物は先天的に、光系統の魔法だけは扱《あつか》えない、というのがこれまでの定説です。だが、それが可能となるケースが一つだけ……そう、何らかの手段で光系統に関する魔力情報を取得し、その力を取り込んだ場合です」

アルスがあえて濁《にご》したその手段とは……言わずもがな、「捕食《ほしょく》」である。

ここまで言ったあと、アルスはふと、ルイスに対する己の慇懃な態度と、微かな敬意や親近感めいた感情に気づく。それと同時にその理由に、今更《いまさら》ながら思い当たった。

かつて、己があの部隊に所属していた頃《ころ》……彼女に似た人物が、あの場所にはいた。

「⁉　アルス様！」

が、そんな感傷めいた気持ちを断《た》ち切るように、ロキの張り詰めた声が届く。アルスは、少々うんざりした様子で、「分かってる」とだけ返して足を止めた。

またた、魔物の接近に対してアルス達は、それが目視できる距離に至るまで気づけない。バナリスに張り巡らされた古い坑道を使われれば、更に発見は遅《おく》れる。

そして今回も。

ロキが警鐘《けいしょう》を鳴らしたのは、すでに魔物が百メートルほど先に現れた後だった。偶然《ぐうぜん》身体《からだ》の一部が積雪の上に現れなければ、もっと発見が遅れた可能性すらある。この雪は魔力的障害のみならず、期せずして魔物の姿をも晦《くら》ます迷彩《めいさい》にもなり得ていた。

（D……いや、Cレートか）

だがその状況判断は、やはり通常より正確性を欠く。

中型の魔物は、異様に小さな頭部と、代わりに巨大《きょだい》な体躯《たいく》を有していた。外見的には、猪《いのしし》が二足歩行しているかのようでもある。のっそのっそと雪の上に大きな足跡《あしあと》を残してアルス達の方へ向かってきていた。

すぐに、その筋骨たくましい身体が、雪の中に全容を現す。

口端《くちは》から上に伸《の》びる太い牙《きば》。その隙間《すきま》からは蒸気のような白い息が、大量に吐《は》き出されている。

アルスがＡＷＲに手をかけた直後。

「私が殺《や》ります」

と、腰《こし》に手を回したロキがぼそりと呟く。少々面倒《めんどう》そうだったアルスの気配を察したのか、返事も待たず、ロキは雪の上を飛ぶように駆けた。やがてその姿は一気に加速したかと思うと、稲妻《いなずま》のように、雷の迸り《ほとばし》の余韻《よいん》だけを残して見えなくなる。

魔物との距離を、ロキは刹那《せつな》に等しい間に埋《う》めていた。それだけではない。ロキはすでに敵の背後に回り込んでおり、すっと飛翔《ひしょう》したかと思うと、次の瞬間《しゅんかん》にはその太い首の後ろで両腕《りょううで》を構えていた。それから、手にした小さなナイフ型ＡＷＲを一気に振り下《お》ろし、迷いなく急所であろう魔物の首裏へと突《つ》き入れる。

その動きに、無駄《むだ》な動作は一つとしてない。

人間ならば頸動脈《けいどうみゃく》に相当する場所のはずだが、魔物には痛みに喚《わめ》き散らす間すらも与えられなかった。

直後、内側から放たれた雷が、とどめとばかり内部から魔物を焼き尽《つ》くしたからだ。

前のめりに倒《たお》れる魔物の背を蹴《け》って、ロキは雪上へと舞《ま》い戻《もど》った。

一撃《いちげき》で魔核《まかく》までを破壊《はかい》したその手際《てぎわ》は、アルスから見ても、十分称賛《しょうさん》に値する。

「嘘《うそ》っ⁉」

アルスの隣《となり》で瞠目《どうもく》したルイスの様子も、それを裏付けていた。彼女はアルスのことを多少なりとも知っている口ぶりだったので、当然ロキのことも同様であってもおかしくはない。だが、所詮探知魔法師であるロキが、いくら戦えると言っても高《たか》が知れていると思っていたのだろう。

実際のことを言えば……。

正しくは、ルイスが知り得ていたのは、唾棄《だき》されるべき軍の過去の所業『魔法師育成プログラム』のことである。ロキが組み込まれていた、かつての少年兵士の育成計画。それも、レティの口から、ふとした折にちらりと話題に出た、という程度だ。ただそれもロキに関することだけであって、アルスに関する情報は、実はまた別のルートからのものである。

話を育成プログラムに戻せば、そもそも、存在自体が軍部では絶対のタブーと化しており、誰も深く詮索《せんさく》しないのが、暗黙《あんもく》の了解となっている。

多くの犠牲者《ぎせいしゃ》を出した挙句、失敗として全計画が秘密裏《ひみつり》に終了《しゅうりょう》し、主だった記録もろとも抹殺《まつさつ》されたはずの計画。彼女の目の前には今、非常に希少とされるその生き残りにして、刮目《かつもく》すべき成功例がいる。

そしてロキの戦いぶりを目の当《ま》たり《あ》にして、多くの幼き戦死者と犠牲者を出した非人道的ゆえの「有用性」を、ルイスは不本意ながらも窺《うかが》い知《し》ることになった。

倫理的《りんりてき》には許されないことだとしても……その小柄な少女が、己《おのれ》の数倍はあろう巨躯《きょく》の魔物を鮮《あざ》やかなまでの手腕《しゅわん》で屠《ほふ》る様に、一瞬《いっしゅん》とはいえ、ルイスは脳が痺《しび》れたような高揚《こうよう》を感じてしまったのだ。もしこのような戦力を、一軍とは言わず一部隊ですら揃えることができたなら、人類の未来は……いや、とルイスはかぶりを振って、己を叱責するかのように唇《くちびる》を引き締めた。だが、そんな彼女の様子を気にした風もなく、アルスは一言のみ。

「腕を上げたな」

灰塵《かいじん》と化していく魔物を他所《よそ》に、アルスはぽつりと労《ねぎら》いの言葉をかけた。

「まだまだです」

謙遜《けんそん》した口ぶりだが、ロキの表情は、嬉《うれ》しさを隠《かく》し切れていなかった。ついほころびそうな唇を、意識してことさらに強く引き結んでいるのが見て取れる。

アルスは苦笑《くしょう》しながら、朽《く》ちゆく魔物を見下ろし。

「このレートが一撃なら、大物以外にまず不安はない。それに魔力が妨害されるとしても、至近距離からなら、やはり魔核の位置を正確に察知できるようだな。それが確認できただけでも、十分な収穫だ」

「!?　……はい」

小さな動揺はあったが、やはり望外の喜びではある。そもそも、あれを一撃で仕留められるとは、ロキ自身も最初は思っていなかった。だが、物は試《ため》しと魔物の体表に微細《びさい》な電撃を流し大まかな目星を付けると同時、一瞬だけ魔力波を放って探ったところ、魔核の探知に成功したのだ。魔力ソナーを臨機応変かつ連続使用できるようにするアルスの訓練は、実戦でも確実な実力向上をもたらしていた。

それはそうと、アルスがこの妙な雪の中でも、ロキが踏んだプロセスを正確に理解しているのはさすがの一言だ。もっとも今更のことなのでロキ自身はさして驚《おどろ》きもしないが、いつかは逆に、彼のほうを驚かせたいという気持ちが、一層募《つの》っただけだった。

ただ、その時はまだまだ先なような気がした。

「ふむ」

だが、そんな風に一瞬心躍《おど》らせた直後、打って変わってアルスが微妙《びみょう》に渋《しぶ》い表情を見せたので、ロキの心臓は思わずどきりと鳴った。

「な、何か問題が?」

「いや、まぁ……構わないんだが、これでまた遠回りになるな、と」

「あっ」

ロキは思わず小さく叫《さけ》んで、口を押《お》さえた。

そもそも今は、分散して拠点《きょてん》を目指している道中だ。大部隊で行軍中、諸々《もろもろ》あった後にはもう割り切っていたが、一度部隊を分けてからは、そうではない。わざわざ戦力を分散した以上、魔力漏洩《まりょくろうえい》による逆探知を警戒する必要性は、再び高まっているのだ。

それはアルス達だけでなく、分散した各部隊も同様で、それぞれ隠密行動で拠点を目指している。

だが、ロキはさっきの魔物の討伐《とうばつ》までに【身体強制強化《フォース》】を使い、魔力ソナーも放った。とどめとばかり雷の魔法をも発動しているのだから、いかにも不味い。

雪の表面を流れるわずかな余波を通じて魔物に察知されたかどうかは定かではないが、万全《ばんぜん》を期すならば一旦この場から距離を取り、別のルートを模索するのが最善となる。

「すみません」

項垂《うなだ》れて頭を下げたロキの髪の上に、アルスはポンっと手を乗せてやる。

「まあこの場合、手際《てぎわ》良くやれただけでも十分だ。それよりも二時間で再集結、というのは無理があったかもな」

自分の計算が甘《あま》かったと考え直したアルスは「仕方ない、一旦引き返しましょう」と、背後のルイスに対し、ルート変更《へんこう》を提案する。

そして直後に振り返《かえ》り、アルスがルイスに発した言葉は、全く別の話題についてだった。

「ところで……俺のことは、誰に聞いたのか気になりますね」

ルイスが先に「話に聞いていた通り」と口にした際、アルスの胸中に生まれた疑問。それから、上手《うま》くは言えないが、ルイスのアルスに対する態度について感じる、懐かしさめいた不思議な感覚。

一瞬、驚いた表情をしたルイスだったが、彼女はまたすぐに、穏《おだ》やかな微笑《びしょう》を向けてきた。

「それは……アルス様もよく知る人ですよ。彼女とは同期だったので。最近ですと【学園祭】にも顔を出すと言っていたので、もしかすると会っているかと思ったのですけど」

「いや、心当たりはないな。名前は？」

「エリーナ、ですよ。エリーナ・オフリール」

◇　◇　◇

日が暮れる頃、ようやくアルス達は拠点へと辿《たど》り着《つ》くことができた。

魔物との遭遇は極力回避《かいひ》し、いくつか回り道をした結果、アルスはバナリスの地形をその目で確かめ、様々な地理的情報を頭に入れることができた。ただそんな成果とは別に、今、アルスの機嫌《きげん》は最悪で、その顔は極め付きの仏頂面《ぶっちょうづら》となっている。

これほど彼が不快感を露《あら》わにしたことはかつてなく、ロキも驚いたほど。ただ、あのアルスが子供のようにむくれている姿というのは、それはそれで意外すぎる一面であり、あまり大っぴらにできない興奮とともに、ことさらに強くロキの脳裏《のうり》に刻みつけられたのだった。

実際、アルスの幼少期のことを、ルイスを通して聞くことができた道中のひと時は、まさにロキにとって至福の時間だったと言えよう。

ルイス自身もまた、同期の女性から聞いたということなので、実際は又聞き《またぎ》である。そもそも、その女性がルイスに過去のアルスについて語る時は、いつも半ば自慢話《じまんばなし》のようであったというのだから、話が幾分《いくぶん》か盛られている可能性もあった。

だが、その話をされている時のアルスのふくれっ面《つら》を見れば、その真偽《しんぎ》については、あまり疑う余地がなかった。

兎《と》にも角《かく》にも、そういうわけで、いざ拠点に到達《とうたつ》した時には、三人の間に妙なムードが漂《ただよ》っていた。レティと隊員達は、それこそ何事か、と思ったことだろう。

何しろかつてない仏頂面のアルスに、ほくほく顔で相好《そうごう》を崩《くず》しっぱなしのロキ、お節介《せっかい》が過ぎたと反省し、少々気落ちした様子のルイス、という組み合わせだったのだから。

ちなみに、アルス以外の分隊も全《すべ》て無事に戻ってきており、幸《さいわ》い死者は出ていないようだった。

「アルくん、随分《ずいぶん》楽しそうっすね～。何か良いことでもあったんすか？」

悪戯《いたずら》っぽい口調でからかってくるレティを無視し、アルスは疲《つか》れ切った顔で、その横を素通《すどお》りする。それから、振り向《む》きもせずに一言。

「これが楽しげな顔に見えるか、茶化《ちゃか》すな。さあ、まずは現状の確認から始めるぞ」

崖《がけ》の中腹をくり抜《ぬ》いて作ったその拠点は、岩壁《がんぺき》が剥《む》き出しになっているため、どこか寒々しさがあった。とはいえ最低限の設備は整っている。中は広く、アルスが思ったよりもずっと深く、奥へと掘《ほ》り進《すす》められているようだ。

「蟻《あり》の巣だな」

「別にいいんすよ。それに、敵にここが気づかれた様子はないってことが何より肝心《かんじん》っすから。さ、お疲れなところ悪いっすけど、時間も押《お》してきたっすからね、早速《さっそく》作戦会議といくっすよ」

さらに奥まったところにある、会議室らしき場所へと案内されたアルスとロキは、それから不格好《ぶかっこう》な長テーブルへと誘導《ゆうどう》された。

おそらくそこらの木材を利用したものだろう。いくら設備が整っているとは言ってもここは外界だ。物資に不足しない内地とは何もかもが違《ちが》う。外界では、ちょっとしたことなら自給自足が基本であり、こういったテーブルなどは、手製であることも多い。

全員が一堂に会するには少々狭《せま》かったが、それでも何とか、全員がテーブルを囲む。

シングル魔法師であるアルスとレティがそれぞれの位置に着いた途端《とたん》、一気に場の空気が引き締《し》まった。ロキも表情を硬《かた》くし、思わずそっと拳《こぶし》を握《にぎ》って様子を見守る。

そんな中で、真っ先に口を開いたのはアルスだった。

「死者はゼロってことで間違いないな、上々だ。で、負傷者は？」

「若干名《じゃっかんめい》ってとこっすね。まぁ、戦闘に支障はないレベルっすよ。ルイスがすぐに治癒《ちゆ》を始めるんで、完全とはいかなくても、戦力的にはすぐに元通りっす」

テーブルに広げられていた地図に視線を落とすと、アルスは自ら確かめてきた情報に基《もと》づき、今後のルートに若干の訂正《ていせい》事項《こう》を書き足した。

続いて、レティ達《たち》が得た情報をも、アルス達へと共有する。

一部の隊は、拠点までの道中に最少でも三回は魔物と遭遇。今回は回避が基本戦略だったが、やむを得ず交戦となったケースもあった。アルス達はあえて迂回《うかい》することでそれ以上の無駄な戦闘を避けられたが、全員がそうとはいかなかったようだ。

次にレティは地図の上を指差し、戦闘が起きた大まかな場所と、敵の情報を示していった。

「魔物の総数は完全に把握《はあく》できなくなったな。予想も立たないと来たか」

思案顔のアルスだったが、彼はふと、気になった点を解消するべく、地図からレティへと視線を上げる。

「おっ……気づいたっすね」

「お前も、そう思うか」

以心伝心という風に頷《うなず》き合う二人だが、ロキも含《ふく》め、大部分の者が取り残されたようだ。ロキは、さりげなくアルスの隣に身を寄せると、彼とレティの顔を交互《こうご》にちらちらと窺う。

「いくつか気になる点はあるが、中でもでかいのは、魔物の配置と動きだ。ロキ、バナリスの中心部に、仮に軍司令部がある、として考えてみろ。その前提で、魔物どもの動きや部隊展開を当てはめていくと……アルファでよく使われる、拠点防衛戦略に似ていると思わないか？」

「……すみません。やはり、詳《くわ》しくは分からないです」

答えは謝意混じりの弱々しい声だったが、アルスが特段、落胆《らくたん》や失望を示すことはなかった。それも当然。本来これは、前線の兵士ではなく将官か佐官クラスでもないと、理解できないレベルの話だからだ。もしロキが、戦術ではなく戦略規模での部隊配置や陣形《じんけい》のあれこれについて事細かに知っていたら、逆にアルスは、その勤勉ぶりに驚かされただろう。

ただ、それもある程度は経験で補える。アルスのように、拠点防衛を含む多様な任務を何度も経験し、一軍の長というものの言動に日頃《ひごろ》から接していれば、自然と戦略的思考も身につく。たとえ最前線しか知らない立場であろうと、並の司令官程度が相手ならば、その戦略を読むことは容易《たやす》い。

「あちらは基本、雑魚《ざこ》は威力偵察《いりょくていさつ》に充《あ》ててきている……いや、寧《むし》ろこちらの戦力を見るための捨て石か」

レティも真剣《しんけん》な表情で、コクリと頷いて同意を示す。やはり彼女《かのじょ》もアルス同様に、不気味さを感じているようだ……そう、ある種の違和感《いわかん》である。

戦闘回数は、各分隊ごとにそれぞれ三～四回。そして、いずれも初回は最弱クラスの魔物が相手で、順を追うにつれ、より手ごわい相手と遭遇《そうぐう》している。何より、一度目、二度目、三度目以降と、それぞれの戦闘ごとに、各分隊が出くわした魔物の種類と構成がほぼ同じなのだ。

その情報を統合すると、いずれも一回目はEレート未満から始まり、最後はBレート前後と、綺麗《きれい》に並ぶ形になる。偶然の遭遇ではなく、まるで模擬戦《もぎせん》かゲームのように、弱い魔物から順番に繰り出されて、各個アルス達にぶつけられている節があるのだ。まるで、こちらを試しているかのような動きであった。

「どうも匂《にお》うな。魔物のくせに、人間臭い戦略、司令官気取りか」

「っすよね。レフキスはどうやら単独行動をしてたようっすけど……」

「ああ。勘《かん》だが、あれは指揮官的な動きではないな。魔物側の戦略外にいる存在、一匹《いっぴき》狼《おおかみ》の狙撃手《そげきしゅ》といったところか」

「なら、別のAレート……オグマっすか？　だとするなら相当な知性があるだけじゃなく、マジもんの司令官みたいに、魔物の一団を丸ごと使役《しえき》していることになるんすけど？」

俄《にわ》かには信じられないという風に、レティは、アルスの見解を問うような声を上げる。

「闇《やみ》系統で仲間全てを操《あやつ》る、か。できないことはない。現に俺が内地で処理した奴《やつ》……とある犯罪者だが、そいつは魔法で他人を操ることができた。人間と魔物との違いはあるが、同じ闇系統だ」

はっきりと記憶《きおく》に刻まれた、過去に裏の仕事で戦った相手だ。その闇系統の魔法師は、指揮するのではなく、仲間全ての精神を支配し操っていた。ただ、二つの極属性である光と闇、いわゆる【エレメント】の解明は未《いま》だにいろんな分野で遅れていることもあり、アルスでも、どのようにしてそんなことが可能なのかは、よく分からない。

だが、方法として不可能ではないことは確かだ。

「なんすか、それ。私、知らないっすよ」

「お前は俺のなんだ。寧ろ、お前が知らないことの方が多いだろ」

「アルス様、私も知りませんでしたけど……」

レティに続き、何故《なぜ》かロキも、少しだけ不服そうに、そう主張してくる。なぜか己が不誠実だと糾弾《きゅうだん》されているかのようなムードになり、アルスは思わずこめかみを揉《も》んだ。

そもそも、二人にいちいち過去の出来事を共有していなかったから、なんだというのだ。そのへんの女心？　とでもいうべきものは、アルスには未だに、理解しかねる概念《がいねん》である。

「悪かった……とでも言えば、満足か」

一応詫《わ》びておくと、レティとロキは互いに顔を見合って、ほくそ笑《え》んだようだ。

妙《みょう》な二人だ、と感じながらも、どこかで「してやられた」と、何故かそんな気分にさせられる。

そんな僅《わず》かな精神的動揺のせいか、話題を変えようとしたアルスは、思わず、やや配慮に欠ける話題を、ごく自然に切り出してしまった。

「で、先遣隊は見つかったのか？」

「いや……まだっすよ。一応、物質だけは回収済みっす」

「そうか、多分彼らが、直接物資を拠点に運び入れられなかったことと、状況を考えると、すでに……いや、悪い」

表向きは何事もなかったように伝えてきたレティだが、その折に彼女が一瞬だけ見せた複雑な表情が、アルスに今更ながら、己の失敗を悟《さと》らせた。

「良いっすよ。寧ろアルくんの意見も、聞きたいところっすから」

だが、実はアルスに聞くまでもなく、レティが「その状況」を半ば予感しているのは明らかだった。だが、それにはあえて気づかぬふりで、あくまで平静にアルスは分析《ぶんせき》してみせる。

「物資をひとまず道中に置いたのは、緊急《きんきゅう》事態に見舞《みま》われたから。拠点の近場だったなら、なおさらだろう。一番しっかりした拠点であるここが、魔物に見つかるのはまずいからな。ならば一旦《いったん》離脱《りだつ》したなり、戦うために場所を移したなりした、と考えるのが自然だな」

「……多分、他の拠点で待機してるはずっすよ」

アルスは、どうも話の振《ふ》り方《かた》を間違えた、と感じている。レティとは何度か共同で戦線を組んだこともある。彼女のやり方も、彼女の性格も知っているつもりだ。

ただ、今回は一応彼女の部隊に、アルスが所属している形だ。だからこそ、不用意な発言は慎《つつし》むべきだったのかもしれない。

普段《ふだん》、あまり他人に気を遣《つか》うことのないアルスだが、レティにはデミ・アズール討伐任務の折に、それなりに世話になった。

そこに、少し離れた位置で話を聞いていたルイスが、急に割って入ってきた。

「レティ様、そのことなのですが！」

それをアルスの口からは言わせまい、という配慮《はいりょ》だったのだろう。逆に己に対する気遣《きづか》いを受けたことで、アルスはかえって己の至らなさを思い知った気分だった。一瞬とはいえ、自分はレティに対し、憐憫《れんびん》めいた気遣いという名の非礼を働いた。同じシングル魔法師だからこそ、遠まわしな言動は、かえって相手を貶《おとし》めているのと同じ。

「いや、俺が言おう」

ルイスを制して、アルスは【デミス・ブリューナク】に関する情報を共有した。

先にアルスが言ったように、その魔法の元になった【ブリューナク】は、本来魔物には扱えない光系統が用いられた魔法だ。

そして、魔物が光系統を扱えるようになる方法は、普通ではあり得ないが、やはり「捕食」の結果発生した特殊な適応だろうという推測を、アルスは淡々《たんたん》と語る。

「そうっすか」

意外なほど落ち着いたその声は、途切《とぎ》れると同時に重い沈黙《ちんもく》を引き連れてきた。アルスのように、誰《だれ》しもが仲間の死に無関心でいられるわけではない。寧ろ人間としては、アルスの方がイレギュラーなのだ……欠落しているのだろう。

「余計な希望を抱《いだ》かせるのは趣味《しゅみ》じゃない。少なくとも探知魔法師は手遅れだろうな」

不器用ではあるが、アルスなりの誠意のつもりだった。優《やさ》しい慰《なぐさ》めや気の利《き》いた言葉を掛《か》けようにも、アルスにはそんな素養はない。

相手を傷つけながら、事実を知らせることしかできない。

この外界で、いかにも安い気休めの台詞《せりふ》になど、なんの意味もないことを、彼はすでに知ってしまっていた。

百歩譲《ゆず》って……部隊の士気を上げるためなら、流れるように滑《なめ》らかな嘘を吐《つ》けるだろうか。己にとって利があるならば、誰かの心に浅薄《せんぱく》な慰めの一つも囁《ささや》けるだろうか。

そんな虚《むな》しい問いを己自身に課して、アルスは心のありかを探《さぐ》る。鋼《はがね》のように冷たいその芯《しん》は、まるで温かみを持っていないようにも思える。そのこと自体が、己自身の心をさらに一層冷えさせるのだ。

そしてレティは、しばらく押し黙《だま》った後、ぽつりと。

「……可能性、は？」

「ん？」

「だから可能性っすよ。生存の？」

「先遣隊のか……正直、俺《おれ》にも分からん。魔物の光系統取得方法についても、俺も間違えることはあるしな。だが……期待し過ぎると、いつも悪い方に転ぶ」

アルスのその言葉は、まるで己自身に向けられているかのようだった。それが経験から出た教訓めいたものなのかどうかはともかく、この場にいる全員が、その意味をきちんと理解していた。

「良いっすよ、いつものことっすから。ありがとう」

その感謝は誰に向けられたものなのか。ただ、穏やかな表情でそう告げたレティの顔は、魔法師のものではなかった。

レティは額に手をやると、前髪《まえがみ》をクシャリと握って、苦痛に堪《た》えるような表情を浮《う》かべる。

「弔《とむら》う奴の数が増えるのは……キツいもんすね」

「悪いが、簡単に同意できるほど、俺は感性が豊かな方じゃないんでな。まあ、そういう顔はずっと見慣れてきたから、それなりには分かるつもりだが」

ほうっと小さく吐き出された憂《うれ》いの溜《た》め息《いき》には、取り返しのつかない後悔《こうかい》も多分に含まれていたのかもしれない。先遣隊の派遣《はけん》と物資運搬《うんぱん》についての作戦指示は、彼女が直接下したのだろうから。

しかし、やはりそこは、レティだった。

「ただ……あいつらも軍人、っすからね。私も、子供のお守《も》りを請《う》け負《お》ったつもりはないっすから」

己に言い聞かせるように、彼女は呟いた。

外界の魔法師は、皆《みな》そうだ。仲間の死を踏《ふ》みつけ乗《の》り越《こ》えてでも、前に進むしかない。それができなければ、やはり内地へと引っ込んでいるしかないのだ。

「アルくん、こういう時の乗り越え方を知ってるっすか?」

「いや、そもそも……特に意識しないからな」

「うわっ、冷めてるっすね。ま、それはそれでいいのかもしれないっすけどね。でもあまり良いやり方じゃないっすよ、きっと」

無理に明るく振るまうかのようなレティ。アルスもまたそれに気づいていたが、ここは彼女の態度に付き合うことにした。単に、不器用な彼にできることは、いつものように振まうことだけだった、とも言えるが。

「俺のやり方に、とやかく言われる筋合いはないぞ。でもまぁ、聞いておくか。そうして欲《ほ》しそうだしな」

「素直じゃないっすね～」

肩《かた》を小さく竦《すく》めて、一つ苦笑したレティは、さっと立ち上がると、腰に手を当てて、きっぱりと言い切った。

「一緒《いっしょ》の時間を過ごすんすよ。また同じように、同じ方向を目指すんすよ。残された者はただ、粛々《しゅくしゅく》と日々の任務をこなしていくんっすよ！　いつもと変わらずにいること……それだけが、きっと逝《い》った者達の想《おも》いに応《こた》える方法」

「…………」

「だから、バナリスは確実に討《と》る。そして笑うんすよ、一緒にね」

きっと彼女は精神的な話をしているのだと、アルスは沈黙の中でそう感じた。自分では到底《とうてい》理解できない話を今、レティはしているのだと分かる。

何故《なぜ》ならば、レティの言うそんな死との向き合い方を、逆に全て捨て去り背を向け、いうなれば「諦《あきら》めること」でアルスは今日までこうして在り得ている。生き長らえてきている。

レティのいうように「あまり良くない」やり方であろうと、もう変えられないのだ。

同時に彼女の生き方が、つくづく羨《うらや》ましいものに思えて――そう、直視すらできやしない。だからこうして、本当は思ってもいないことを、アルスは口にしてしまうのだろう。

「あぁ、そうだな」

白々しい、と自分でも思う。ずいぶん安い相槌《あいづち》もあったものだ、と自嘲《じちょう》してしまうほどに。そう、どこまでいっても自分には分からない、と分かってしまうことほど、薄《うす》ら寒《さむ》いものはなかった。

レティのいる〝そっち〟は、生者と死者とを問わず多くの仲間と共に在り、そしてアルスのいる〝こっち〟は、どこまで行っても孤独《こどく》から逃《のが》れられない場所なのだ。冷たくてひどく仄暗《ほのぐら》い、魂《たましい》の荒野《こうや》。

そこをさまよっているアルスは……アルスだけが一人、レティ達のいる側へ、足を踏み入《い》れることができない。たとえそれが、白線で一目瞭然《いちもくりょうぜん》に塗《ぬ》り分《わ》けられた境界に過ぎないとしても。ただ、足を一歩踏み出すだけの距離《きょり》だとしても、アルスには決してできない。

もう届かない場所は、だからこそ、酷《ひど》く眩《まぶ》しい。

だが、別に落ち込んだりはしない。もうそんな段階は、とうに過ぎ去ってしまっている。己はただその厳然たる寂《さび》しい道を、静かに一人、果てに向かって歩んでいくだけなのだから。

そんな時、ふとアルスの袖《そで》を引く力が、彼の意識を浮上《ふじょう》させた。

そっとアルスに寄《よ》り添《そ》うようにしつつも、小さな意志を伝えてくるその行動。微《かす》かに視線を落とすと銀色の髪《かみ》が見える。見上げるでもなく、ただ袖を引くことで銀髪《ぎんぱつ》の少女は自身の居場所をこれでもかと伝えてきていた。傍《そば》にいること、傍で支え続けること、寄り添うこと、言葉以上の想いが、重く肩にのし掛かった気がする。

彼女は自ら望んでアルスの傍《そば》にいることを選んだ。

わざわざ寒風だけが吹《ふ》きすさぶそこを、己のいる場所と定めた馬鹿《ばか》な人間だ。

アルスは顔を向けなかった。だが、一度袖を引いた小さな手の感触《かんしょく》は、どこまでも消えずに残った。

結局ここに至って、アルスの孤独は容易に覆《くつがえ》された。その感触が己を一人、感傷のおもむくままに、孤独の影《かげ》の中にいさせてはくれないことを思い知った。

ロキの表情を見てみたい衝動《しょうどう》にも駆《か》られたが、おそらく想像通りだろうと、半ば確信もしていた。

きっと彼女の銀髪の下の表情は、どこまでいっても彼《かれ》に寄り添おうとする、優しさしか湛《たた》えていないのだ。自分の命をコイントスの結果一つで投げ出してしまえるような、そんな愚《おろ》かしさ。彼女はそんな風に、アルスのためだというだけの理由で、全てを運命に委《ゆだ》ねることができる。

だからこそ、その存在と華奢《きゃしゃ》な手の温かみが、感情など宿らないはずのアルスの表情に、僅かな変化をもたらした。

「そうだな……どうせ、やることは変わらないんだろ」

呟《つぶや》くように、そんな言葉が口をついて出ると。

「ははっ、どこまでもドライなアルくんは健在っすね。じゃあ、そろそろ魔法師の本分を果たすとしましょうかね、っと。じゃ、今うちらに必要なことを教えて欲しいっす。アルくん」

妙におどけたような声音《こわね》で、どこかからまれ搦《から》めとるような甘さも含みつつ、アルスの名を呼ぶレティ。だがその表情に、もはや迷いはない。あるのは、真っすぐに貪欲《どんよく》に、ただ使命を果たそうとする強い意志だけ。あるべき魔法師の姿が、此処《ここ》にあった。

ここに至って、アルスもそんな彼女に助言を出し渋るようなことはしない。彼もまた、レティと同じ、シングル魔法師に名を連ねる者なのだ。

こういう時は、無駄な気遣いなどあっさりと切り捨てられる己の性格に、感謝の念すら湧《わ》く。

とは言うものの、自分でも妙な気はする。もともと他者への関心や配慮めいた気配りなど、アルスには備わっていない素質なのだ。それがここに来て、どうも感情に振り回《まわ》され始めている気がする。それは仮初《かりそ》めであろうとも、あの学院で、忙《せわ》しない日々を過ごしてきたせいか。

（それとも、フィアとアリスの影響《えいきょう》か……どちらにせよ、だな）

思考を切り替《き》《か》えたアルスは、そっと外界向けの仮面を、改めて己の顔の表面に貼《は》りつける。それはかつて、一人外界を駆け回っていた頃とも、ぬるま湯に浸《つ》かり切った生存圏内《けんない》でのそれとも違うものだ。

「さて、仕切り直そうか」

アルスがそう切り出すと、レティ、そして隊員達も、一気に顔つきが変わる。

腕《うで》を組み不敵に笑ったサジークに、無言ながらも、神妙《しんみょう》な顔つきで、俯瞰《ふかん》するように地図を見るムジェル。

この二人は、レティの片腕と言われる戦力でもある。隊長たる彼女、そしてアルスが再び動き出した今、彼らもまた、新たな局面へ向け、気合は十分のようだ。

「俺とレティ抜きで、オグマとレフキスを先に討伐してもらう。お前達が確認していたもう一体いるとされる高レートは、この際無視する。これだけバナリスで異変が起きている以上、不確定要素は生まれて当然だからな。最優先は、この厄介な二体。最低でも、この二体を始末できれば、ここの支配者級は倒しやすくなる。二体についてだが、安心しろ、当てはある。さて、これからの方針だが、一度しか言わないから聞《き》き逃すなよ」

皆の無言ながらの同意を確認《かくにん》し、アルスは、その知識によって組み立てた、現状の分析と戦略を話した。

初戦での斥候達《せっこうたち》や、隊を分けた後に各自が接触《せっしょく》した魔物は、十中八九オグマにより洗脳された一軍である可能性が高い。彼らは皆、オグマの手足であり、同時に目であり耳。驚くべきことだが、ここは外界なのだ。進化を遂《と》げた魔物が、そのような知能を持ってもおかしくはない。特に近年は、そうした異常な進化が顕著《けんちょ》ではある。だからこそ相手もまた、こちらの情報を得て、魔物なりに分析しているだろう。特に、戦闘《せんとう》に参加した者の魔法系統や得意戦術などの情報は、筒抜《つつぬ》けと見た方が良い。あれらの魔物《まもの》はおそらく、こちらの力を測るための小手調べとして意図的にぶつけられたのだ、という推測は、いまや否定する材料のほうが少ない。

環境《かんきょう》そのものが変化してしまったバナリスは、いわば、アルスの経験をもってしても測れない異界と化しているのだから。

(俺一人なら時間を掛ければ、どうにかできるかもしれないが……いいや、止《や》めよう。意味のないことだ)

自分一人でも、そこを履《は》き違えれば全ての計画自体が揺《ゆ》らいでしまう。何よりこれは本来、レティ達の戦いだ。アルスは、これまで全員一丸となり戦い抜いてきた彼らに比べると集団戦の経験も浅く、ただのバックアップなどはそもそも経験がない。

あくまで助《すけ》っ人《と》的なポジションだったアルスとロキだが、ここに至って、正直それで済む話でもなくなってきている。

「オグマは、当然無視できない。ましてや最初に遭遇した魔物、あれはやっぱりAレート級のはずだが、それを洗脳・使役までできているのは異常だ。だが、それとは別にレフキスの超長距離魔法《ちょうちょうきょりまほう》【デミス・ブリューナク】は早急《さっきゅう》に対処が必要だぞ。下手なところであれを喰《く》らえば、正直、全滅《ぜんめつ》すらありえる」

「ん？　【デミス・ブリューナク】には、アルくんしか対応できないってことっすよね」

「あぁ、今のところ、異能を使うしかない」

〝異能〟というワードにレティはさりげなく反応を示した。デミ・アズール戦直後、レティは直接ベリックを追及したこともあった。結果的にはレティでさえ、すげなくあしらわれてしまったのだが、それほどの機密事項《じこう》であるのは間違《まちが》いない。

「それって、あの黒い靄《もや》みたいな奴っすよね。デミ・アズール討伐時には、リンネさんは触《ふ》れただけでもアウトって言ってたっすけど」

「そこは間違いない。敵味方など関係ないからな。で、魔力《まりょく》を取り込み過ぎると暴走する」

今や躊躇《ためら》いもなく、アルスの口からその機密が語られたことに、レティは意外そうな顔を見せた。

しかしそれはアルスもまた、この切り札を使った時から薄々覚悟《うすうすかくご》していたことだ。無論、相手がレティでなければ、あくまで隠し通《とお》していただろうが。

「いいんすか？　総督《そうとく》は最後まで吐《は》かなかったっすけど」

「拷問《ごうもん》でもしたような口ぶりだな」

「酷いっすね。うら若き乙女《おとめ》が拷問だなんて、そんなことはしないっす。ま、あれやこれやをあげつらって、チクチク詰《なじ》るぐらいっすよ。結局ゲロんなかったっすけど」

総督に対してこんな態度が取れるのは、アルファでは、シングル魔法師であるこの二人くらいだろう。いや、そもそもアルスとレティが特殊《とくしゅ》なのかもしれないが。

「それもどうかと思うが。まあ、どのみち明かさざるを得ないと判断したってことだ。ただ勘違《かんちが》いするなよ、俺の異能については俺自身も分かっていない部分が多いんだ」

「了解《りょうかい》っす！　それよりなんか一気に親密になった気がしないっすか。私とアルくん」

「気のせいだ」

「いけずっすね～」

ロキもそうだが、どうも女性というものは、秘密の共有というものに、妙に過剰《かじょう》な反応を示すらしい。そこに、何故かロキも割り込んできて。

「レティ様、それくらいで。そもそもアルス様の〝異能〟については、アルファの軍事機密なのですから。私は、身近で体験しました。吸収量に限界があるとはいえ、それはとても強力かつ、実に驚くべきもので」

私のほうがよく知っている、とでも言いたげ、ロキは捲《まく》し立《た》てて口を挟《はさ》んできた。その裏にある心情に、相変わらずピンときていない表情のアルスを他所《よそ》に、レティはニヤリと深い笑みを作る。

「限界その他についてては知ってるっすよ。そもそも今、アルくんが言ってたっすから」

子供じみた対抗心《たいこうしん》を見透《みす》かされたと知り、ロキの頬《ほお》にたちまちほんのり紅が差して、彼女はそのまま俯《うつむ》いてしまう。なんだか締まらないムードだが、あまり気を張り過ぎても逆効果だ。アルスはあえて流れを無視して、話を続ける。

「【デミス・ブリューナク】を回避できるとすれば、レティと【フォース】をより高い精度で使えるサジークぐらいだろう。だが、それでも無傷とは行かないだろうな」

ロキが数に入っていないのは、彼女の【フォース】は、サジークと比べてしまうとさすがに精度で劣《おと》り、効果もあそこまでは大きくないためだ。

「最優先はレフキスっすね。その後はオグマっと……で、結局〝雪〟は誰の仕業《しわざ》っすか？」

なんの気なしの問いにアルスも即答《そくとう》はできない。

問題は、確かにそこなのだ。環境変化型の魔法はどれも最上位級魔法以上に分類される。

いくら魔法が本来は魔物の領分とはいえ、並みのレートでは、到底どうこうできる類《たぐい》の魔法ではない。

最低でも、Aレートよりさらに高ランクの魔物が絡んでいることは確実だった。

何より、このバナリス奪還《だっかん》任務は、実質的には制限時間付き。デミ・アズールの一件以来、何かと外界が騒《さわ》がしい中、アルファが誇る二人のシングルが出払《でほこ》っているところに、Sレート級の侵攻《しんこう》でもあれば、まともに太刀《たち》打ちすることすら難しいだろう。

そうなれば、恐《おそ》るべきスケールの被害《ひがい》が出るのは目に見えていた。

そして、困難は何も時間的な猶予《ゆうよ》だけではない。すでにアルス達のことは、魔物側も感知しているはず。今は巧《うま》くその目を眩《くら》ませられているが、食糧《しょくりょう》の残存量のこともある。ほとぼりがさめるまで、ずっとここに隠《かく》れ潜《ひそ》むこともできないだろう。

時間をかけて包囲の輪を縮められれば、遅《おそ》かれ早《はや》かれ炙《あぶ》り出《だ》されるのはアルス達の方だ。

「やはり、ここを支配しているSレートの仕業である可能性が一番高い、が……」

それに続くはずの言葉をアルスが一旦《いったん》切ったことで、周囲に深刻な空気が伝播《でんぱ》していく。

皆が無言の中、ロキが僭越《せんえつ》ながら、といった風にあえて口を挟む。

「予想が違っていた場合、のことですね」

「その通りだ。本命だと思ってそいつに全力でかかって、外した場合のリスクがある。いずれにせよ、雪の影響は俺らにかなりの不利を強《し》いる。【デトネーション】の座標も狂《くる》わされたからな、距離が開けば、それだけで魔法を当てるのすら難しくなってくる。しかもレフキスのように、あちらはどんな仕組みか、雪にさして妨《さまた》げられることもなくこちらを狙《ねら》えるというのに、だ」

淡々とはしているが、そんなアルスの声には、苦々しいものが混じっている。

「いずれにせよ、時間は限られている。SレートとAレート、両方に対処する手段が必要だ。役割分担しての各個撃破《げきは》を考えているが、それも成功率が下がるだろう」

外界の任務は、常にこちらに無《む》茶《ちゃ》を強いてくるのが普《ふ》通《つう》だ。そんな綱渡《つなわた》りはアルスも慣れたものだし、今更騒《いまさらさわ》ぎ立てる状況《じょうきょう》ではないのも確か。ただ今回は、さすがに過《か》酷《こく》な選択《せんたく》であり、アルスもどこか、疼《うず》くような不《ふ》吉《きつ》な気配を感じていた。

それはアルスに限った話ではないようだったが、そんな中で気楽な声を返したのは、レティだ。

「ま、良いんじゃないっすか。イチかバチかの時ってのは、あまり考えすぎても結局成功率はそう変わらないもんっすよ。アルくんだって、知ってるじゃないっすか」

それはまるで、差《さ》し迫《せま》った深刻な問題ではなく、日常の些《さ》末《まつ》な出来事を語るかのような、ごく何気ない口ぶりだった。

そう、外界は常に変化し、魔法師に苦難を与《あた》える。いわば魔法師とは、その苦難を己《おのれ》の力と知恵《ちえ》で切り抜けられる者なのだ。そして、レティ達はこれまで、いつでもそうしてきた。だからこそ、「万全《ばんぜん》」などという、いわば迷信《めいしん》めいた概念を信じる新参者は、ここにはいない。

頼《たの》もしいな、とまでは言わないが、アルスは小さく笑い、再び表情を引《ひ》き締めると、一つの方策を提案する。限られた時間で任務を達成するには、必ず無理が生じる。それを承知で、アルスはおもむろに四本指を立てた。

「一体ずつの対処は不可能だ。Sレートを未だ捕捉《ほそく》できない上、坑道《こうどう》だらけのこの地形だ。標的を絞《しぼ》れば、おそらく巧《たく》みに逃《に》げ隠れされて、消耗戦《しょうもうせん》に持ち込まれる。そうなれば……」

「討伐《とうばつ》どころじゃないっすね」

オグマが戦略としてアルス達に魔物をぶつけていたのならば、着実に学習しているはず。蛹《さなぎ》型の魔物との一戦を経てアルスの力を見知った後だけに、全軍を集めての総力戦や、一対一という対決の構図はもう取らないだろう。

さらに、オグマは少なくとも先遣隊《せんけんたい》の犠牲者《ぎせいしゃ》を喰らうことで、その知識や情報を多量に吸い出しているはずだ。もちろんそれらの情報は、魔物が本来持ち得ていたものではないので、応用はさほど利かない可能性はある。だがそれとて、希望的観測に過ぎない。それらの情報が、もしSレートにまで共有されていたら……魔物同士の高度な連携《れんけい》など、普通はあり得ない話だが、このバナリスに限っては、そもそも異常事態が起こりすぎている。

大前提として、この地では、経験というものが全く活《い》きないのだ。

諸々《もろもろ》を考慮《こうりょ》すると、少なくとも、アルス達に残された手段はそう多くなさそうではある。

「相手の土俵に乗りつつ、裏をかくしかない。そこでまず、最大の標的であるSレートの討伐に必要な条件がある。ま、化物風情《ふぜい》と頭脳戦で遅《おく》れを取るわけにはいかないだろ」

そして、全員が聞き入る静寂《せいじゃく》の中、アルスが示して浮かび上《あ》がらせた、バナリス攻略の道筋。それは力でのごり押しではなく、知恵をもって王の討伐を目指す、どこかチェスにも似た手筋だった。

「まず、最大の標的であるSレートだが、そいつが出てきたら、俺とレティが当たる。どんな奴か知らんが、ひとまずこの雪を操っているのは、そいつだと仮定しておこう。予想を外した時のリスクはあるが、敵の一番の戦力は無視できない。最低でも、俺らで支配者級の魔物を引き付けておく必要があるんだ。あと、でかい魔物が潜んでいそうなところなら、俺にいくつか心当たりがある」

ちなみにアルスは、バナリスの古い地図からその地勢を見てとって、それらにある程度の目星をつけていた。もちろん張《は》り巡《めぐ》らされた坑道の事細かな情報までは記されていなかったが、そこに自らが行軍中に収集した情報を照らし合わせての分析である。

「で、【オグマ】の討伐はサジーク、【レフキス】の方はムジェルに任せる。それとロキ、お前はムジェルの隊に入れ」

てっきりアルスと行動を共にできるはずだ、と思っていたのだろう。驚《おどろ》いたような表情を浮かべ、次に物言いたげな視線を投げかけてきたロキを、アルスは同じく強い視線で制した。この人選は、もちろんアルスなりの考えあってのことだ。

さすがにロキも、そこまでされては、皆の目の前であからさまに不満を口に出すことはない。1位のパートナー、その名を貶める行動は慎まなければならなかった。不承不承ではあろうが、静かに目を閉じて引き下がるロキ。アルスはそれを無言で確認してから、さらに続けた。

「それから……先遣隊の捜索《そうさく》用の人員もまた、別に選んで拠点《きょてん》に残す。そっちは俺らの後から出発だ」

アルスにしては珍《めずら》しく、部隊での連携を重視した案である。決して妙案《みょうあん》ではない、寧ろ分の悪い作戦だ。かつて己が採用したことなど、ほぼないもの。

(連携する以上、鍵《かぎ》を握るのは他人《レテイら》の力、か。だがそれでも、これが最善手だと感じるの

は、自分でも不思議だな）

胸中で独りごちるアルス。この作戦の根本にあるのは、レティの部隊の力について、素《す》直《なお》な評価と称賛《しょうさん》である。だからこそ。

「人選は、レティに任せる、作戦の実行もな」

「そういうことなら、大丈夫《だいじょうぶ》っす。馬鹿どもに頼《たよ》るのも、たまには面白《おもしろ》い試みっすから。高みから指示して、こいつらがキビキビ働くのを見るのは、気持ちが良いもんっすよ」

ニシシッと人の悪い笑みを浮かべるレティに、アルスも苦笑《くしょう》して頷いた。

神でもない人間が、無数の可能性を予想してプランを立てる以上、絶対に綻《ほころ》びはある。だからこそ、作戦などというものは、本来ならあまり信用しないのが、これまでのアルスだった。だがここに至って、それなりに熱心に作戦を立て、人に提示し、状況を動かそうとしている。ここは外界、結局は自己判断力の高さと魔法師としての実力がものをいうことは、分かっているというのに……可笑《おか》しなものだ。

「さぁ、ちゃっちゃと片そう。やることはいつだって同じだ。魔物を殺す、それだけだ」

そう締《し》め括《くく》ったアルスに、隊員達も一斉《いっせい》に緊張《きんちょう》を解き、相好《そうごう》を崩《くず》す。そりゃ簡単でいい、などと軽口が飛《と》び交《か》う中、長い作戦会議は、ようやく終わりを告げたのだった。

第54章「せめて人間らしく」

アルスの作戦を全員が脳に直接刻むかのように記憶し、この一帯の地理を、地図で再度確認《かくにん》する。

それがあらかた終わった頃《ころ》には、外界の景色はすっかり夜に沈《しず》み切っていた。ここでは月明かりすらも地上に届く前に弱まってしまうのか、それらは不気味な雪の上を僅かに照らし出すだけだった。

作戦開始は明朝。魔物が活発になる夜に動くのは、勇み足の愚か者《もの》だけだ。拠点内《きよてんない》では、隊員達《たち》が明日に備えて、各々《おのおの》準備に取《と》り掛かっていた。中には雑談にふけっているだけの者までいるが、いい意味で、リラックスした雰囲気《ふんいき》が漂《ただよ》っている。全員肝《きも》が据《す》わっているというか、一度方針が立ってしまえば非常に順応性の高い、レティの部隊ならではの光景だろう。

だが、そんな中にも、確実に影を落とす要素は存在する。アルスはあえて話題に上げなかったが、おそらく魔物の襲撃《しゅうげき》で離散《りさん》したと思われる、先遣隊に関することが、それに当たる。

　彼らの捜索については、明日の作戦決行と同時に担当の小隊が、こことは別の小拠点をいくつか調べる予定になっている。レティをはじめ、彼らがそこに一時退避《たいひ》している可能性がまだある、と主張する者が多かったからだ。

　ただでさえ貴重な戦力が分散することになるが、これはある意味、人間の感情的に仕方ないことだとアルスは考えている。レティらは、やはりアルスとは違《ちが》う――そもそも仲間の生死について、何も感じない機械人形ではないのだから。

　そして、その絆《きずな》は彼らの強みであり、同時に弱点でもあるのだろう。ただ、頭でそういうものと理解できても、アルスとしては決して共感はできない。

　ひとまず、寝《ね》るには少し早い時間帯ということもあり、アルスは拠点内をぶらつくことにした。さすがに長時間散歩できるほどは広くないのだが、少し気分転換《てんかん》するのもいいだろう、と思ったからだ。

　アルスの足音が、拠点内に小さく響《ひび》く。壁《かべ》には擬似《ぎじ》魔力《まりょく》発生器から引いた灯《あか》りが、あちこちに埋《う》め込まれている。拠点を発見されるリスクもあるが、出入り口さえ遮断《しゃだん》シートで塞《ふさ》げば問題はない。大人数での長期任務では活躍《かつやく》する代物《しろもの》で、純粋《じゅんすい》な魔力を用いるよりも、魔物に気づかれるリスクも低い。

やがてアルスの足は、とある部屋で止まる。そこには、先遣隊が拠点の外に置き去りにした物資がレティらによって回収され、部屋の一角に集められていた。

主に食糧や予備のAWR、様々な整備や作業に必要な小物に道具類、負傷者の治療《ちりょう》に役立つ、治癒術式が施《ほどこ》された小さな紙片《しへん》などだ。単一魔法式を組み込んだ使い捨て信号弾《しんごうだん》もある。

ただ、明日の作戦ですぐに必要になりそうな物はなかった。ひとまず、酒らしき瓶《びん》が紛《まぎ》れ込んでいたことには目を瞑《つぶ》るとして。

「それは？」

いつの間についてきていたのか、アルスの後ろから、ロキがひょっこり顔を覗《のぞ》かせて、物資の山に目を向ける。特に彼女《かのじょ》が注目したのは、運ばれた物資の中で一際《ひときわ》目立つ、妙な代物だった。それはいかにも大事そうに、緩衝材《かんしょうざい》代わりなのか、薄汚《うすよご》れた布でグルグル巻きにされていた。見た目は太い棒のようにも見える。

やがて、アルス達を追ってきたわけでもないのだろうが、レティがこの部屋に現れた。それから彼女は、伴《ともな》ってきた部下三人に命じて、その妙な物体を持ち上げさせる。落とさないよう、極力丁寧《ていねい》に扱《あつか》うその手つきを見て、アルスもさすがに、興味を抱いた。ちらりと目配《めくば》せすると、レティは無言で頷《うなず》き、それを包んでいた布を引き剥《は》がす。

中からは、白っぽい半透明《はんとうめい》状の素材で覆《おお》われたポールが姿を見せた。透《す》けて見える内部には、精密機械らしい複雑なパーツが互《たが》いに組み合わさって収納されており、ポールの上部表面には複雑な魔法式が組み込まれている。

アルスはひとまず、その魔法式へと目を向ける。

「系統の術式とは別物だ、魔法としての構成は辿《たど》れるが、何かを発現させる、というものではないな。なるほど、そこで回路がプロセスを複写するというわけか……複写だけなら通常の精度の数十倍、いや数百倍まで効率を高めることも可能だな」

そこで、アルスは目を離して息を吐いた。

「発現座標は別の構成プロセスに移行されて意味を成す……つまりこれは、転移門《サークルポート》だな」

「さすがっすね。私も最初は、詳《くわ》しい部下に説明されるまで、これが何なのかさっぱり見当が付かなかったんすよ」

「だろうな、正直なところ、その構成式を開発したのは俺だからな。とはいえ、あの頃のものより、ずいぶん改良が加わってるみたいだから、図々《ずうずう》しく自分が作った、とまでは言わないが。というか、おそらく仕込まれたギミックはこれだけじゃないだろう」

ぱっと見、その機能には、アルスにさえ想像できないものが詰め込まれているはずだ。その構成だけを見て取っても、その内部には、ブラックボックス的な部分が認められる。そもそも魔法式では補えない部分には、機械的な高速演算システムが用いられているのは明らかだ。でなければ、この規模の機材では、これほど複雑な魔法式を実行に移せない。

「コンパクト化だけじゃなく、より長距離《ちょうきょり》の転移を可能にしてるな。実用段階まで漕《こ》ぎ着《つ》けたのか」

「半分は完成してるみたいっす。でも、ここは外界っすからね。すぐに実用化は無理じゃないっすか？　ただ、バナリス奪還後は確実に地ならしが必要っすから……外界での転移技術が実用化されれば、物資輸送は大きく改善されるはずっす」

確かに、アルスがクーベント大陸を奪還した際に、そんな技術があればどれほど助かったか。もっともその時点では、転移門の開発はさほど進んでおらず、せいぜい魔力が安定しているアルファ国内で実験が行われていた程度だったが。

それに、あの任務では……アルスの生還《せいかん》に、軍の上層部はまったく期待をしていなかった。寧《むし》ろ、それを望まれていなかったとさえいえる。そうでなければ、ろくな補給ルートもなしに少年一人を外界に送り込むなど、あり得ないことだ——それこそ、あの任務は「死命」以外の何物でもなかったのだ。

「で、なんすけど」

「……ん？」

アルスを過去の記憶《きおく》から現実に引き戻《もど》したレティは、少し言いづらそうに頬を掻《か》きながら、言葉を続ける。

「実は……これ、壊《こわ》れてないか、アルくんに見て欲しいんすけど。いや、多分大丈夫《だいじょうぶ》だとは思うんすけど、回収した時の状況が状況っすから」

「嫌《いや》だとは言わんが、それができる人間くらい、連れてこなかったのか？」

見たところ、かなり精密そうな機器だ。実験的に使ってみるにせよ、技術畑の人間くらい連れてこなければ、万が一の時にどうしようもなくなるはずだ。

「だからホラッ、幸運にもここに一人」と、レティはアルスをそっと指さす。

己の運の悪さを呪《のろ》って、アルスの頬が、思わず引きつる。余計な仕事をさせられることになるが、これも協力態勢上、必要なことだと自分に言い聞かせることにした。

「機械いじりが得意な隊員もいるにはいるんすけどね～、あいにく先遣隊に入っちゃってて、今は留守っす。それに、専門的な技術屋が必要だからって、誰彼《だれかれ》構わず部隊に加えるってのはちょっと……ほら、うちって人見知りじゃないっすかぁ」

などと、しゃあしゃあと言い始めるレティ。彼女が人見知りならば、アルスは人嫌《ひとぎら》いどころか、もっと酷いコミュニケーション不全症患者《ふぜんしょうかんじゃ》だ。

「ま、冗談《じょうだん》はさておき、そもそも、機械が壊れる万が一の可能性のために、わざわざ戦力に入らない技術屋を外界に連れてくる余裕《よゆう》なんてないっすからね」

「呆《あき》れた話だ。まったく、俺がいて本当に幸運だったたな。だがここには資材がないだろ、本当にヤバいところがイカれてたら、さすがに何もできないからな？　機械弄《いじ》りまでは専門じゃない」

さすがに、アルスもそこまで万能《ばんのう》ではない。魔法に関する知識は十二分だが、機械工学その他、現場で必要となる知識や経験、技術までは持ち合わせがない。だからこそ、自分専用のＡＷＲ【宵霧】の開発などは、フォールンの工匠《こうしょう》・ブドナと共同で行う必要があったのだ。

その後、一通りアルスは転移門のチェックを済ませ――とは言っても、本当に簡単に基本的な部分をチェックしただけだ――「まあ、問題はないだろう」の一言で締めた。

転移門は精密機器で、本来は外界に持ち出すのも難しい代物だ。いくらかカスタマイズされ、強度的にも多少は頑丈《がんじょう》に作られているとはいっても、ブラックボックスになっている部分などは、分解してみないとアルスですら把握《はあく》できない。

「どの道、そう簡単にポンポン動かしてみるわけにもいかん。出番はここの奪還後だろ。その時に考えれば良い……」

そう言いかけたところで、ふとアルスは、何かを思いついたような表情を浮かべた。それから、少し考え込む。

さっきも言った通り、転移門の基礎《きそ》部分はアルスが設計したようなものだ。正確には物体の情報を別の座標へと転移させる理論を完成させたことで、転移門が作り出された。

それも、もとはといえば、アルスが【二点間情報相互転移《シャッフル》】を会得《えとく》するために組み上げた理論の、副産物に過ぎない。

「……なぁ、これってもし壊したら問題あるか？」

「どうっすかね。高価そうっすけど、どれくらい実用性が期待されてるかにもよるっすね。正直総督も、この移動型の簡易転移門に本気で期待するほど、耄碌《もうろく》はしてないっしょ」

「だよな。なら、『有用』に使えば問題ないってことだ」

「……悪いこと考えてるって顔っすね～」

そう言うレティの顔は、半ば転移門のことをもう諦めたような表情だった。アルスは別に、確実に壊れるとまでは、言っていないのだが。

「いや、任務の成功率を上げるためだ。作った方も、ほぼ想定していない活用法だろうがな」

早朝、そろそろ陽《ひ》が昇《のぼ》ろうかという時間。

拠点内には、墓地のような静けさが蔓延《まんえん》していた。普段《ふだん》は爆音《ばくおん》のようないびきをかいているサジークや男連中も、今日は奇妙《きみょう》なほど静かに眠《ねむ》っていた。本来ならば、外界で熟睡《じゅくすい》するのは誰《だれ》にとっても難しい。ただ、ここで長く過ごせば、自《おの》ずと身体《からだ》が順応し、そのための方法が身につくのかもしれなかった。もちろん、誰もが寝る時も傍にAWRを置いているのは、同じだったが。

アルスが目を覚ましたすぐ後、まるでその行動が伝染《でんせん》したかのように、レティをはじめ、皆が次々と目覚め始めた。全員の体内時計が一致《いっち》していたのか、それとも空気の変化を機《き》敏《びん》に感じ取ったのか。

任務開始の合図は、実質的に、この時より始まっていたのかもしれない。

身支度《みじたく》は昨日のうちに済ませてある。

アルスは拠点の出口付近まで移動すると、静かに、そしてゆっくりとその時を待った。

魔物の活動は原則、夜に活発化し、朝は比較的鎮静化《ひかくてきちんせいか》する傾向《けいこう》がある。

やがて、陽の光が薄《うす》らと拠点内に差し込んできたところで、アルスは立ち上がる。

「始めよう」

「はい！」

真っ先に返事したのはロキだった。テンションが高いというよりも、意気込みの表れだろう。

ロキの経験は、少なくともこの部隊内においては、まだ浅い部類に入る。高レートの討伐回数などは、ロキの年齢《ねんれい》としては異常な数だが、レティの部隊では最下位クラスまで落ちる。

この部隊においては魔法師としての技量も、ロキは下位に位置づけられるだろうとアルスは考えていた。順位はともかく、扱える魔法や対人戦闘術などについては、サジークやムジェルと比べても大きな差があるわけではない。

魔力量の差はあるが、十分戦力としてカウントできる範囲《はんい》だ。レティがロキを勧誘《かんゆう》したい気持ちもわからなくもない。探知魔法師というだけでなく、個人の戦闘能力も十分過ぎる水準だ。それでも、アルスには僅《わず》かな懸念《けねん》があった。

「やる気があるのはいい。だがロキ、お前の状況判断力を疑うわけじゃないが……くれぐれも周囲を見て動けよ」

遠回しにだが、一応釘《くぎ》を刺《さ》したつもりだ。

今日の作戦では、ロキはムジェルと同じ小隊に入ることになっている。そこにはアルスなりの思惑《おもわく》があるのだが、多少なりとも不安はある。

そもそも、ロキがアルスのためを思って動く場合、その行動は執念《しゅうねん》ともいえる強い意志に支えられている。それは彼女のアイデンティティとすら呼べるものであり、ときに何者をも寄せ付けない頑固《がんこ》さすら伴うのだ。

そんな傾向は、やはり集団行動においては、危なっかしい一面がある。部隊の指揮官はレティであり、アルスですらその判断は重んじるべきなのだ。指揮系統上、きちんと統率《とうそつ》が取れていてこそ、部隊は高いパフォーマンスを出せる。

「おやおや、仲睦《むつ》まじい光景かと思いきや、煩《うるさ》い頑固じじいみたいな台詞《せりふ》っすね」

「余計なお世話だ。それと、誰のことか想像がつくから、ついでに告げ口しておいてやる」

ふっとレティは鼻で笑うと、ロキの背後から両肩《りょうかた》に手を乗せる。

「ロキちゃんは、それで別に良いんすよ。どこまでいっても私達は人間なんすから。機械か何かみたいに難しく考えないことっす！　それに、いくら考えたところで……」

とレティは背後から抱《だ》きつくように腕を回して、寄りかかりつつ、手をロキの胸の間に下ろす。

指先でそこをトンッと一つ叩《たた》くと。

「結局〝ここ〟は、正直っすからね」

微笑《びしょう》を浮《う》かべながら、レティはさっと手を放してロキを解放すると、その横をするりと通り抜《ぬ》け、元の位置へと、踊《おど》るような足取りで戻っていく。

その背中の頼もしさは、彼女が多くの苦難を乗《の》り越《こ》えてきたゆえのもの。同時に、レティ自身が導き出した、明確な答えを宿していた。その答えこそが、ロキにとって必要なものなのかもしれない。

頭ではなく直感で、ロキは去っていこうとする彼女の、アルスとは違う大きな背中へと必死に声を飛ばす。

「仲間を危険に晒《さら》すかもしれない！　それでも……いえ、それは正しいのですか？」

「そうっすね。ミスったら誰かが死ぬかもしれない……分かってるじゃないっすか、さすがロキちゃん。でも、それが分かっていても止められないのが、〝ここ〟なんすよ」

自分の胸に親指を押《お》し当《あ》てつつ、振《ふ》り向《む》いたレティは小さく、はにかむように笑った。

続く言葉は、呟くように小さいものだったが、それでもロキの胸に強い印象を刻む。レティの台詞が、過去に散っていった全《すべ》ての仲間達に向けられているのだ、と、分かってしまったから。

「……本当に。本当に、迷惑《めいわく》な話っすよ」

言葉とは裏腹に、レティの顔には、微笑《ほほえ》みにも似た表情が浮かんでいる。感謝でもあり後悔《こうかい》でもあり哀《かな》しみでもあり……その他にも、いろんな感情が入り混じったゆえの、複雑で曖昧《あいまい》な笑《え》み。

そんな様子を見て、アルスもまた無言で立ち尽《つ》くしていた。

軽口ながらも先程言った「余計なお世話」云々《うんぬん》の言葉を撤回《てっかい》したいと、心底思ってしまっていた。

彼女は正しい、それは経験に裏打ちされた生きた言葉であり、自分以外の誰かが託《たく》していった無数の想《おも》いと遺志に支えられた、何物にも揺るがせない規範《きはん》。

彼女が出した〝答え〟は、魔法師全てに適用されるべきなのかもしれない。そうあるべきなのかもしれない。

自分が彼女を嫌《きら》いになれない理由が、ようやく腑《ふ》に落ちた気がした。彼女の性格や人格だけではない。彼女の生き方が、アルスの否定し続けた先にあるものだった。

決して手の届かない、理解できない生命の使い方。

「アルスのため」を最優先するロキの生き方は、突《つ》き詰めれば、ごく当たり前の願いから生じたものなのだ。

ただ、アルスだけは違う。乾《かわ》いた絶望を感じるほどに、異なっている。異なってしまっている。だからこそ、憧《あこが》れに近いものをレティに感じていたのだろう。

テスフィアやアリスにも、ロキに対してと似たようなことを以前言った覚えがある。

しかし、それは決してアルス自身に当て嵌《は》まるものではなかった。

仲間のために死んでいった者達を見て、その都度「ただの無駄死《むだじ》に」だと、断じて否定することで生き長らえてきた。それは、今更《いまさら》変えられるものでもない。

だが自分以外の、それこそ己の目が届く範囲にいる者達だけには、そんな業《ごう》にも似た影《かげ》を纏《まと》わせるべきではない。そんな在り方を、指針として示すべきではないのだ。

「そうだな。最後は……全て、自分のために在ればいい」

短く発したアルスの言葉。それを聞いたロキは、ハッとした顔で見返してきた。

アルスは、ロキの美しい瞳《ひとみ》に映り込んだ己の影を見つめる。

己の表情など、こうしなければアルスには分からない。これまで、人並みの感情に応じた顔を作ろうとする努力すらも、ずっと怠《おこた》っていたのかもしれない。

だが、そんな内心とは別に、ロキの瞳に映るその顔は、ごくつまらないものだった。いつもと同じ、表情らしい表情のない顔。ひどく虚《うつ》ろに乾いた己の顔。

ただ、そんなアルスの胸中を他所に、グッと一度だけ、ロキは強く口を引き結ぶ。そして揺るがない想いを込めた言葉を紡《つむ》いだ。

「はい！　アルス様のために」

「………………」

それを聞き、まるで禅問答《ぜんもんどう》のようだ、とアルスは思わず苦笑する。全てをアルスのために捧《ささ》げるのはやめろ、と諭《さと》せば、彼女はさも当たり前かのように言うのだろう。

だから『私のため』は、アルス様のためなのです、と。

彼女の中では、ロキの全てはアルスとイコールで結ばれているのだ。

「いや、俺《おれ》もどうも余計なことを言ったみたいだ。心構えは十分だな」

ぶんぶんと顔を大袈裟《おおげさ》に振って見せたロキは、

「いえ、そんなことはありません。どちらのお言葉も……こう、心が動くと言いますか。身に沁《し》みると言いますか」

もどかしそうなロキの気持ちを察してやるのは容易《たやす》い。

どこまでも自分のために在り続ける、というのは難しい問題だ。それを自身が解くこと自体は諦《あきら》めてしまったアルスだが、ロキが何を言いたいのか、その気持ちだけは分かった。だから、自然と頬も緩《ゆる》む。

「自分で考えて決めれば良い。ゆっくりでもな。それとついでに、あいつの……レティの言葉も覚えておけよ。いわゆる老婆心《ろうばしん》からの忠告ってやつだろうが、一応その価値はある」

「おっと、その台詞は聞き捨てならないっすね。特に『老婆』って何すか！　悪意を感じるっすね。これは、じっくり話し合いの場を設ける必要がありそうっすね」

「終わったら、ゆっくり聞いてやる」

「また約束が一つ増えたっすね」

鬼《おに》の首を取ったように、言質《げんち》を得たとばかり、レティはしたり顔を浮かべる。それから

アルスは、そっと視線を拠点の出口……内部からはぽっかりと切り抜かれた絵のように見

える、外界の寒空へと向けた。

「真に受けるな。大事なことは後回し……大人は皆《みんな》、『後でゆっくり』、そう言うんだよ」

それに応《こた》えるように、ニカッと笑みを濃《こ》くしたレティは、「馬鹿な大人はね」と言い捨

て先陣《せんじん》を切るかのように、拠点を飛び出していく。

アルスにロキ、そして隊員達がそれに続いた。

まだ消えようもない雪が残っている外界……拠点の外に一度《ひとたび》足を踏《ふ》み出したその瞬間《しゅんかん》か

ら、隊員らの間で一切《いっさい》の無駄話《むだばなし》は鳴りを潜め、誰しもが色濃い死闘《しとう》の予感に、緊張を帯び

た表情を浮かべて、無言で進軍を始めたのだった。

雨ではないが晴れているとも言い難《がた》い、どんよりとした曇天《どんてん》。

それが広がる外界の空は、ようやく雲間から漏《も》れ出《で》てきた太陽の光が、明け方にまだ残

る夜空に抵抗《ていこう》して、不思議な模様を描《えが》いている。

薄暗《うすぐら》い中、視界の中をチラチラと舞《ま》い落《お》ちていく白い結晶《けっしょう》が、やけに目についた。

雪はまだ、降り続いている。

不気味さを帯びた一面の銀世界に、背筋がひりつくような感覚さえある。

吐《は》き出す白い息が、妙《みょう》に重い。ずっしりと身体にのし掛《か》かる怠《だる》さが、昨日よりさらに纏わりつく。それは、雪に服が濡《ぬ》れた重みのせいだけではないだろう。

拠点から少し進むと、全隊員が、やや開けた場所で立ち止まる。その合図がアイコンタクトのみで済むのは、全員がこの任務に集中できているのと、昨晩の打ち合わせ通り、各々の役割がしっかり把握できている証《あかし》だ。

「レティ」

「ほいっす」

アルスの声に応じた直後、すでにレティはその魔《ま》法《ほう》の構成を終えていた。

「いくっすよー」と少々間延びした掛け声《ごえ》の後、レティは片手を天高く突き出す。指輪に刻まれた魔法式が強く発光すると同時、レティの注いだその量に、指輪自体が熱さえ帯びかねないほどの圧倒的《あっとうてき》な魔力《まりょく》が注がれる。

「【大火葬流 《イクス・フレア》】」

たちまち滝《たき》が逆流するように吹《ふ》き上がった炎《ほのお》が、周囲の雪を一気に蒸発させ、上空のぶ厚い雲をも焦《こ》がすかのように、天に昇っていく。

急激な気温の上昇《じょうしょう》が気流を生み出しているのか、同時に猛烈《もうれつ》な風が吹きすさぶ。

やがて空が真っ赤に照らされると同時、降りしきっていた雪も、ぴたりと止《や》んだ。

まさか遥《はる》か上空の雲までを吹き散《ち》らしたわけではないが、大気中に放たれた膨大《ぼうだい》な熱量は、限られた範囲内《はんいない》のみとはいえ、降雪を空中で蒸発させてしまったのだ。そしてその効果は、しばらくは続くはずだった。

「こんなもんすか、アルくん」

「あぁ、十分だ。これで釣《つ》れれば楽なんだがな」

レティとは打って変わって、隊員達は魔力の放出を出来る限り抑《おさ》えている。防寒用に身体に纏うそれも、最低限レベルだ。

もちろん、これほど巨大《きょだい》規模の環境《かんきょう》変化型魔法ならば、この程度のことで相殺《そうさい》したり、構成を解くことはできない。この処置で術者とのリンク程度でも解ければベストだが、そもそも術者自体の実力はおろか、どこにいるかすら定かではない。

だから、アルスとしてはついでに、何らかの影響《えいきょう》があれば良いという嫌がらせ程度。

ひとまずレティに肩慣《かたな》らしさせるという意味もあったのだが、そこそこの魔力を放ったはずなのに、彼女はまだ、すっきりとはしていないようだ。

ただ、レティ本来の系統は炎なので、適材適所ではある。ちなみに魔力消費量の点で、最初に彼女が提案した【空置型誘爆爆轟《デトネーション》】は当然のごとく却下《きやつか》された。

「……少し、吹雪《ふぶ》いてきたな」

消えたはずの雪が、勢いを盛り返すかのように、空気中を舞い始める。ただ、別にレティの行為《こうい》が無駄《むだ》だった、というわけではない。

「不味かったっすかね?」

「いや、意味はある……これは、相手からのリアクションだからな」

小細工というには派手だが、空中から雪を消したこの挑発《ちようはつ》が、やはり術者の気に障《さわ》ったのか。その証拠《しようこ》に、数分も経《た》つと周囲の天候はまさに激変した。

ちらちら舞い散っていたはずの雪はいつしか礫《つぶて》のようになり、寒風は横殴《よこなぐ》りに吹きつけてくる雪嵐《ゆきあらし》へと変化する。

二言三言交わす間にも、視界が覆われていき、避難《ひなん》する時間すら与えられなかったほどだ。ただでさえ変わりやすい外界の天気だが、さすがにこれは、天然自然の現象ではない。

すでに視界が利《き》かず、拠点のある斜面《しやめん》すら、今は肉眼では確認《かくにん》できない。せいぜい、近くにいる隊員達の姿を辛《かろ》うじて捉《とら》えられる程度だ。

これまでの魔力コーティングでは凌《しの》げない冷気までもが、襲《おそ》いかかってくる。

(やれやれ、意外に短気な奴《やつ》だったか？　しかし、ずいぶんと効き目があったもんだ)

アルスが胸中でぼやくと、

「アルス様！　どこに」

聞き慣れたロキの声が、すぐ傍《そば》で発せられた。

(――――!?　俺の〝視野〟でも、確認できないとは)

気配から察するに、ロキだけでなく隊員達もまた、互いにそう離《はな》れていないはず。肉眼に頼るのではなく、技術を利用し魔力によってそれを探《さぐ》ったアルスだったが、ロキはおろか、隊員一人の姿すら見つけることができなかったのだ。

アルスの〝視野〟による探知は、空間自体を立体的に脳内で複写するものだ。

この異常な性質を持つ雪のせいで、地形が探れないのは先の経験から明らかだったが、まさか近くにいる仲間の存在すら探知できないとは、少々予想外ではあった。雪が吹雪《ふぶき》に変わったことで、その魔力を妨げる性質が強められた、と考えるのが自然だ。それこそ魔力阻害《そがい》の影響は、地表のみならず周囲の空間全体に及《およ》んだのだろう。

「だとすると……レティ、そろそろお出ましだ」

「了解《りょうかい》っす」

耳に着用するタイプの通信機器《コンセンサー》により、風に吹き消《け》されることなく、声だけは伝えられる。魔力通信は阻害されることを考慮し、この時代にわざわざアナログ――シンプルに音を電波に置換《ちかん》して送受信するタイプの、旧科学の産物へと改装したものだ。有効範囲は無論魔力通信よりは狭《せま》いが、こういったケースに限っては、古い技術が逆に役立つこともある。

アルスとレティのやりとりを聞いたはずの隊員達からも、特に動揺《どうよう》は感じられない。互いの位置を確認するために、コンセンサー越しの声がしばし飛び交った。

(まあ、推察通りだったたな)

ちなみに、この術者に雪の強さを操《あやつ》ることができるだろう、というのはすでに予想がついていたことだ。環境変化型の魔法とはいうが、これだけの効果を長く維持《いじ》するためには、術者が構成を組《く》み替《か》え、適宜《てきぎ》調整し続ける必要があるからだ。そしてこの吹雪を生み出すほどの魔力量となると、さすがにレフキスやオグマの仕業《しわざ》である可能性は低い。ただ、それがレティが以前に言っていた【キマイラ】であるとも、新たに代替《だいが》わりした魔物《まもの》である、ともアルスは断言できなかった。長年の経験から、即断《そくだん》は避《さ》けたい、という気持ちが働いている。

とにかく術者が、相当の強者《つわもの》であることだけは間違《まちが》いない。代替わりの多くは、魔物同士の縄張《なわば》り争いによって起こる。レフキスやオグマもまた、次なる支配者の座を狙《ねら》える高レートのはず。それを従えているというのであれば、いずれにせよ統率者《とうそつしゃ》の力は、通常で推《お》し量《はか》れるレベルを超《こ》えている。

そして、そんな相手がわざわざ視界を奪《うば》いにくるとすれば……当然、襲撃の前振《まえふ》りだ。だが、そうだとしても概《おおむ》ね作戦に変更《へんこう》はない。

レティが再び【イクス・フレア】を放つと、さすがの吹雪も、しばらく鳴りを潜《ひそ》め、ほんの一瞬だけ、視界が確保される。

「さ、今のうち！　ボサッとしてないで、さっさと行くっすよ～」

どこか緊張感の乏《とぼ》しいレティの一声で、隊員達は一斉に行動を開始した。

彼らが目指すのは、昨日アルスが指示した、とある地点。なお、サジーク率いる小隊はオグマ、ムジェルとロキのいる部隊はレフキスの担当であり、目標地点到達《とうたつ》後、適宜分かれて、それぞれ討伐《とうばつ》に入る段取りだ。

「アルくん、隊長の私を、こき使い過ぎっすよ。しかも囮《おとり》までやらせるなんて」

「これから出くわすはずの奴《Sレート》を倒《たお》せるならそれに越したことはないが、相当手こずりそうだからな。それに時間稼《かせ》ぎは、Ｓレートの厄介《やっかい》なお仲間を、あいつらが討伐するまでの僅かな間だけだ」

すか？」

「魔物の頭《アタマ》を釣り出して時間稼ぎするだけなら、アルくんも一緒《いっしょ》に逃走劇《とうそうげき》に参加しないっすか？」

「お前の手に負えなかったらな」

「いけずっすね。そうだ、そろそろ鬱陶《うっとう》しいんで、この雪、いっそ全部吹き飛ばすってのはどうっすか？」

呑気《のんき》にコンセンサー越しに会話する二人。隊員達と別行動をしてからすぐに、レティは声を飛ばしつつ、身体に纏う魔力を意図的に増幅《ぞうふく》して放出する。

声だけでなく、念のため位置をも伝える方法として、そうしたのだろう。隊員達と連携《れんけい》が取れていることを無事、レティが確認し終えた頃合《ころあ》いを見計らって、アルスは言葉を返す。

「吹き飛ばすっていえば威勢《いせい》はいいがな。そもそも雪自体が魔法の産物だ、あまり意味があるとは思えんが、まぁ好きにしたらいい。元を絶つとなれば、【キマイラ】だか代替わりした別の奴だかを討《う》つのが一番だぞ」

環境変化型の魔法は世界法則を偽《いつわ》り上書きしてしまうもの。故《ゆえ》に、術者をどうこうせずに対抗《たいこう》しようとするなら、これを上回る強固な構築の魔法で、欺《あざむ》かれた世界法則を再定義しなければならない。

「分かってるっすよ」

レティは口を尖《とが》らせた。

だが、確かに正確な情報量や構成書《か》き換《か》えの痕跡《こんせき》くらいは、確認してみてもよいかもしれない。ロキのようにはいかないが、軽い魔法をあえてぶつけて手ごたえを測ることで、Sレートの正体や、思わぬ手がかりくらいは見つけられる可能性はある。

ものは試《ため》しとアルスが【宵霧】の鎖《くさり》に手を掛けた直後、視界の端《はし》に得体の知れない何かが浮《あ》き上がった。

目を凝《こ》らすまでもなく、黒い影が、雪風の壁の向こうで羽ばたいている。

とてつもなく大きい何かが、そのシルエットだけをアルスらに見せていた。吹雪の中だというのに、化物じみて巨大な影だけは、存在感を誇《ほこ》らしげに主張しているようだ。

やがて、さらにその姿がくっきりと浮かび上がってきた。蝶《ちょう》のような、蛾《が》のような巨大な魔物。二対《つい》四枚の翅《はね》と、地表にすら到達しそうな、長い八本の脚《あし》。それぞれの脚の先端《せんたん》には、鋭《するど》い鉤爪《かぎづめ》のようなものが存在している。

翅を広げたその大きさは、優に三十メートルを超えているだろう。ゆっくりと羽ばたきつつ、ホバリングするように宙に浮いている。その巨体《きょたい》のせいで、地上から離れていると いうのに、伝わってくる圧迫感《あっぱくかん》は異様なほどだった。

そんな化物が翅を揺《ゆ》らす度、嵐《あらし》のように雪が舞う。

久しぶりに、背筋が冷えるような感覚。同時にアルスは目を細め、予感はしていたが、と頬《ほお》を引きつらせていた。

「【キマイラ】じゃないな。あれが四代目の支配者級か」

雪原の出現という異常事態からして、なんとなく予感はあった。支配者級の魔物が代替わりしているかも、とレティに聞いた時には、既《すで》に最悪の事態を考えてもいた。

それでも、まさか宙を飛ぶ巨体とは……アルスは空を仰《あお》ぎ、小さく呟《つぶや》く。

「せめて、Sレートにとどまる程度であってくれよ」

直後、化物蛾の巨体が一際強く羽ばたいたかと思うと、弾《はじ》かれたようにその姿が動く。たちまち地獄《じごく》の底から聞こえる重低音が如《ごと》き羽音の唸《うな》りが、一気にアルスに迫《せま》った。

（速い！）

そう思った次の瞬間、魔物の身体から垂れた妙に長い脚の一つが、横っ飛びに回避《かいひ》したアルスの真横を掠《かす》めていった。続いて返す刀で、とでもいうかのように、鞭《むち》のようにしなった別の脚が逆方向から迫る。その尖端《せんたん》の爪《つめ》が地をえぐりつつ、地面ごと蹴《け》り上げるかのように閃《ひらめ》いた。

「……っ!?」

叩きつけられた爆風《ばくふう》に、アルスは身体ごと吹き飛《と》ばされそうになるが、瞬時《しゅんじ》に展開した障壁《しょうへき》によってなんとか耐え凌《た》いだ。雪混じりの砂利《じゃり》と小石が、弾丸《だんがん》の如く飛んできては、障壁に衝突《しょうとつ》し砕《くだ》け散った。

だが、その攻撃《こうげき》は、アルスを直接狙ったものではなかった。

鞭のようにしなった脚が、突風《とっぷう》と一緒に、アルスの視界を凄《すさ》まじい速度で横切っていく。

その先にいたのは――レティだ。

咄嗟《とっさ》にアルスは、彼女へ向けて手を伸《の》ばす。

薄《うす》い障壁が出現するも束《つか》の間《ま》、その程度では到底《とうてい》止めきれない魔物の蹴撃《しゅうげき》をもろに受け、レティは防御《ぼうぎょ》体勢を取りつつも、弾丸の如き勢いで吹き飛ばされた。

鈍《にぶ》い音とともに、彼女の身体がバキバキと音を立てながら木立の中を突き抜け、一瞬で見えなくなる。あの速度で身体ごと飛ばされたのだ、凄まじい衝撃《しょうげき》だったに違いない。おそらく無事では済まないだろう。

アルスが思わず舌打ちをした刹那《せつな》――何故《なぜ》か吹雪がピタリと止む。

魔物は、と見れば、しばし羽ばたきをしたまま、空中に巨体を留《とど》めている。まるでアルス達《たち》が何をしようと、そんなものは児戯《じぎ》だと嘲笑《あざわら》っているかのようだ。

いずれにせよ、レティの安否を気にしないわけにはいかない。あの一撃《いちげき》で意識を失っていでもしたら、受け身すらままならないはず。だとすれば、放置すれば最悪の事態にもなり得る。今、レティを失うのは最悪なシナリオだ。

（チッ、初《しょ》っ端《ぱな》から部隊が崩壊《ほうかい》しかねないぞ）

全神経を脚に注ぎ、アルスは全速力で離脱。レティの消えたその後を追う。

やがて見つけたレティの身体は、雪の冠《かんむり》を被《かぶ》った大樹の枝に、折れかかるようにして引っかかっていた。幸いにして、意識はあるようだ。

「レティ！」

その呼び声に答える様にレティは身動きし、苦し気に首だけをこちらに向ける。ダメージは言うまでもないが、意識が途絶《とだ》えていないことだけは幸いだった。吹き飛ぶ最中に偶《ぐう》然《ぜん》通過した木立を、せめてもの抵抗でクッションのように利用したのだろう。

彼女の目と、アルスの視線がぶつかる。

そうなればシングル同士、特に言葉はいらない。

（自分のことより、奴の足止めを）

レティの意図は明確であった。そう、どうあろうと、Sレートの足止めは必要だ。超《ちょう》スピードを持つあの巨大蛾《きょだいが》の矛先《ほこさき》が他の隊員達に向けば、バナリス奪還《だっかん》どころか、全滅《ぜんめつ》は必至なのだから。

アルスもまた声には出さず、「分かった、少し代わってやるが、すぐに来い」と唇《くちびる》だけを動かした。

そして、静かに背後を振り返《かえ》る。

「それまでは、相手をしておいてやる」

後ろ手に掴《つか》んだ【宵霧】を引《ひ》き抜くと、鎖が擦《こす》れる音が涼《すず》やかに鳴った。

それと同時、アルスを追ってきたらしい羽音が、周囲に響《ひび》き渡《わた》る。

アルスは、再び宙に現れたその巨大な影を、鋭く睨《にら》みつけた。

改めて見ると、いかにも異形だ。頭から生えた触角《しょっかく》は、まるで髭《ひげ》のように長く左右に伸びていた。胴体《どうたい》は赤黒い表皮で覆われているが、頭に眼《め》らしきものはない。

どこか前衛的な芸術絵画のような、その毒々しい翅の模様が、アルスの目に留まった。

ゆっくりと開かれ揺れている左右の前翅《ぜんし》に、巨大な丸い模様がある。

黒く縁《ふち》どられたその不気味な円形模様は、頭部の代わりにそこに存在する、本物の眼のようにも見えた。

これまで何十種、何百種もの魔物を屠《ほふ》ってきた彼の口から、小さな呟きが漏れた。

「……このタイプは、初めてだ」

◇　◇　◇

レティは、木の枝に身体《からだ》を折り、寄りかかりながら、小さく唸った。

身体中を駆《か》けめぐる酷《ひど》い痛みに、今にも意識を持っていかれそうだった。

昼から漏れる血の味に、思わず顔をしかめる。外界に順応するため、あらゆるものに慣れたつもりだったが、このざらざらした鉄の味だけはいまだに慣れない。

それでも、頭脳は冷静に、己《おのれ》の負傷を確認するかのように働く。

（左腕《ひだりうで》は……何箇所か骨に罅《ひび》が入ったっすかね、問題はアバラと内臓……？）

何とか木の枝の上で姿勢を整えようとした時、今度は首に激痛が走った。鞭打《むちう》ち程度ならいいが、どうにも正確なところは分からない。仕方なく腹に触《ふ》れてみると、あちらこちら内出血しているらしい感触《かんしょく》が、ありありと伝わってくる。

（こりゃ……さすがに、参ったっすね）

油断していたつもりなどない。

だが、気づいた時にはすでに攻撃を受けてしまっていた。

（アルくんのフォローがなかったら、完全に戦闘《せんとう》不能だったすね）

大きく息を吸い、呼吸を落ち着ける。意識が飛ばなかったのは不幸中の幸いだった。左腕でかばったこともあるが、アルスが咄嗟に張った僅かながらの障壁が、多少なりとも役立ったのは間違いない。

レティは痛みに顔をゆがめながらも、苦《くる》し紛《まぎ》れのように「感謝、感謝」と心中で呟いておく。

よっと掛け声を発して身体を起こすと、無傷の右腕《みぎうで》で細く伸びた枝に掴まってから、ゆっくりと着地を試みた。

可能な限り勢いを殺したはずだったが、それでも着地の衝撃が体内に伝わった瞬間、レティは盛大に咳《せ》き込んだ。

「ぐっ」と息を止めて堪《た》えるも、胸の辺りに突き刺さるような痛みが広がった。

折れてはいないそうだが、肋骨《ろっこつ》に少し罅でも入っているかもしれない。加えて左腕の骨、数箇所にも……特に肩《かた》の辺りは大きく服が裂《さ》けており、トクトクと脈が打つたび、傷から温かくぬめった血が流れ出すのを感じる。

掌《てのひら》を開閉することはできるので、実際はそこまでではないのだろうが、気づくと左の袖《そで》は、真っ赤に染まっていた。

レティは小さく唸ると、自分が飛ばされてきたその先へと、怒《いか》りに燃える双眸《そうぼう》を向けた。

そこでは、アルスが戦っているはずだった。土煙《つちけむり》と雪が入り混じって吹き飛び、その合間に、刹那を駆ける影がちらつく。もはや何が起こっているのか遠目では判別できないが、決して止むことのない戦いの物音が、空気を震《ふる》わせてここにも届いてくる。

レティは一度、そっと目を瞑《つぶ》って、全意識を身体の状態を探ることに集中した。

（ダメだ……息が深く吸えない。ただ左腕が使えないことは、そこまで影響はないか）

それは半ば、己の怒りを鎮《しず》めるための行動でもある。だがそれでも、極力冷静であろうとする思考が、激しい感情に塗《ぬ》り潰《つぶ》されていく。

己の雪辱《せつじょく》というだけではない。

巨大蛾のあの蹴撃を受けて目が覚めた気分だ。

ああ、そうだった。バナリスは仲間達が散った場所だ。こう騒《さわ》がしくては、彼らはおちおち安らかに眠ってもいられないだろう。

だが、怒りに任せて戦うだけでは身を滅《ほろ》ぼす。そんな直情的な行動は、寧《むし》ろ仲間への裏切りだとレティは思う。

ずっと、ずっと一緒に戦ってきたのだ。ずいぶんと長い時間、共に外界を駆け回《まわ》ってきた。一人、また一人と死んでしまう彼らは、唯一《ゆいいつ》背を預け合い、濃密《のうみつ》な死戦をともに越《こ》えてきた者達だ。

弔《とむら》い合戦《がっせん》などと、大層なことではないのかもしれない。そんなことよりも死んでいった彼らに報告するために、悲願達成の障害は全て刈《か》り取《と》らなければならない。

近い未来、このバナリスは、また隊員達の馬鹿騒《ばかさわ》ぎの声が響く、そんな場所になっていなければならない。だから、勝利してこそ意味がある。この部隊の一員で良かったと思ってもらえるように。

シングル魔法師、レティ・クルトゥンカの鮮《あざ》やかな勝利をこの外界に刻むことこそが、きっと散っていった多くの魂《たましい》に報《むく》いる方法なのだ。だって、彼らが隊長と仰いだ自分が、こんなことで彼らを裏切れるはずがない。ただ犠牲《ぎせい》だけを出して、おめおめと逃《に》げ帰《かえ》る背中など、絶対に見せたくはなかった。

レティはもう一度だけ奥歯《おくば》を強く噛《か》みしめると、そのまま口で、左袖を強引《ごういん》に噛み破った。その布地をさらに引き裂き、残った右腕と歯を使って、器用に左腕の傷口を縛《しば》る。

だが、血を吸った袖を噛んだために、口の中にまたしても血が入り込んだ。

「不味ッ」

ぺっとそれを吐き出《だ》してから、口元を乱暴に拭《ぬぐ》う。それから、脚に力を込めて真上に跳躍した。

右手でさっきとは別の大枝に掴まり、片腕《かたうで》だけでぶら下がると、先を見据《みす》える。

目指すのは、アルスが死闘を繰《く》り広《ひろ》げている、あの戦場。

そして討つべきは、あの蛾の王だ。

今や、精神のどこかの糸が切れたかのように、レティの目は大きく見開かれていた。

「はぁ、はぁ、はぁ……」

荒《あら》くなる呼吸を、レティは強引にねじ伏《ふ》せる。

細く流れ落ちた血で、まるで口紅のように彩《いろど》られた唇は、寧ろこの逆境を楽しむかのように、不敵な笑みを形作っていた。

◇◇◇

「馬鹿《ばか》なことを考えるなよ」

雪景色の中、ムジェルが並走するサジークに向かって、牽制《けんせい》の言葉を掛けた。

レティの発していた魔力が、唐突《とうとつ》に感じられなくなってしばらく経った。

コンセンサーで呼びかけようにも、すでにその有効範囲内からは外れてしまっている。

おそらく、何かが起きたのだ。だが今、彼らには果たすべき任務がある。それぞれに与《あた》えられた、Aレート討伐の責務がそれだ。

彼らは今、そのためにアルスが指示した、魔物の根城と思《おぼ》しき地点に向かっているところだ。それは、他ならぬレティの命令でもあった。昨晩、アルスからその作戦が提示された後、茶化《ちゃか》すようにレティから「お前達が討伐し終えないと、こっちが遅々《ちち》として進まないっすからね。その辺分かってるっすよね？」と威圧感《いあつかん》たっぷりに言われている。

魔法師である以上、何よりシングル魔法師の部隊にいる以上、任務は大事だ。が、レティという一魔法師の生命は、彼らにとってそれ以上に重たい。

だが、レティの隣《となり》にはアルスがいる。そしてサジーク、ムジェルはその二人に託されたのだ。だからこそ今、レティの許《もと》に駆けつけることはできない。

ムジェルの声に、サジークはしばし答えなかった。それでも共に死戦を潜《くぐ》り抜けてきただけあり、彼の内心の動揺は、ムジェルには手に取るように分かる。彼の反応が、人としては正しいことも。

やがて返ってきたのは、唸るような一言。

「分かってる。引き返すわけねぇ……そんなわけは、ねぇさ」

「当然だ。お前か俺がAレートの討伐から抜けた時点で、アルス様の作戦はご破産だ。俺達の負う責任は重い」

鋭く前方を見据えたままのムジェルは、声だけを隣の巨漢《きょかん》に飛ばす。サジークが感情だけで動きがちな分だけ、逆に彼は俯瞰《ふかん》して物事を考えられる。きっと彼がいなければ、その直情的な行動を、ムジェルの方こそ取っていたかもしれない。

ただ、もはや引き返すには手遅《ておく》れなところまで距離《きょり》が開いてしまっている。だからこそ、ムジェルも冷静に判断できるという側面もあった。

「俺達《おれたち》にできるのは、一刻も早く標的を発見し、討伐することだからな」

「だあぁぁぁー！　おめぇはいっつもうるせぇな。分かってるって言ってんだろ」

「分かってるなら、魔力を乱すな」

ブチッとサジークのこめかみに青筋が浮かび上がる。ただ、二人の間でこうしたやりとりは珍《めずら》しいことではない。そしていつも、基本的にムジェルは正しい——正論、という意味でだが。

それを何よりサジークが理解しているために、最終的に折れるしか選択肢《せんたくし》はなかった。

「でも、だがよ……」

「疑うのか、アルス様を」

有無《うむ》を言わせぬ鋭い言葉を最後に、ムジェルはもう一言も発しなかった。

そしてそれを背後で聞いていたロキも、内心で深く同意していた。

本心をいえばもちろんアルスと共に戦いたかったが、これは他ならぬアルスの提案した作戦。そして、レティの部隊内で我儘《わがまま》が言えるほど彼女《かのじょ》は何も知らない子供ではなかった。

一応、アルスからは以前「彼女が付いてくることにとやかく言わない」と言質を取っている。が、それはこのバナリスまで同行できただけで、満足しなければならない。

ムジェルの一言に押し黙《だま》ったサジークは、やや間を置いて、ぽつりと返す。

「……すまん、少しムキになった」

「気にすんな。いつものことだ」

実際、ムジェルはこのやりとりが無益だったとは思っていない。ここには、他の隊員達もいるからだ。そしてサジークの思いはある意味で、彼らの気持ちと同じ。いわば、サジークの苛立《いらだ》ちや焦《あせ》りは、隊員達のそれを代弁しているともいえる。だからこそ、彼を宥《なだ》めることは、同時に他の隊員達を落ち着かせることにつながるのだ。

そういった人情の機微《きび》と人心の掌握術《しょうあくじゅつ》を、ムジェルは少なからず心得ていた。もっともそれは、レティのやり方から学んだ部分も多いが。

「ところで、ロキさん」

やや他人行儀《ぎょうぎ》な、それでいてどこか彼女のことを気遣《きづか》っているかのような声色《こわいろ》で、ムジェルはロキの名を呼んだ。

「は、はい。なんでしょうか」

目上というだけではなく、ムジェルは全《すべ》てにおいてロキの上を行く魔法師だ。そのせいもあり、ロキは少し緊張《きんちょう》した面持《おもも》ちで応える。

「アルス様は、あなたも戦力としてカウントしていましたが、あくまであなたはアルス様のパートナーであり、探知魔法師です。レティ隊長はきっとご無事だと思いますが、いずれにせよ今度の敵はかなり手強《てごわ》い。いざという時には……」

ロキは、ムジェルの言いたいことを察した。丁寧《ていねい》な口ぶりでロキの心情に配慮《はいりょ》しつつ、心配してくれているのだろう。しかしそれでも、ロキの目に、鋭い光が宿った。

決して、気分を害したというわけではない。

「私のことは気にしないでください。足手纏《あしでまと》いならば捨て置いてもらって結構です。でも、これはアルス様の命じられた任務です。だからこそ、何かあっても私だけが離脱《りだつ》することなど……」

「決してできません」と淡々《たんたん》と返すロキ。その表情にはあからさまな憤《いきどお》りこそ見られなかったが、やはり僅《わず》かな苛立ちの色がある。

さっきのムジェルの物言いは、ロキをあくまで、まだ若すぎる一人の少女として扱《あつか》うものだ、と彼女は捉えた。戦場に立つ魔法師として扱った上での言葉ではない、と。

「分かりました。でも、あなたを捨て置くことはできませんね」

「アルス様のパートナーだからでしょうか。それは」

ここにきてまだ特別扱いをされるのか、と、不満というより微《かす》かな寂《さび》しさにも似た気持ちに、ロキが眉《まゆ》をひそめた直後。

「いいえ、そうではありませんよ。レティ隊長も言っていたように、あなたはもうこの部隊の〝一員〟ですからね」

「…………」

隣で意味ありげにニヤニヤ笑いつつ、サジークがムジェルへともの言いたげな目を向ける。ムジェルもそれにちらりと視線を走らせたが、特に反応はせず。

「ロキさんの力は見せてもらっていますから、我々こそ、力を貸して欲《ほ》しいぐらいです」

「もちろんです」

即答《そくとう》したロキの顔に、笑《え》みはなかった。真っすぐに感情表現をするのは、やはりアルス以外の前では難しい。そもそも笑顔《えがお》など意識して作るものではない、とロキは常々思っている。

結果、無愛想《ぶあいそう》ともとれる態度になったのだが、すかさずサジークが茶化すような台詞《せりふ》を投げかける。

「はっ、嫌《きら》われたな、ムジェル。このお嬢《じょう》ちゃんは、やっぱり魔法師だぜ、それもアルス様のパートナーの、な。あんな物言いをするからだ」

そんな意趣《いしゅ》返しを兼《か》ねた安い挑発を、ムジェルは再び無視する。

ムジェルは言われるまでもなく、もちろんロキのことを高く評価していた。寧ろ、隊内でもレティに並び一番、といっていいくらいに、である。

そもそも現1位のアルスは、長年パートナーを選ばなかったことで有名だ。

彼については、圧倒的すぎる実績はもちろん、そもそも先のデミ・アズール討伐戦《とうばつせん》でアルスが示したあの力を見て、ムジェルが何も感じないはずがなかった。彼がアルファの魔法師でよかったと、心底思ったほどだ。

そんなアルスが、わざわざ選んだパートナーこそが、この少女なのだ。バナリスまでの道中でも、彼女が秘《ひ》めた資質と天稟《てんぴん》は十分感じ取っている。雷《かみなり》を身に纏《まと》う、無限の可能性を秘めた心強き魔法師。

ムジェルは彼女に、そんなイメージを抱《いだ》いていた。そして、ふと小声で。

「なぁサジーク、お前が【身体強制強化《フォース》】を身につけたのは、いつ頃《ごろ》だ?」

同僚《どうりょう》の言いたいことを理解し、サジークは顎《あご》をさすりつつ鷹揚《おうよう》に答えた。

「あぁ、二十二の時ぐらいだったか。ありゃあ完全に修得するまでが辛《つら》いんだ、怪我《けが》が絶えねぇ」

「知ってる」

だからこそムジェルは、ロキがあの歳《とし》で、かなり多くの魔法を会得《えとく》しているらしいことが不思議でならない。【フォース】ですら、そう簡単には身につくものではない。適性があった上で、その後も血の滲《にじ》むような努力が必要なはずだ。

（何よりも、あの歳、あの覚悟《かくご》だ）

デミ・アズールとの一戦での記憶《きおく》を思い起こすと、ムジェルが感じたあの衝撃が、再び呼び覚まされる。今、あの時感じたことを、率直《そっちょく》に言うべきか悩《なや》んだが、隣の巨漢に茶化されるのを覚悟の上で、ムジェルはあえて口に出す。

「ロキさん、誤解しないで欲しいが……あなたに対し、一人の魔法師として、私は敬意の念を抱いています」

「!?」

現場に駆けつけた後、レティと共に目撃《もくげき》した光景。それを見れば、何があったかは明らかだった。【フォース】の反動で身体をズタボロにしながらも、アルスのもとに誰《だれ》より早く駆けつけた彼女。それはロキが華奢《きゃしゃ》な身体で成《な》し遂《と》げたのであろう、どんな熟練の猛者《もさ》より勇気ある行動。

それを悟《さと》ると同時に、己を恥《は》じたものだ。

ここでこうして、全てが終わったのを見届けることしかできなかった自分が、情けなかった。真の勇者は語らず。ただ行動のみが、魔法師の生と、その魂の価値を証明してくれるのだ。

……思いがけない称賛《しょうさん》に、さすがに少し目を丸くしたロキを横目に。

ムジェルは頬を掻《か》きながら、そっと視線を逸《そ》らした。

いざという時に動けるかどうかは、単に力や知恵《ちえ》の有無、準備の良さといったこととは関係がない。それは、レティが言ったように心の問題なのだ。

サジークの顔はあえて見ないようにしていたつもりだったが、そんな彼に、横から予想通り、無粋《ぶすい》な巨漢の声が届く。だが、その言葉は意外にも。

「いや、分かるぜ……。俺《おれ》も、お嬢ちゃんみたいになりてぇもんだ」

しみじみとそう漏らしたサジークに、今度はムジェルの方がギョッとする番だった。

「気持ち悪いな、お前。どでかい図体《ずうたい》をしてるくせに、来世での話か？　そんな世迷言《よまいごと》を言ってると、いつまでも独り身だぞ」

「違《ちげ》えよ！　俺が言いたいのは、あくまで心の持ちようの話でだなぁ……！」

「おしゃべりはそこまでですよ。今は任務中なのですから」

二人の間に割って入ったのは、ルイスだった。彼女は治癒魔法師《ちゆまほうし》ではあるが、男連中に揃《そろ》って敬意を払《はら》われている存在だ。そもそも部隊には、彼女の治癒魔法の世話になったことのない者は皆無《かいむ》。また、トップがレティだからなのか、女性隊員はこの部隊では発言力が比較的《ひかくてき》高い。レティの言葉を借りるならば、馬鹿な男しかいないから、らしいが。

「分かってますよ、ルイスさん」

ムジェルは実は、この一幕の間にも油断なく周囲を警戒《けいかい》しており、速度を一切《いっさい》落としていない。ロキも今更《いまさら》ながらそれに気づき、はっとしたような表情で、ムジェルの横顔を視界の端で窺《うかが》い見た。

どきりとするほど冷徹《れいてつ》な表情。そこには、先程《さきほど》頬を掻いていた時の雰囲気《ふんいき》は、すでに微塵《みじん》も感じられない。隣のサジークも同様だ。

そう、この部隊の役割はただ一つ、アルスの挙げた二つの標的を、迅速《じんそく》に抹殺《まっさつ》することなのだ。

それを改めてロキが思い起こした直後。

「ぼちぼち、頃合いだ。俺の〝鼻〟もそう言ってらぁ」

サジークがぼそりと呟いた、その直後。

全員が異変に気づき、一斉《いっせい》に足を止めた。魔力《まりょく》探知こそ上手《うま》く働かないが、魔物には妙《みょう》に鼻が利くサジークならずとも、ここまで近づけば疑いようもない。色濃《いろこ》く漂《ただよ》う魔物の気配に、全員が臨戦態勢へと移る。

いつの間にか、彼らを取り囲むように魔物の群れが出現していた。数は三十を超《こ》えるほどで、そのどれもがBレート級であった。

「おい、前より増えてねぇか」

「やはり勢いが戻《もど》っているな……前の討伐時にかなり減らしたはずだが」

サジークの愚痴《ぐち》めいた言葉に、ムジェルが少々驚《おどろ》いた、とでもいったような態度で返す。

しかし、そんな二人の言葉にはどこか余裕《よゆう》がある、寧ろ——。

「ビンゴだ！」

「まったく、アルス様の読みには感服させられる」

それらは一様に、周囲の無数の穴から這《は》い出《で》てきていた。穴は、いずれも古い坑道《こうどう》である。その出口がやけに密集している、この一帯。魔物がいずれもただの雑魚《ざこ》ではないことから、一種の衛兵隊とも呼べる存在なのだろう。となれば、ここはまさしく、魔物の拠点《きょてん》の上だと想像がつく。

昨夜出されたアルスの指示に従い、まずは、と当たってみたのがこの場所であったが、見事に正解だったようだ。

「さて、ここに潜んでるのはおそらくオグマだろう、ということだったが」

そんなサジークの呟きを、ムジェルが一蹴《いっしゅう》した。

「当然だ、レフキスはそれなりの図体だぞ。お前だったらそのでかい身体で、穴蔵《あなぐら》暮らしを選ぶか？」

アルスがここを、魔物の根城の最有力候補だと推測した理由は、古地図による地勢把握《はあく》と自ら取集した情報を統合した結果だ。だが実はもう一つ、オグマの特徴《とくちょう》についての考察も、加味されていた。

仲間を洗脳して操る魔《ま》法《ほう》を使うのならば、洗脳対象と距離が離れ過ぎるのはまずいのだ。さらに、攻撃《こうげき》対象であるアルス達の状況《じょうきょう》を確認しやすく、気づかれずに駒《こま》を操るのに適した場所、ということを考えると、実はオグマが潜むべき場所は、限られてくる。それは高所か、逆に……地の底だ。

先のレフキスは、山の頂近くから超長距離魔法《ちょうちょうきょりまほう》を放ってきたが、それに対してはアルス達の側に、レティの【デトネーション】というカードがすでに明かされている。座標設定こそ雪に妨害《ぼうがい》されたが、広範囲《こうはんい》すぎるほどのエリアを巻き込む爆裂攻撃《ばくれつこうげき》が、隠《かく》れ潜む者にとって脅威《きょうい》であることに間違いはない。

さらに今後、アルス達が真っ先に高所を警戒するであろうことも、自然と導き出される予想だ。だからこそ、オグマが仲間の動きとその結果を自身で把握しており、一人前の戦略家気取りだというなら、高所に陣取《じんど》ることは避けるだろう、というのがアルスの予測だった。結局は化物風情《ふぜい》の知能を推し量るまでもなく、古い坑道は打ってつけの隠《かく》れ家《が》である。何より、習性に関係なく『こうしたコソコソ魔法を使う陰湿《いんしつ》な奴《やつ》は、大抵《たいてい》、安全で暗い場所に身を置く』という経験則こそが、アルスが最後に付け加えた言葉だった。

「さて、ここからは二手に分かれる。そっちは任せたぞ」

ムジェルが念を押《お》すまでもなく、オグマの討伐はサジークの担当だ。アルスがロキをサジークの隊に入れなかった理由は、二人の使う魔法の系統にある。雷系統の使い手が二人いても、対応の幅《はば》が狭《せば》まるだけだからだ。

また、レフキスが使ってきた【デミス・ブリューナク】が雷系統を含《ふく》む以上、少なくとも対応策を持っている可能性は高い。ゆえに、レフキスの討伐にはムジェルを当てたのだ。

なお、サジークの部隊は彼を含め六名で構成されている。個々人が魔法師として一級レベルの腕《うで》を持つ強者だが、そこに治癒魔法師のルイスが加わっている。これは、戦い方が接近戦主体で、負傷回数が最も多いサジークをケアした結果でもあった。

「ああ、ちゃんと俺がやっとくからよ。そっちは手こずるようなら、時間を稼いでくれればいい、すぐに助けに行ってやる」

親指を立てて軽口を叩《たた》きながらも、サジークは強烈《きょうれつ》な雷の一撃を放ち、魔物達《まものたち》の包囲の一角に、大穴を空けた。

「やれやれ、穴グマ狩《が》りには大げさすぎだ。それに引き換え、こっちは息せききって山登りときたもんだ。まあ、脱出口《だっしゅつこう》を作ってくれたのはありがたいがな」

ムジェルは肩を軽く回しながらサジークの横へと歩み寄った。それから脱出口の手前で軽く顔を反らすとトンファーを握《にぎ》り、腕ごと掲《かか》げるような動きを見せる。

「へまするなよ」

「こっちの台詞だ」

フンッと鼻息を荒くしたサジークも、応じるようにガントレットを嵌《は》めた片腕を掲げた。

そして二人は、お互《たが》いの手の甲《こう》を、カツンと打ち合わせる。

サジークは直後、改めてガントレットを打ち鳴らすと、【フォース】を駆使《くし》して魔物《まもの》の群れに乗り込んだ。一瞬で五体の魔物の息の根を止める。

それらはいずれも、頭部や急所を握り潰された後、雷を纏ったガントレットによって魔《ま》核《かく》ごと焼き尽《つ》くされていた。鼻がひん曲がりそうなほどの異臭《いしゅう》が漂うが、サジークが気に留める様子はない。その戦いぶりには、これまでのストレスを、全て魔物にぶつけているかのような勢いがあった。

「さて、俺達も行きましょう」

ムジェルはそれを見届けてから、小さくロキにそう促《うなが》す。

「アルス様の予測通りオグマは地下にいた……ならレフキスもやはり、アルス様の予想に従って探すのがベターでしょうね」

昨晩、会議の終わり際《ぎわ》にアルスが言ったことを思い起こしつつ、ロキは頷《うなず》く。

あの一本角はレフキスの中の上位種だと結論づけられた。魔物には取り込んだ魔力によって個体差が生じることがあるが、ベースがレフキスである以上、おそらく山腹や山頂を、神出鬼没《しんしゅつきぼつ》に移動する習性がある。それを捕捉《ほそく》することはなかなか難しいが……と前提をつけながらも、アルスは一つ、とある提案を行ったのだった。

やがてムジェルとロキが、風を巻いて走り出す。他《ほか》の隊員達もそれに続き、彼《かれ》らはさっきサジークが魔物の包囲網《ほういもう》の中に開いた出口から、素早《すばや》く離脱していった。

◇　◇　◇

(行ったな。さて、と)

ムジェル達の気配が消えたことを振《ふ》り返りもせずに察知し、サジークは心中で呟いた。

今、彼の両手は雷を纏った雷球に包まれていた。それらが放電する度に周囲の雪が蒸発し、白煙《はくえん》が生まれて漂う。

ムジェル達を追わせないよう、これでもわざと力を調整し、魔物を引きつけつつ戦っていたのだが、もはや遠慮《えんりょ》はいらないだろう。

「あれをやる」

仲間達にそう告げるや、サジークは筋肉が隆起《りゅうき》した太い腕を振り下《お》ろす。すると地面に向かって無数の細い雷が解き放たれていった。

それを見た隊員達は、サジークの次の合図も待たずに、慌《あわ》てた様子で跳躍《ちょうやく》し、思い思いに地表から距離を取る。

続いてサジークの腕の筋肉が一際膨張《ひときわぼうちょう》したかと思うと、あっという間に、膨大《ぼうだい》な雷の力が地面へと流れ込んでいった。

「【共生死《アウトブレイク》】」

サジークを起点として、巨大《きょだい》な魔法円が地表に浮《う》かび上がる。それは、魔力で作られた強力な磁場であった。魔物達はたちまち、それに足を吸い付けられたように動けなくなる。

徐々《じょじょ》に円の輝《かがや》きが増していき、パチパチとスパークが爆《は》ぜる音が響く。続いて、地表近くで雷鳴《らいめい》が轟《とどろ》き始めるという、不可思議な現象が起きた。

サジークは、地面に向けて下ろした腕に、さらに一際《ひときわ》強い魔力を注ぐ。すると一帯があっという間に白色の光に包まれ、凄まじい稲妻《いなずま》の嵐が一度だけ発生した。

やがて、目に痛いほどの発光が終わり隊員達が再び地表に降り立った時には、地面はすっかり焼《や》け焦《こ》げていた。彼らの足から伝わる熱の名残《なご》りが、放電の威力《いりょく》を物語っていた。この魔法は一定の指定範囲内《はんいない》に、高出力の雷を発生させるもの。地面に触れていた魔物は磁場によりその場に縫《ぬ》い付《つ》けられ、雷の嵐をもろに浴びることになる。

今回も例に漏《も》れず、十体は残っていた魔物が全て、身体を炭化させて崩《くず》れ落《お》ちていった。魔核も焼き尽くされたのだろう、それらは次々と魔力の残滓《ざんし》に還《かえ》っていく。

「初っ端から飛ばすなら、そう言ってくれ」

隊員達から出るそんな文句を、サジークは適当に聞き流す。これもまた、いつものこと。

これで魔物の姿はほぼ、この場から消えたことになる。

だが、消耗《しょうもう》はさほどでもなく、負傷者も出ていない。

実際、このくらいの戦闘は、彼らにとってはお手の物だ。一人では手こずりそうなBレートでも、仲間が二人三人いれば、あっという間にかたを付けられる。

的確に魔核を破壊《はかい》できればほとんど労力すら払わずに済むが、それは、探知魔法師がいない限り無理な注文だった。

ただ、だからこそ経験がものを言う部分がある。過去に似た魔物と戦ったことがあれば、魔核の位置に見当をつけやすいし、広範囲を一緒《いっしょ》にまとめて攻撃してしまうのも、一つの手段だ。その点、雷系統は他系統と比べて攻撃が全体に及《およ》ぶ傾向《けいこう》が強いため、細かな魔核の位置の確認《かくにん》などは、必要としない魔法も多い。

魔物を全滅させた、と見て取って、皆《みな》が息をついた瞬間《しゅんかん》。

今度は、突然《とつぜん》大地が轟いた。

同時、まるで突発型《とっぱつがた》の巨大地震《きょだいじしん》のような激しい揺《ゆ》れが、足元から突《つ》き上《あ》げてくる。

サジークは瞬時に跳躍してその場を脱《だっ》する。手近な樹上から自分がさっきまで立っていた場所を見下ろすと、そこには地中から突き出た剛毛に覆《おお》われた巨腕《きょわん》が、空を掴んでいた。

「!? なんだか知らんが、さっさと出てきてくれよ。悪いんだが、こっちもそんなトロトロやってる時間ないんだわ」

その声に応じるかのように、地面が割れ、その魔物が上半身を現す。地表に覗《のぞ》かせた頭と顔は、猿《さる》のそれそっくりだ。上半身だけで四メートルはある。全身が毛に覆われていて、原始的な猿人《えんじん》にも見える。

「ちっ……猿は木の上にいるもんだろ！」

瞬時《しゅんじ》にサジークの身体が樹上から消えたかと思うと、稲妻の迸《ほとばし》りだけを残して、枝を蹴《け》った勢いで加速し、急降下する。頭の上で固く組んだ両拳《りょうこぶし》を、落下のタイミングと合わせて、全力で魔物の頭部に叩き落とした。

衝撃《しょうげき》が大地を震わせる。まさに雷槌《らいつい》の如《ごと》く振り下ろされた両拳は、同時に天の怒りが炸《さく》裂《れつ》したような雷気《らいき》をも、周囲にまき散らしていた。

その場にいれば敵味方関係なく感電する危険すらあったかもしれない。そんな一撃を頭に受けては、さすがの魔物もただでは済まないと思われたが。

「!?」

サジークの腕に、岩でも叩いたかのような硬《かた》い手ごたえだけが伝わる。そして彼が眼下に見たのは、打《う》ち砕《くだ》かれた魔物の頭頂部などではなく、剛毛《ごうもう》に覆われた手の甲だった。

大猿型の魔物は、咄嗟《とっさ》に頭を手で覆っていたのだ。サジークの渾身《こんしん》の一撃は、その手の甲を叩いたのみにとどまっていた。

だが、それとて奇妙《きみょう》なことではある。本来ならこの一撃は、防御《ぼうぎょ》した手の甲どころか、それごと頭を砕き潰すに十分な威力があるはずなのだ。

もちろん、サジークは別に手加減などした覚えはない。そして、大猿が魔法による防御障壁《しょうへき》などを使った形跡《けいせき》もなかった。

つまりこの魔物は、岩どころか鋼鉄をも砕くサジークの一撃に、持ち前の魔力に加え、肉体の頑強《がんきょう》さのみで見事耐《た》えてみせたのだ。

（雷系統に耐性《たいせい》を持った個体かっ！）

防がれたと気づいた時、猿人の頭上からすでにサジークの身体は消えていた。だが、少し離《はな》れた地面に着地したはずのサジークの身体が、急にふわりとした落下感に晒《さら》される。

その足元で、突然地面が崩れたのだ。

いや、彼の周りだけではなく、相当な広範囲で地面が崩れ落ちていた。

古い坑道が張《は》り巡《めぐ》らされた上で派手に戦ったせいか、緩《ゆる》くなっていた地盤《じばん》が耐えきれなくなり、落盤《らくばん》が起きたのだとサジークは咄嗟に悟る。

だが落下していく瞬間、彼の目は、スローモーションのように崩れ落ちる無数の土塊《つちくれ》や砂礫《されき》だけでなく、足下《あしもと》に別の光景をも捉《とら》えていた。

（これもオグマの仕業《しわざ》か？）

穴の奥底《おくそこ》でこちらを待ち構えている無数の魔物。

大猿はいわば囮《おとり》であり、サジークはまんまと落とし穴に嵌《はま》ったと言えなくもない。

だがサジークとしても、迂闊《うかつ》だった、で済ませるつもりは当然ない。

仰向《あおむ》けで落ちていく大猿の魔物を眼下にし、サジークは、過剰《かじょう》ともいえる量の魔力を拳に注ぐ。彼の口元は、不敵な笑みを湛《たた》えていた。

得意の【雷光塵拳】が、サジークのガントレットを輝かせ、弾《はじ》けるような電撃《でんげき》を纏わせる。この超高密度《ちょうこうみつど》の雷魔法《かみなりまほう》は、普通《ふつう》の魔物なら即死級《そくしきゅう》の雷気どころか、全てを塵芥《ちりあくた》に還すほどのエネルギーを秘めている。

だが、相手も空中戦はお手の物なのか。落下しながらも振るわれた巨腕が、サジークの側面から襲《おそ》いかかる。即座《そくざ》に察知したサジークは、手近な落下中の大岩を蹴り、その反動で身体の落下軌道《きどう》を変化させた。【フォース】による超瞬発力《ちょうしゅんぱつりょく》と脚力《きゃくりょく》を活《い》かせる彼にとって、その攻撃《こうげき》はいかにも大味であり、遅《おそ》すぎる。

さらに、サジークは回避《かいひ》するのではなく、逆にその巨大な掌中《しょうちゅう》へと、自ら突進《とっしん》するルートを選んでいた。蝿《はえ》を叩き落とすかのように広がったその指の間を掻い潜りつつ、魔物の指を掴み瞬時に捻《ね》じ切《き》る。

激痛による反射行動なのか、たちまち大猿のもう片方の手が、反対側から倍するスピードで、改めてサジークへと迫《せま》る。

サジークは【雷光塵拳】を纏った拳を軽く振り抜《ぬ》いて、それを真っ向から迎《むか》え撃《う》った。たちまち魔物の手が、掌から迸るような白光を発しつつ、弾け飛ぶ。

大猿の口が開き、喉《のど》の奥《おく》から絶叫《ぜっきょう》を発した。

今やその掌は、親指だけが皮一枚で繋《つな》がっており、残りの指は宙を飛びつつ、灰塵《かんじん》へと還ってしまった状態。そして、拳のインパクトの瞬間、サジークは悟る。

（耐性は、電気を防ぐ特殊《とくしゅ》な体毛によるものか）

大猿の魔《ま》法耐性《ほうたいせい》の鎧《よろい》に、彼は目ざとく隙《すき》を見つけたのだ。

外殻《がいかく》や装甲《そうこう》皮革ではなく耐性そのものを身に付けているのだ。魔法師にとっては厄介《やっかい》な性質だが、所詮《しょせん》、それは完全なる絶縁体《ぜつえんたい》などではない。

「いわゆる、猿知恵《さるぢえ》ってやつだな」

嘲笑《ちょうしょう》を言葉にして吐《は》き出したサジークは魔法を解くことなく、そのまま拳を、唯一毛に覆われていない大猿の顔面、その鼻先へと叩きつけた。

同時に炸裂した雷撃《らいげき》に、魔物の顔面が、その頭ごと林檎《りんご》が弾けるように砕け散《ち》った。

その向こう――砕けた頭部の奥――には、真っ暗な地面が迫っていた。

彼が体勢を整えて着地に備えようとした時、唐突な一撃が、サジークの背中をもろに捉えた。全身に走る衝撃が骨にまで伝わった。そのままサジークの身体は、高速で壁面《へきめん》に叩きつけられる。

「ガハッ！」

壁面に埋《う》まるかの如き衝撃とともに、サジークの唇《くちびる》から、鮮血《せんけつ》が飛び散った。

彼の身体はそのまま受け身も取れず、壁《かべ》から剥《は》がれるようにして落下する。

直後、肉と骨が岩にぶつかるような、嫌《いや》な音が地下に響《ひび》くが……それは、サジークの身体ではなく、掌《てのひら》が立てたもの。彼は咄嗟に腕を突っ張《ぱ》り、身体ごと地面と正面衝突《しょうとつ》することだけは、辛《かろ》うじて防いだのだ。

同時に背中に砂礫や岩の破片《はへん》が降り注ぎ、べっとりとした血が口から喉元《のどもと》に流れ落ちる。

（あぶねぇ、あぶねぇ）

打ち身程度は至る所にあり、今の一瞬《いっしゅん》で細かな内出血箇所《かしょ》が増えたが、無論サジークにとってはいつものこと。だからこそ、軽口を叩けるだけの余裕もある。

やがて身を起こした彼は、地下に横たわる頭のない大猿の身体をちらりと見て、忌々《いまいま》しげに舌打ちをする。

頭部を失くしつつも最後のあがきを見せた魔物の手が、サジークの背中を捉えたのだ。

すでにその巨体《きょたい》には、魔核が破壊された後に起こる灰塵化現象が始まっていたが、ある意味で執念《しゅうねん》の一撃ともいうべきか。

「で……休ませてもくれないってわけかい」

彼が呟《つぶや》くと同時、地下にいくつもの閃光《せんこう》が迸る。

先程《さきほど》落下中に見た、地下で彼を待ち受けていた魔物達……それらが、チャンスと見て一斉にサジークに襲いかかったのだ。

だが、闇《やみ》を切り裂《さ》くまばゆい雷光《らいこう》とともに、サジークの拳は魔物達の急所を一瞬で貫《つらぬ》き、絶命させていく。

しばらくして、地下はまるで何事もなかったように静まり返った。

サジークはふぅっと小さく息を吐くと、己《おのれ》が落ちてきた落盤跡《らくばんあと》を見上げ、そっと眉を顰《ひそ》めた。思ったよりも深いところまで落下してしまったようだ。仲間達《たち》がすぐに合流してくれればいいが、その望みは薄《うす》そうである。

頭を掻きつつ、改めて落盤により地下に生まれた、その大空洞《だいくうどう》を見渡《みわた》したその時。

サジークはとある通路の奥から、地上では感じなかった、不気味な魔力を感じ取る。

そのどこか鳥肌《とりはだ》が立つような感覚は、単に魔力量によるものではなかった。

「臭《にお》うな」

彼は鼻をうごめかせ、顔をしかめた。

確かに、唾棄《だき》すべきクズの臭いがした。きっとそれは、仲間すら駒のように使い捨て、己だけは安全地帯から全てを操《あやつ》っているつもりの、卑劣《ひれつ》で陰気《いんき》な魔物が放つもの。

それとは別に、臭気《しゅうき》の中には、嗅《か》ぎ慣れた異臭も混じっていた。腐敗臭《ふはいしゅう》に近いそれは、彼としては一番嗅ぎたくなかった種類の悪臭だ。

もう一度だけ、サジークは地上へと顔を上げてから、改めてこの大空洞の先、薄暗《うすぐら》い坑道の闇の向こうを見据える。

その奥に、彼は今、確実にオグマの気配を感じていた。

第55章　「雪空の陰」

蛾《が》の王。

ほとんど神話の世界にのみ存在するかのような、異形の化物。

それを現実に目《ま》の当《あ》たりにして、膝《ひざ》を屈《くつ》する者を責めることが、誰にできるだろうか。

人間の中には、魔物を世界の救世主として崇《あが》め、信奉《しんぽう》する者達もいるが、無理もない。人智《じんち》を超《こ》えた存在、神や悪魔《あくま》が完全に実在していないことを証明するのは、不可能なのだから。

だからこそ、理解を超えた事象や事物に対して、人は仮初《かりそめ》に神や悪魔の形を与える。そうすることで、曖昧《あいまい》なものに、何とか許容できうる辻褄《つじつま》と合理性を持たせるのだ。

人は弱い生き物である。

だが、アルスは違う。神であろうと悪魔であろうと、世界の理不尽《りふじん》や人間に対する無慈《むじ》悲《ひ》を慰《なぐさ》めるための偶像《ぐうぞう》など、一切不要のものだと切り捨てることができる。

少なくともアルスにとっては、一片《いっぺん》の興味すら湧《わ》かない。

邪魔をするなら、弑せば良い。除けば良い。もし明日を生きたいという意志があるならば、相手が何であろうとただ無関係に、この命をつなぐために抗《あらが》うだけ。

だがそう、悪魔の名なら……それはせめてもの皮肉と悪意を込めて、魔物に付けるに相応《ふさわ》しい名かもしれない。

過去、悪魔《あくま》信奉者達《しんぽうしゃたち》の中で、よく信仰《しんこう》の対象に据《す》えられる一つの悪神の名を。

「【シェムアザ】……蛾の王ってとこか」

少々大げさな名前だが、特に問題はないだろう。

なぜなら、ここで殺すのだから。

アルスはＡＷＲを持たぬ左腕《ひだりうで》を、上空に向けて掲げる。

「くたばれ」

たちまち、高空から飛来する火球が五つ。上位級に分類される炎《ほのお》系統魔法【煉獄の炎岩《ヴォルケーノ》】。火球とはいっても、それは各々《おのおの》がちょっとした隕石《いんせき》ほどの巨大さを持つ。

大きさだけではない、威力もまた、並の上位級を遥《はる》かに凌ぐものだ。

迫りくる大火球に、雪に覆われた地表が、赤い光に火照《ほて》り、染め上げられていく。

空気を焼き焦がし、超《ちょう》スピードで飛来するそれは、正確にシェムアザの周囲数百メートルに集中するように座標設定されている。だが。

「チッ」

魔法の発現兆候を感じ取って、アルスは舌打ちをした。焦るほどではないが、やはり一《ひと》筋縄《すじなわ》ではいかない。

予想通り、五つの大火球はいずれも、羽ばたく魔物から一定距離《きより》まで接近した直後、内部から四散してしまった。シェムアザの力で構成した魔法式が強引《ごういん》に解かれたため、破裂《はれつ》などではなく、魔力漏洩《まりよくろうえい》による自壊《じかい》へと導かれたのだ。

まるで、稚拙《ちせつ》な生徒の魔法に対して教官が行う、打ち消しの実技指導めいた光景だった。アルスの構成する魔法は、専門の炎系統魔法師と比べても高い水準にあるはずだが、それがまるで児戯《じぎ》扱《あつか》いである。

「小手調べにすら足りん、ということか……それにしても、戯《たわむ》れに魔法比べでもするつもりか？」

腹に据えかねる。学院生活ならともかく、戦場でそんな言葉に類似《るいじ》する感情を抱いたのは、久方ぶりだ。

ただ、さすがにアルスはここで、安易に反撃《はんげき》などは行わない。すでに敵の第一手の返しを見て、アルスの脳内の戦略はスマートに切り替《か》わっている。

（早々にケリはつけられないなら、やはり、空にいられるのは不利だな。あの図体に似合

わぬスピードで自在に動き回られたら、たまったものじゃない。落とせるか、あれを)

おそらく、あの機動力は風系統か何かの魔力を用いているからこそ。

そもそもあの巨体だ、自重《じじゅう》を空中で支えるには、あの羽ばたき具合では到底《とうてい》足りるはずがない。今もシェムアザは、四枚の翅《はね》のうちただ後ろ翅だけを、ゆっくりと優雅《ゆうが》に、上下に動かしているだけだった。

(それと……今は、逃《に》げられるのもまずい。俺の前から消えてお仲間どものところにでも行かれたら、おそらく他の部隊ではこいつに太刀《たち》打ちできない。ならば寧《むし》ろ、悠長《ゆうちょう》に魔法合戦を挑《いど》んでくれていたほうが)

アルスの視線は、魔物の胴体《どうたい》から垂れる脚《あし》へと向いた。先端《せんたん》の鉤爪《かぎづめ》めいた部分も含むと、その長さは、蛾にしても異様なほどだ。

直後、シェムアザは長大な翅を一度だけ、激しく羽ばたかせた。ただそれだけで、暴風めいた乱気流が発生する。

雪を根こそぎ吹《ふ》き上げ、木々を薙《な》ぎ倒《たお》して葉や小枝を巻き上げつつ、それはたちまち、白く荒《あ》れ狂《くる》う爆風《ばくふう》となってアルスへと吹き付けてきた。

あまりの規模ゆえに、逃げ場《ば》などない。

アルスは咄嗟に両腕《りょううで》を後ろに引き、暴風の勢いが僅かに弱まる一瞬にタイミングを合わせて、真っすぐに突き出《だ》した。

【西風の護嶺《ドルレイン・ゼファー》】

腕の流れに沿って、異様に巨大な青い風の障壁《しょうへき》が生まれる。アルスは白の暴風をあえて迎え撃つ形で、風系統における最高ランクの防御魔法《ぼうぎょまほう》をぶつけたのだ。

実は、単にあれがただの風というのみならば、もっと簡易的な魔法で対抗《たいこう》する手段も考えられた。だが、その中に僅《わず》かな異常を感じ取ったアルスは、地上のあらゆるものを飲み込まんとする爆風を、一切後ろに通すまいと図《はか》ったのだ。

掌底を並べるような形で両手を突き出したアルスの身体が、それでも巨大な風勢に煽《あお》られて、ぐらぐらと揺れた。

その目前で白と青の風がぶつかり合い、空気の裂け目《め》と境界が生まれる。まるで互いが互いを食い合う龍《りゅう》のように、どちらも相手を取り込み、中和しようと激しく争い合う。

アルスはやがて、タイミングをぴたりと計ったかのように、突き出していた腕を一気に持ち上げる。すると二匹《ひき》の龍のように逆巻いていた風は、互いにしっかり絡《から》み合《あ》うと、唸《うな》りを上げて上空へと駆《か》け昇《のぼ》り消えていった。

だが、アルスの視界はすでに、巻き上げられた雪によって何も見えなくなっている。その奥から黒い影《かげ》が浮き上がったのは、それからすぐのことだった。

レティを軽々と吹き飛ばした魔物の脚が、雪のヴェールの向こうで、再び振り上げられる。それは地面を抉《えぐ》りながら、すでにアルスの眼前に差《さ》し迫っていた。

視界だけでなく、巻き上げられた雪にすら含まれる魔力阻害《まりょくそがい》の効果が、アルスの対応に一瞬の遅《おく》れを生んだ。

右腕《みぎうで》を巻き込むように引いたのは、長年の経験の中で染《し》み付いた、一種の条件反射だったのかもしれない。余計な思考を削《そ》ぎ落とした、意識の深い奥底にある闘争《とうそう》本能が、アルスにその行動を取らせたともいえる。

それから微《かす》かに開いた瞳《ひとみ》には動揺《どうよう》の色すらなく、ただただ虚無《きょむ》を映し出しているのみ。

それから一歩、アルスは足を踏《ふ》み出し、小さく「それは見た」と発した。

迫りくる恐《おそ》るべき蹴撃に対し、まるで正反対のゆっくりした足取りで、自ら身体を差し出すように、アルスは動いた。

激烈《げきれつ》な風に髪《かみ》を煽られながらも、アルスの眼はあくまでも静か……。そして小さく唇が開かれ、その名を紡《つむ》ぐ。

「【凍魔の蝕手《コキュートス》】」

煙《けむり》を払う仕草でもあるかのように流麗《りゅうれい》に動いたアルスの手は——冷気を吐き出す掌と薄い魔力越《まりょくご》しに霜《しも》が貼《は》りついたその指のまま、そよ風がすり抜けるかのように、魔物の脚を撫ぜた。

瞬間、青白い光が走り、瞬間的《しゅんかんてき》に凍結《とうけつ》された脚が静止する。正しくは〝静死〟と呼ぶべきなのだろう。それは単に凍結というのみならず、そもそもの運動エネルギーをもゼロにしてしまったのだから。

遅い速いの問題ですらない。【コキュートス】の右手に触《ふ》れたものは、存在自体はおろか、魔力の巡りや魔力学的座標、果てはエネルギーそのものまでもが、完全凍結させられてしまう。物理学の常識では理解できないが、それはほとんど、空間ごと時間が静止しているのに近い状況である。

まさに【極地級魔法】の名に恥じぬ効果。

そしてなお凄《すさ》まじいのは、制御範囲《せいぎょはんい》の厳密さである。具体的には、白銀色の氷の棺《ひつぎ》に半ば覆われた魔物の脚こそは空間的に絶対静止状態に置かれるが、その脚元から上は、物理法則における自由運動を許されたままだ、という部分。

例えば超スピードで走る巨大な魔動車の、車輪一つだけが完全に停止したら、どうなるか。それも機械的不具合などではなく、魔法という超常《ちょうじょう》現象による、空間的な絶対停止である。

当然……引《ひ》き裂かれる。巨大な運動エネルギーをもって走《はし》り抜けようとする車体と、完全静止した車輪の境界部が、まるで切り裂かれたように断絶する。

今、バナリスの雪原の上に響き渡《わた》ったその音は。

さしずめ、凍《こお》った大木の幹が、巨大な力にへし折られて発するものに、少し似ていただろうか。

バキバキと凍った脚が折れる音とともに、濃《こ》い魔物の体液が振り撒《ま》かれ、雪上を不気味な色に染めあげていく。

「…………」

アルスは視線を僅かに落とし、【コキュートス】を纏《まと》った右手を見た。すでに魔法は解いている。いくらアルスが膨大な知識を有し、二極属性以外の全系統を扱《あつか》えるとは言っても、やはり代償《だいしょう》めいたものはある。魔力の燃費が悪かったり、発現速度に影響《えいきょう》が出たりと様々だ。

だが、【コキュートス】はそもそも氷系統に適性を持つ魔法師しか扱えないと言っても過言ではない。本来、どれ一つとして系統に適性を持たないアルスが、無理に扱う代償としては当然といえよう。

右手は、冷気によって赤く腫《は》れあがるという域を越え、やや黒ずみかけていた。凍傷《とうしょう》という表現が近いだろうか。たった一度、ほんの一瞬使用しただけでも、この代償だ。下手

に連続使用をしたりあの巨体全《きょたいすべ》てを凍り付かせようものなら、腕の先が壊死《えし》し、もげ落ちることはおろか、最悪の自体まであり得る。

だが、あの場で咄嗟に下したアルスの判断内では、この程度を代償とすら認識《にんしき》していなかった。何しろ、ようやくシェムアザに理解させたのだから……己を殺せる者の到来《とうらい》を。

手指が十分動くことを確認したアルスは、即座に斜《なな》め上方《うえ》から振り下ろされる次なる脚を察知し、未《いま》だ視界《み》を覆うように漂う雪煙《ゆきけむり》を避《さ》けるべく、大きく跳躍してそれを躱《かわ》した。

高速で振られる異形の脚は、今や蹴りというより、鞭《むち》に近い様相を呈《てい》していた。地面を抉り、大量の塊《かたまり》を宙に吹き上げ、それが何度もアルスを襲う。

（そこまでしなくとも十分俺《おれ》を殺せるぞ。当たればだがな）

軽々と躱しながら、アルスはどこか呑気《のんき》にも思える、そんな感想を抱《いだ》く。

やがて、一瞬の間合いを計り、その隙を突いて。

空を駆けるシェムアザと並ぶように跳躍し、アルスは目を細めた。その巨躯《きょく》のせいで距離感こそおかしいが、化物の姿をこうして見上げずに済むのは心地《ここち》が良い。

そもそも、相手が誰《だれ》であろうと、見下ろされるのは好まないのだから。

（脚の修復には、まだ時間がかかりそうだな）

個体によっては数秒と経《た》たずに欠損部分を修復できる魔物もいる。だがこの相手は、自己治癒《ちゆ》能力に関しては、それほどではないらしい。

確認するまでもなく、アルスは空で身体を捻《ひね》りつつ、またも達人の扱う鞭のように迫る脚を一本回避し、そのまま魔物の胴体へと照準を定めた。

これから構成する魔法は、それなりのレベルだ。アルスの身体の周囲に一瞬みなぎった魔力量からも、それがうかがえる。たちまちＡＷＲ【宵霧】が鎖《くさり》から魔法式を読み取り、アルスが選んだ〝手札〟を構成するべく、膨大な魔力を消費していく。

しかし……そんなアルスの死角から、迫る攻撃がある。シェムアザの脚の長さを利して、振り回《まわ》した鎖を引き戻すように動かされた別の脚が、背後からアルスの胴体を寸断する勢いで、振り抜かれようとしていたのだ。さすがのアルスも、それを回避することは不可能なはず、だが。

期せずして、赤い炎がアルスの背後あたりで炸裂し、空を焼いた。どこからか放たれた【爆轟《デトネーション》】。火の魔力が大きく弾け、燃え広がった炎の壁とその爆風が、障壁となって奇襲《きしゅう》を相殺《そうさい》した。守るだけでなく、焼き焦がすことでダメージまで与《あた》えているのが、並の障壁魔法《しょうへきまほう》ではできない芸当である。

この魔法の使い手は、やはり――だがアルスは、それすら予想していたことといわんばかり、顔色一つ変えない。改良版の【空置型誘爆爆轟《デトネーション》】ならばこうはいくまい。

ひとまず、しばしの休息を終えた〝彼女《かのじょ》〟もこれで、ようやく雪辱《せつじょく》を果たしたと言えるだろう。そもそもその変化球じみた脚の一撃は、先程《さきほど》彼女を横から襲ったのと同じもの。今度は背後からという部分だけは異なっているが、アルスとしては、すでに見切った攻撃だ。今回は、あえて彼女に援護《えんご》されるに任せたというだけ。

たとえ他人のミスであろうと、一度見たならば、同じ轍《てつ》は踏まない。一流ならば、それは当然のことだからだ。

アルスはそのまま、爆風の余勢もかって、【宵霧】の切っ先を魔物へと向ける。その鎖は、無限の蛇《へび》のようにアルスの周りを取り巻き、金属質な音を奏《かな》でる。

「【双頭の炎牙《ヘルファング》】」

別に援護に合わせて炎系統を選んだわけではないが、シェムアザの前方に、火球がポツリと出現した。瞬《また》く間《ま》に業火《ごうか》と呼ぶに相応しいほどの燃焼《ねんしょう》を始め、それが限界点に達した直後、さらに変化する。

やがて火球からは一対《いっつい》二本の首を持つ炎龍《えんりゅう》が生まれ、鎌首《かまくび》をもたげたかと思うと、燃焼エネルギーを喰《く》らうかのように、どんどん巨大化《きょだいか》していく。

双頭は炎に包まれ、獲物《えもの》に噛《か》みつかんとする頃《ころ》には、その顎《あぎと》は十分な大きさにまで膨《ふく》れあがっていた。それがシェムアザの左右から弧《こ》を描《えが》いて、魔物の肩口《かたぐち》を、翅の付け根ごと焼き尽くさんとばかりに、炎の牙《きば》を見せて襲いかかる。

炎系統に召喚魔法《しょうかんまほう》のプログラムが組み込まれているのが特徴《とくちょう》の、一種の複合魔法《まほう》だ。やがて弾ける火の粉を背に、巨大な顎は過《あやま》たず、空を駆けようとする魔物の巨体へと食《く》らいついた。翅の模様が一際強い光を巡らせるが、もう遅い。

炎龍《えんりゅう》は、そのままピクリとも動かなくなる。もしその光景を見たならば、地上に降り立ったアルスでなくとも、いずれ延焼《えんしょう》した炎が、シェムアザを包む未来を予想しただろう。

だが、燃え盛る火勢は、いつまで経っても一向に魔物を焼き尽くす様子はなかった。

（本来なら、今ので十分なダメージになるはずだが……）

やはり、という微かな予感は、すぐにアルスの中で確信へと変わっていた。

炎龍の頭部が、ちょうど魔物に食らいついた顎のあたりから、じわじわと灰色に変色し始めている。それが石化現象だと、アルスは瞬時に悟《さと》った。シェムアザの抗魔力《こうまりょく》とでも呼ぶべき、恐るべき力。それは、魔法として一度構成され発現した魔力を置《お》き換《か》え、まったく別の魔法へと変質させた挙句、再発現させることまで可能とするのだ。

ただしどういう理屈《りくつ》か、敵が逆利用できるのは、一部のタイプの魔法に限られているようでもあった。そうでなければ、【コキュートス】も通じなかったはずだからだ。そこでアルスの視線はシェムアザの翅脈《しみゃく》へと注がれた。目のような模様を描くその翅は、まるで

ＡＷＲのような強い光を放っている。

（――あれが原因か）

おそらく構成式への直接干渉《かんしょう》だろうか、とアルスは見当をつけたが、現状ではそれを確かめる術《すべ》がない。

やがて、巨大な石像と化した双頭龍《そうとうりゅう》は、己の自重でボロボロと崩壊《ほうかい》しながら、地上へと落下していく。

「土系統まで使えるのか」

言わずもがな、石化は土系統の分野だ。アルスとしても、魔法には十分な構成強度を持たせたつもりだったが、こういったところにも、雪の影響は顕著《けんちょ》だった。構成にノイズが生じ、魔法そのものの情報強度が劣化《れっか》してしまう。

無表情に炎龍の最期《さいご》を見届けたアルスの隣《となり》に、着地の勢いで小気味よく雪を鳴らして、一人の人影《ひとかげ》が立つ。

【爆轟】による援護を知っているアルスとしては、今更《いまさら》レティの姿を、確認するまでもない。ベルトから使い切りの信号弾《しんごうだん》を抜き出すと、アルスはそれを、無造作に空に打ち上げた。

コンセンサーはすでに通じない距離であり、それはレティの無事を伝えがてら、「作戦続行」を指示するものであった。

一度彼女《かのじょ》が吹き飛ばされた時に確認し、レティの負傷の程度は把握《はあく》している。もちろん軽度ではないだろうが、さっきの【爆轟】の威力に加え、座標の雪による狂いまでも抑《おさ》え切った精神力を総合しての判断。少々酷《こく》かもしれないが、彼女とて軍人。何より、レティ本人が作戦中止を良しとしないだろう。

「今度は、外さなかったな」

「はぁ、はぁ……もし外してたら、アルくんは重傷っすね」

息を切らしながら、レティは答える。

「無用な心配だ。それにお前の方こそ、軽傷とは言えそうにないが」

「問題ないっすよ、このぐらい。それより……アルくん、交代っす」

「その身体でか？　さすがにあの化物の相手までは、荷が重いだろ」

「それを言うなら、その手でっすか？」

レティは、アルスの凍傷に視線をやりながら、そう言った。だが。

「……ダメだ」

ちらりとレティの全身をさりげなく確認してから、アルスはにべもない返事をした。彼女の負傷のこともあるが、何よりさっきの「強がっている」雰囲気《ふんいき》が引っかかったのだ。

万が一彼女が意地になっていては、冷静な判断と勝利からは遠ざかる。

「命令っすか」

「どちらでも構わん」

涼《すず》しげに表情すら崩さないアルスへと、レティの静かで、けれど強い意志のこもった視線が向けられた。アルスは今度は、その視線をがっちり受け止めて、真っすぐに見返す。

レティの口端《くちは》が、ぎゅっと引き結ばれている。きっと、奥歯《おくば》を食いしばってでもいるのだろう。

だが、やはりアルスの答えは否。部隊に組み込まれただけの援護者《えんごしゃ》としては、逸脱《いつだつ》した判断だろう。それでも今、レティをあの化物に一人で向かわせる選択肢《せんたくし》は、あり得ない。

アルスは、身にまとう魔力を一気に濃くした。

俺がやる、という強い意志表示。そしてそれは、レティの気の逸《はや》りを抑え込む、威圧的《いあってき》な意味があることも、彼女にはおそらく伝わったはず。

そもそもすでに戦いのただ中だ。戦闘態勢《せんとうたいせい》に入ったアルスに、余計な手間をかけて、他人《ほかにん》を気遣《きづか》っている余裕《よゆう》はない。

目を細め、さらに冷たい視線をレティにぶつけると、

「お前の役割を、俺にやらせるなよ、レティ」

と、はっきり単語を区切り、一言だけ発する。

あくまで理性を保つべき、隊長としての最後の一線。それを彼女が、一時の感情で踏み越《こ》えようとするならば、アルスとしては、実力行使をも含《ふく》めた断固とした態度に出るしかない。

そもそも、説得めいたひと手間をかけていることこそが、アルスなりの温情ですらある。その気になれば、有無《うむ》を言わせず昏倒《こんとう》させる手段も取れるのだから。

その強い拒否《きょひ》に対して、レティは瞠目《どうもく》した。直後、レティの魔力の高まりが急速に静まり、波長の乱れも収まっていく。

「わ、分かったっすよ……というか、ごめんなさいっす」

ひどく萎《しぼ》んだ声で、レティはそう言うと、子供のように頭を下げた。直後、叱《しか》られた猫《ねこ》の尾《お》のように、お下げが力なく揺れる。ただ、なんとか突撃《とつげき》めいた無謀《むぼう》な攻撃は思《おも》い留《とど》まってくれたようだ。

「いや、俺の方こそ、仲間に向ける態度じゃなかった。いつも通りにやれば、それで文句はない。いつものお前ならな」

「了解《りょうかい》っす」

こんな風に冷静になったレティなら、十分戦力にはなるはずだ。アルスとしても、己の仕事が少し増えるぐらいで、作戦全体へのマイナスは、まだ誤差の範囲内《はんいない》。

「攻撃じゃなく、対応に専念してくれ。後は俺の方が受け持つ」

いくらか優《やさ》しげになったその声に、レティの口元が微かに緩む。

直後、なんの合図も返答もなく、レティは一目散に魔物《まもの》へと向かって行った。

もちろんアルスの意志は伝わっている。今の最優先事項《じこう》は、シェムアザを、できるだけ長くこの場に留めておくこと。

今、一番まずいのはシェムアザに逃走《とうそう》されることなのだ。脚をもぎ、炎龍をけしかけるというやや悠長な手段をアルスが取ったのは、シェムアザの力を測る他《ほか》に、実はそういった挑発的《ちょうはつてき》な計算もある。

この魔物の巨体には、相応の魔力が詰《つ》まっている。加えて、超速《ちょうそく》の蹴撃まである。離脱《りだつ》された挙句、どこかに潜《ひそ》まれて体力回復を図《はか》られたり、他のAレートへの救援《きゅうえん》なりの行動を取られると、最悪、バナリス奪還《だっかん》の任務自体が破綻《はたん》してしまう。

(後は、レティの体力がどこまで持つか、だが)

アルスも周囲を警戒《けいかい》しつつ、その後を追う。先ほどの戦闘中も、アルスはかなり広範囲に渡って、注意を怠《おこた》らないようにしていた。とある懸念《けねん》があったからだ。

そんなアルスの様子を他所《よそ》に、雪上を駆けるレティは、右腕を思い切り引いてから勢い良く突《つ》き出し、大きく指を鳴らした。

たちまち、瞬《またた》く紅点がシェムアザの周囲に、無数にばら撒かれる。

続いて連鎖《れんさ》する爆発《ばくはつ》が一気に重なり、周囲の空気を赤く染めあげていく。この距離なら、座標の乱れはさほど致命的《ちめいてき》にはならないし、集中さえできれば最低限に抑えられる。また、多少ずれたとしても、この魔法は広範囲用。爆風によるダメージまでは避けられないはず。

「⁉　何だ⁉」

だが、その爆炎は意外な方法で回避された。

突如《とつじょ》、魔物の目前に出現した四つの渦《うず》が、炎と爆風をそのまま吸い込んでいく。

やがて渦の中心部から、黒々とした円錐形《えんすいけい》の先端が生えてくるのが見えた。

それは、アルスの使う魔法【朧飛燕】と、どこか似ている印象を覚える光景。

もっとも、今現れ出ようとしているのは、どうやら炭化した樹木のようだった。かなりの年を経た巨木《きょぼく》らしく、大人でも抱《かか》えきれないほど太い。それが、いわば巨大《きょだい》な杭《くい》とでもいうべき形状で、射出されようとしている。

（またか！　今度は爆炎の魔力を、途中《とちゅう》で別の魔法式に転換《てんかん》したな！）

いわば、魔物はレティの魔法を流用し、己の魔力消費を最小限に抑えた上で、反撃をぶつけてきたのだ。さきほどの打ち消しや構成転換の応用だろう。魔法全《まほうすべ》てに対して使えるわけではないにしても、厄介な力だった。

たちまち、放たれた杭が全て、地上を走るレティへと降り注ぐ。

ただ、それらは大きい分、飛来する速度はそれほどでもなかった。これならば、回避することも容易《たやす》いだろうと思われた。

レティは四本の杭を真正面に捉え、無造作に跳躍《ちょうやく》する。この程度なら避《よ》けるまでもないと、逆に彼女は空中でそれを足場にする形で利用し、さらに反動をつけて飛ぶことで、魔物本体との距離を一気に詰めた。四本の杭は、そのままレティの後方に向けて飛んでいく。

今度はレティが敵の魔法を逆に利用したような形だが、少なくともアルスであれば、もう少し警戒しただろう。杭の射出は、レティのように機敏《きびん》に動く的に対しシェムアザほどの魔物が放つには、どうにも雑すぎる攻撃だったからだ。

ただ、レティからしてみれば、何があろうと先に本体を倒せば問題ない、ということなのだろう。

直後、空中で攻撃に移ろうとしたレティの背後で、巨大な音が轟《とどろ》いた。レティに回避された四本の杭が雪を巻き上げ地を穿《うが》ち、そのまま突き立った衝撃音《しょうげきおん》だ。

だが、それと同時……霜《しも》が下りる時のような、シャリシャリという奇妙《きみょう》な音がアルスの耳に届いた。その異音に本能が警告を発し、アルスが咄嗟《とっさ》に足を止めた瞬間《しゅんかん》。

アルスは瞬時《しゅんじ》に余計な思考を全て捨て去り、意識の全リソースを充《あ》て。

背中に走る悪寒《おかん》に駆られるように、瞬間的に己に宿る異能を発現し、レティの真横へと移動。

微かに視界の端で煌《きら》めいたあと、一瞬でここまで到達《とうたつ》したその光を……アルスが一気に解放した【グラ・イーター】は、巨大な顎《あぎと》で受け止め、瞬く間に喰らい尽《つ》くす。

その光こそは【デミス・ブリューナク】……レフキスの放つ超長距離魔法《ちょうちょうきょりまほう》。

おそらく一日経って大気中の魔力リソースが回復し、改めてそれを使ったのだろう。

アルスがこの戦いで常に警戒していたのは、実はこれである。だからこその、部隊を分けての討伐策《とうばつさく》だった。

そう、単に数の問題だけでなく、本当の意味で、敵はシェムアザ単体だけではなくなる可能性が高い、とアルスはすでに予想していた。魔物にしては十分過ぎるほどの戦略性を見せるオグマの知能を思えば、アルス達同様、魔物同士が高度な連携《れんけい》を行わないと、どうして断言できるのか。Aレートと Sレート、どちらもかなりの強者だけに、並び立たないと考えるのは早計。通常では想像すらできないことが、このバナリスでは常に起こり得るのだ。

だがその奇手《きしゅ》すらも、アルスは読み切っていた。

サジーク、そしてムジェルとロキらが、Aレートであるオグマとレフキスのどちらかもしくは両方を早期に討《う》ち果《は》たせず、それらがSレートの援護に回る可能性を。

さらに、アルスは備えるだけでなく【グラ・イーター】の特性をも戦略に組み入れ、機会を待ち受けていたのだ。一撃目《いちげき》はかなりの確率で撃ってくるだろうと考えていた。そもそも撃たれて初めてレフキスの居場所が捕捉《ほそく》できるのだから。

（レフキスは健在か。そのケースも想定通り、こっちに【デミス・ブリューナク】が来たな。一先《ひとま》ず最初のハードルはクリアした……）

【グラ・イーター】の特性。それは、魔力を喰らうだけでなく、主の身に還元《かんげん》するということだ。今、アルスの身体に吸収された【デミス・ブリューナク】の魔力。それは当然、異常なほどの量である。

（しかし、そう何度も喰らい続けるのは難しい、か）

自我《じが》を持つ異能【グラ・イーター】は、アルスが何とか手綱《たづな》を押《お》さえているおかげで、制御《せいぎょ》できている状態だ。だがこの自我は、喰らった魔力量に応じて肥大化する。それがアルスの制御範囲を超えた場合、この危険な異能は暴走し、誰彼《だれかれ》問わず喰らい、命を吸い尽くす魔の災厄《さいやく》と化す。

ひとまず【グラ・イーター】が制御しきれているうちに片が付けばいいが、と、アルスはレティに目をやった。レティも当然、すでに【デミス・ブリューナク】には気づいているだろうが、アルスの対処を見て、まず優先すべきは、と考えたのだろう。

そのまま、シェムアザに向かい、細かく爆炎を放っては、脚の攻撃《こうげき》をいなしている。

「…………」

ふとアルスは、何かを思い出したように、背後の一角へと視線を向けた。

そこには、先程シェムアザが放ったままの、炭化した巨木の杭が突き立っている。

いや、その筈《はず》だった。

チッ！　思わず舌を打ったのは、そこに異変が起きていたからだ。

杭に思えた巨木は、いつの間にか、地面に根を張っていた。ごく無造作に突き立っているようにも見えるが、やはり杭自体が、魔法の産物だったのだ。

「待て、レティ!!」

アルスの声は、すでにその背中には届かない。彼女は今、襲《おそ》いかかるシェムアザの魔法と、全力で攻防戦《こうぼうせん》の最中だった。

【デミス・ブリューナク】はその性質上、おそらく連発することができない。アルスが昨日看破した弱点のことも頭にあるのか、レティは再び邪魔が入るまでの間に、せめてシェムアザの力を削ごうと躍起《やっき》になっているようにも見えた。負傷のこともあり、さすがに劣《れっ》勢《せい》になりつつある。

しかし……。

（あれを無視するのは、まずいかもしれん）

いつの間にか根を張った巨木は、その裸《はだか》の幹を、小さく脈動させている。何かが刻々と成長しつつあるかのような予兆を前に、アルスの中に迷いが生じていた。ただ、自身の知識を総動員しても、これがどんな魔法で、何をもたらし得るのか予測できない。

（いや、もう考えている時間が惜《お》しいか。まずは応急処置だ）

アルスはそう思い切ると、すぐさま行動に移った。

まずは手早く【永久凍結界《ニブルヘイム》】を組み上げて、その巨木群へと放つ。

雪の影響を抑え込むために多少手こずったが、魔法は狙《ねら》い通り効果を発揮し、たちまち四本の杭は澄《す》んだ氷柱《つらら》と化し、周囲丸ごと凍結させていく。これが見た目通りの土系統魔法、特に植物系の効果を狙ったものなのであれば、これで活動は完全停止させられるはずだ。

（最低限の処置はした、あとはレフキスから次弾が飛んでくる前に、始末をつける！）

レフキスが複合魔法を操れるなら、おそらく【デミス・ブリューナク】だけが切り札ではあるまい。遠距離魔法《えんきょりまほう》を、他にも扱えると考えるほうが自然だ。レティの体力のことも考えて、アルスは受けから攻《せ》めへと、思考を切《き》り替えた。

（それにオグマはともかく、レフキスがあれほどでかい花火を打ち上げてくれた以上、ムジェルとロキが、その位置を見つけてくれるだろう。なるべく早く始末してくれることを祈《いの》るか）

胸中で呟《つぶや》いたその言葉には、すでに余裕のニュアンスが含まれていた。つまり、【グラ・イーター】により魔力も補填《ほてん》できている今なら……。

一度そう決めてしまえば、アルスの行動は早い。ただちに踵《きびす》を返し、アルスは爆炎と暴風が渦巻《うずま》く、レティとシェムアザが鍔《つば》迫り合っている戦場へと、再び飛び込んでいった。

アルスが見る限り、レティが放つ旧式の【爆轟《デトネーション》】はすでに威力《いりょく》・効果範囲《はんい》ともに弱まってきていた。雪の阻害《そがい》を気にして、より集中力を必要とするためもあるだろうが、何よりレティは、性格的にも戦法的にも、長期戦向きの魔法師ではない。

（構成がかなり雑だな。そもそもあいつに攻撃をいなし続けろ、というのも無茶《むちゃ》か）

アルスから見れば、がむしゃら、というしかなかった。手札は全て試《ため》したのか、レティは今や攻撃の主体を、魔力の残量を気にしない【爆轟《デトネーション》】の連続行使に切り替えていた。

ダメージは与えられるだろうが、魔力消費を考えると、お世辞にも効率的とはいえない無理押《むりお》しの戦法。それでも確かにシェムアザの身体《からだ》に、ダメージが蓄積《ちくせき》されているだけマシなのだろうが。

（確実に、タイムリミットが近い）

そう戦況《せんきょう》を読むと、アルスは一足飛びで、レティを追《お》い抜《ぬ》きシェムアザへと急接近する。掲《かか》げた【宵霧】は、主人の意思を正確に読み取り、瞬時に魔法の構成を開始。

アルスの背後に、小さな渦が無数に出現した。それはまさに系統外と言える、アルス独自の異質な魔法。

やがて、【宵霧】の形状を正確にコピーし、渦の中から無数の切っ先が生まれ出る。それが繰《く》り返《かえ》され、たちまち鎖付きの短剣《たんけん》が百を超える数ほど、出現した。

アルスの腕《うで》の一振《ひとふ》りで、それらが矢のように一斉《いっせい》射出され、空中の巨体《きょたい》へと鎖を這《は》わせていった。刃《せいば》だけでなく鎖まで模倣《もほう》されているのは、これが拘束《こうそく》を目的とした【朧飛燕】だからだ。

だが、シェムアザも魔力的抵抗《ていこう》を試みているのか、何度か大きく、不気味な翅を羽ばたかせ、周囲に魔力を送り込む。やがて、それらの百本あまりの【宵霧】の輪郭《りんかく》が、一斉に歪《ゆが》み、残像のようにぶれ始めた。

アルスはすぐ、このままでは数秒と持《も》ち堪《こた》えられない、と悟る。

そう判断するや、彼《かれ》は空中で真横に手を広げた。まるでその指で全ての風を感じようとするかのように、名指揮者が鮮《あざ》やかにタクトを振《ふ》るように、宙を撫《な》でていく。

その指が触れた空間はたちまち凍《い》てつき、氷が形成される。最初はパキパキと空気が凍る音だけが響《ひび》き、続いて魔力を吸い込むかのように、空気中の水分がどんどん集められ、次《し》第《だい》に太く長い氷塊《ひょうかい》に変貌《へんぼう》させられていく。

やがて、アルスの動きを追うようにして、長大な氷塊が出現した。構成要件だけ見れば、それはほぼ【アイシクル・ソード】と同じものだ。

最後に、先端を鋭《するど》く尖《とが》らせた造形を作るため、アルスはしなやかに手首をスナップさせ、そこで構成を締《し》めくくった。

そのまま、腕を振って連動させた巨大な氷剣を、勢いよくシェムアザ目がけて飛ばす。

だが、敵は大きく翅を広げ、それにも対抗しようとする素振《そぶ》りを見せた。

風壁《ふうへき》とさえ形容できそうな、分厚い風の壁。たちまち出現したそれが、大氷剣の前に立ちふさがる。

さらに魔法同士が接触《せっしょく》するや、荒れ狂う風は細かい真空の刃となって、氷剣の先端を削り取っていく……だが、小賢《こざか》しい魔法が全てを削《けず》り取《と》ることなど、アルスは許さない。

空間に干渉しつつ、氷剣の柄《つか》に当たる部分を、魔力で覆《おお》った掌底で押《お》すようにして、力の限り突き出す。

氷塊の先端が、文字通り押し破るようにして、風の壁を突破《とっぱ》した。

さすがに軌道《きどう》は逸《そ》れたものの、それはシェムアザの腹部を、抉り取るように掠《かす》めていく。

惜しくも回避《かいひ》されたか、と思いきや、それすらも布石に過ぎない。

無理な回避行動で不自然な軌道を取ったため、一瞬《いっしゅん》空中で動きが止まったシェムアザの腹。そのすぐ傍《そば》に、すでに先の一手が回避されるのを予想し、高く跳躍したアルスの姿があった。

振りかぶった【宵霧】の刃先《はさき》を、魔力で補い伸《の》ばす。薄氷《はくひょう》のような魔力刀は、薄《うす》さのぶんだけ、鋭さを増している。極度の集中を伴《ともな》い、アルスの魔力で生み出したその刃は、どんな名刀にも勝《まさ》るとも劣《おと》らない切れ味を持つ。

そのまま、袈裟《けさ》斬りの要領で振り下《お》ろした魔力刀は、見事に魔物の翅を落とし、更《さら》に深く差し込まれて巨大な腹までを切り裂《さ》いた。ついでとばかり、アルスはその柄を押し込み、かき回すように傷口を広げる。魔物の体液が、バッと空に舞《ま》った。

(さて、これはどうだ。魔法だけが、お前を殺す手段じゃないんだ)

片翅《かたばね》を切り離《はな》され、落ちていくシェムアザを冷たく見下ろしながら、アルスが着地に備えた直後。

シェムアザは地表近くで一際《ひときわ》大きく、残った翅を羽ばたかせると、凄まじい風を巻き起こす。たちまち大量の雪が巻き上げられ、暴風と混ざりあうようにして生まれた白いカーテンの中に、シェムアザの巨体を覆い隠《かく》していく。

アルスはその途中で、あの特徴的《とくちょうてき》な模様……シェムアザの残った翅に浮《う》かび上《あ》がる巨大な眼《め》のような円形模様が、怒《いか》り狂ったように、赤々と輝《かがや》いているのを見た。ゆるりと広げられているのが常だった前翅は、今、赤い眼とともに怒気《どき》を発するような魔力を放ち、限界まで大きく開放されている。

同時。大気が、猛《たけ》り震《ふる》えた。

あっという間に地表の温度が冷え、雪混じりの猛烈《もうれつ》な風が横殴《よこなぐ》りに吹きつけてくる。唐突《とうとつ》な気候の変化はこれまでもあったが、今度のそれは、手痛い傷を負ったシェムアザが魔力で巻き起こしている雪竜巻とでもいうべきものだった。

思わず目を細めたアルスの視界に、レティの姿が映る。

思い詰めたように前のめりになり、目を見開いている彼女の顔は、絶対に逃がすまいと、表情のみで叫《さけ》んでいるかのようだ。魔物に向ける殺意としては異常とも取れる執念《しゅうねん》をアルスは見逃《みのが》さない。

何物も目に入らず、シェムアザを包む白い嵐《あらし》の中に、全速力でレティが突入《とつにゅう》していこうとした瞬間。音もなくその傍《かたわ》らに立ったアルスが、レティの腹部に腕を回し、力ずくで制止する。

「分かるが……ここまでだ」

「っ⁉」

振り向《む》きざま、レティは肩越《かたご》しに鋭い視線をぶつけてきた。

「なんでっ⁉　ここまで追い詰めておきながらッ！」

ごうごうと鳴り始めた吹雪《ふぶき》の中、アルスは答えず、いきなりレティを抱き寄《よ》せる。

レティが驚《おどろ》きの表情を浮かべた直後、降雪の中を切り裂いて、一筋のまばゆい光条が到来した。

その狙いすました一撃は、レティが踏み込もうとした先の空間を掠めると、遥《はる》か彼方《かなた》の山肌《やまはだ》を焼き切り、淡《あわ》く消えていった。

「いつになくムキになるな。上った血を引かせるのに、わざわざ死を選ぶほど馬鹿《ばか》じゃないだろ。……それでも良いが、俺がお前の部下に責められる」

ここに至り、ようやくアルスの腕が解かれた。なおも物言いたげなレティの顔に、アルスは溜《た》め息《いき》を一つ吐《は》き出《だ》し、鬱陶《うっとう》しそうに髪にまとわりつく雪を払《はら》うと。

「威力はやや劣り追尾《ついび》能力もないが、あれもやはり【デミス・ブリューナク】だ……他の長距離魔法《ちょうきょりまほう》ならともかく、こんなにすぐ、次が来るとはな。俺にも、完全に予測できないことはある」

レティは、はっとしたように無言でうつむく。やや弱まっているとはいえ、今の一撃に秘《ひ》められた威力を、感じ取れない彼女ではない。アルスが止めなければ、今のレティなら、回避はおぼつかなかっただろう。そうなれば、待ち受けていたのはきっと、最悪の結果だ。片腕《かたうで》が消し炭になるか……いやそれならばまだ御《おん》の字《じ》かもしれない。いずれにせよ、レティの戦いに幕が降りていたのは避けられなかっただろう。

安堵《あんど》と葛藤《かっとう》と、そして反省の色を表情に滲《にじ》ませた彼女に、アルスは肩《かた》を竦《すく》めてから、解説がてらと、言葉を続けた。

「ただ、今の一発は魔力量が違《ちが》う。レフキスは、かなりの速度で動けるようだ。エリアを大幅《おおはば》に移動すれば、大気中の魔力を確保できる。魔力を充填《じゅうてん》してから、改めて放ってきたんだ。出力はおそらく調節できるんだろう。【デミス・ブリューナク】は完全ではないが、ある程度の威力のものなら、連続で放つことができる」

加えて些末《さまつ》な事項にも思えるが、今のアルスには、大きな懸念がある。一つはやはり、レティに関することだ。

「そして、今のお前はやはり平静じゃない。傷も負っていて、体力的にも限界が近い、だな？　この雪の中、あの遠距離攻撃《えんきよりこうげき》をもケアしながらシェムアザと渡り合《あ》うことができるか？　そして、俺にお前のお守《も》りをしながらレフキスを警戒しつつ、シェムアザとも戦えと？」

すでに前提は崩《くず》れた。だからこそ、ここは最初のプランを犠牲《ぎせい》にしてでも、一旦《いったん》立ち止まる時。

「手合わせして、分かったことがある。シェムアザは、魔法に特化している。あの足蹴《あしげ》も無視できんがな。ただ治癒《ちゆ》能力は高くなさそうだ、きっとあの腹の傷はすぐには治らん。そして、あいつは怒《おこ》りっぽく執念深《しゅうねんぶか》い。必ず俺らを喰いにくる」

意地の悪い笑いを浮かべつつ、アルスは続ける。

「だから、奴《やつ》は一旦は雪に紛《まぎ》れて姿を晦《くら》ませたが、きっと雪辱を狙ってくる。逃《に》げたり他の場所に移動したりはせずに、な。そこが決着の時になるが、残念ながら、奴の狙い通りにはいかない」

「なんでそんなことが……」

「分かるさ。伊達《だて》に化物退治を生業《なりわい》としてきたわけじゃないんでな。今回は退《ひ》く、まだだ、まだ始末する時じゃない」

　レフキスの存在は確実に弊害《へいがい》となる。とどめを刺《さ》せても、取り返しのつかない代償は支《し》払《はら》いたくないのだ。そう言い放ち、アルスは、言葉を続けた。

「ムジェルとロキがいる。さっきの【デミス・ブリューナク】は、観察力の高いムジェルと魔力感知に優《すぐ》れたロキには、寧《むし》ろレフキスの位置を知らせる狼煙《のろし》のようなものだ。だからこそ、今は二人を信じて待つ必要がある」

　シェムアザの巨体がすでに消え、雪竜巻のみが荒《あ》れ狂《くる》う中、アルスはそう、きっぱりと告げた。「あの超長距離魔法の痕跡《こんせき》を見逃すな」というのは、出発の時、アルスがムジェルとロキに授《さず》けた、討伐任務上の最重要点の一つでもあった。

　なおオグマについては未だ不明だが、この期《ご》に及《およ》んでなお介入《かいにゅう》してこないなら、やはり地下に潜伏《せんぷく》しているのだろう。むしろサジークがオグマに近づいている証左でもある。だとすればなおさら、直接戦闘には消極的なタイプだと推測できる。そのため、戦力的な危険度はやや低いだろう。この辺りはクレビディートの報告にあった通りだ。

　いずれにせよ、手数が足りない今、ムジェルとロキ同様に、オグマについても、サジークを信じて任せるしかない。

　それから、実はもう一つの懸念があるのも、また事実……。

先程《さきほど》シェムアザが放っていった黒い巨木。アルスはそちらに、そっと視線を向けた。釣《つ》られたようにレティの目も、自然とそちらに導かれる。

今、そこに見えるのは、一種異様な光景。

【永久凍結界《ニブルヘイム》】でも内部の脈動が止まらない。分かるか」

レティは、そんなアルスの目を真正面から見《み》据《す》えたが、肯定《こうてい》も否定も示さなかった。

「それを説明するためにも、一度ここから距離《きょり》を取る。この雪の荒れようを見るに、奴は完全に防御《ぼうぎょ》に回ったはずだ。こちらを誘《さそ》っているようにも見える、手を噛まれないためにも準備は必要だ。それと、傷の手当ても必要だからな」

「……分かったっすよ」

レティの語尾《ごび》がいつの間にか、いつものものに戻《もど》っている。

今アルスはようやく、そのことに対し、なんとなく安心感を覚えることができた。

真っ白な雪竜巻の中に姿を晦ましたシェムアザだが、あの傷ではすぐに移動は難しいだろう。その大きな影《かげ》をじっと見《み》透《す》かそうとするように、アルスは目を細める。

（……）

その向こう、ちらりと見えたシェムアザの身体には……異変が起きていた。

アルスにはシェムアザが活動を停止した気配こそ感じられていたが、その光景は率直《そっちょく》に言って、予想外のものだ。

巨体には、一面に糸が纏《まと》わり付《つ》いていた。いつの間に編み上げられたのか、巨大な繭《まゆ》のようにも見える。身体は完全に、殻《から》のようなその奥《おく》へと消えてしまっていた。

傷の治癒に専念するためだろうか。いずれにせよ、すぐさま動く気配がないのであれば好都合ともいえる。巨大なドーム状の繭を背に、アルス達《たち》は一旦《いったん》戦略的撤退《てったい》を敢行《かんこう》したのだった。


アルスの予想通り、シェムアザが巻き上げた雪は、吹雪と化して一体を呑《の》み込んでしまった。その激しさは、収まる気配を微塵《みじん》も感じさせない。

二人が一時的な避難《ひなん》場所としたのは、それなりの高台にある洞穴《ほらあな》だった。高さを求めたのは、シェムアザが戻ってきた場合、それをいち早く察知するためだ。

そこはいくつか作られていた仮拠点《きょてん》の一つですらないが、万が一の時のため、避難場の候補地として、地図上でチェックしておいた場所である。

奥行はあまりないが、それでも雪と風をしのぐくらいならば十分だ。

少しでも身軽になれるように荷物を置く。

肩口を押さえてレティはゴツゴツした壁面《へきめん》に背中を預けた。テキパキと準備をするアルスは、すぐさま道中で拾った僅《わず》かな木の枝に火を付ける。

「脱《ぬ》げ」

「へっ？」

あまりにも唐突だったからか、レティは一瞬、頓狂《とんきょう》な声とともに、呆《ほう》けた顔をアルスに向ける。

「肩の傷の処置と、他の傷の具合も診《み》る」

有無を言わさないアルスの語調は、下心などは微塵も感じさせない。寧ろ、どこか苛立《いらだ》っているようにも聞こえた。

「言いたいことは分かるんすけど、後ろを向くとか、もう少し気を利《き》かせられないんすか」

「は？　お前にそんな恥《は》じらいがあるとは知らなかった」

ムスッと頬《ほお》を膨らませたレティは、アルスに背を向けて上着を脱ぐ。

「いくら外界だからって、男の前ではポンポン脱がないんっすから。人をなんだと……まったく」

というか、怪我《けが》することもほとんどないし、とぼそっとレティは付け足した。

やがて、アルスに背中を向けたレティは、半裸《はんら》の状態でお下げを前に持っていき、

「……怒ってるっすか？」

「いいや、怪我をするのもされるのも、以前は慣れたもんだったからな。面倒《めんどう》な手当てや世話なんてなしに、勝手にのたれ死んでくれるなら、結構だが」

「やっぱ、怒ってるじゃないっすか」

レティは、小さく俯《うつむ》いて、ぼそっと言った。その口調は、抗議《こうぎ》めいているが、いかにも弱々しい。諸々《もろもろ》の自責の念が、彼女《かのじょ》にしては珍《めずら》しく、そんな態度を取らせているのだろう。

座《すわ》れ、と命令口調のアルスに、レティは素直《すなお》に従った。

レティはあぐらをかく姿勢になり、背筋をピンと伸ばす。

「ひとまず、肩口の裂傷《れっしょう》を縫《ぬ》う」

返事は無言の頷《うなず》きで示された。

今のアルスはほぼ使うことはないが、アルファ仕様の軍靴《ぐんか》の裏には、医療用《いりょうよう》の縫針《ぬいばり》と縫《ほう》合糸《ごうし》が仕込まれている。傷をそれで縫合するのは結構な荒療治《あらりょうじ》だが、軍ではよく知られたものだ。アルスもかつて戦い慣れていなかった頃《ころ》は、自分自身に対してよく行っていた応急処置である。

やがて、消毒のため針を焼いてから、アルスが近づくと、レティはバッと乳房《ちぶさ》を片腕で覆い隠した。その反応を、アルスはこともなげにスルーし、さっさと手当てに移る。

裂傷は思った以上に深く、裂けた皮膚《ひふ》の周辺は、強い熱を持っていた。

「後で、本格的な治癒が必要だな。だが、ひとまずはこれで我慢《がまん》しろ」

指先に魔力《まりょく》を集めて、気休め程度の麻酔《ますい》代わりとする。

針を皮膚に潜《くぐ》らせた際、レティのこめかみがピクッと反応したが、これ以上はアルスにもどうしようもない。

だが、簡易麻酔のおかげで痛覚も鈍化《どんか》しているのか、さほど痛みは感じずにすんだようだ。そしてレティはポツリと呟くように言った。

「責めないんっすか？」

「仮にもシングル魔法《まほう》師が、下に見られて怒られたいのか？　それに、俺《おれ》はお前の親や教師じゃない。そんな面倒なことは、金を積まれてもお断りだ」

「優しいんだか、冷たいんだか、っすね」

レティは、アルスの手を見ながら、そう言った。その指は、今も痛みを抑えるための魔力で覆われて、彼女の手当てのために針を動かしている。

「一つ聞きたい。〝あれ〟は、お前がロキに言っていた『心底からの正直な台詞《せりふ》』なのか」

もちろんそれは、レティが「ここまで追い詰めておきながら」と、冷静さを失って叫んでしまったことを指している。

チクリと皮肉の棘《とげ》が混じったその言葉に、レティは反省の色を濃《こ》くして、項垂《うなだ》れるように視線を落とした。

「ごめんっす」

「それを聞いて、安心した。次はもう少し、落ち着いてやれそうだ」

手際《てぎわ》良く肩の傷の縫合を終えたアルスは、言葉だけを淡々《たんたん》と返しつつ、次は改めて、レティの身体を診ていく。

こういう場合、特に内臓は危険な部位であり、本人でも分かっていない損傷があるかもしれないからだ。

ただ、どうやらその心配は杞憂《きゆう》のようだった。とはいえレティは身体中青痣《からだじゅうあおあざ》だらけで、あちこちに打身と見られる腫《は》れも確認《かくにん》できる。

ただ、その背中自体は、生傷ばかりで、過去に負った大きな傷痕《きずあと》などはないに等しい。

ほんの昨日までは、内地で暮らす一般人《いっぱんじん》の娘《むすめ》同様、綺麗《きれい》なものだったに違いない。

だが今、レティはこのバナリスで、取り返しのつかない悔《く》いや苦い代償《だいしょう》とともに、新たにそれを負ったことになる。一瞬吹《いっしゅんふ》っ切れたような態度を見せたものの、さっきの様子を見るに、やはり先遣隊《せんけんたい》のことは未《いま》だ彼女の心の奥底《おくそこ》に、深く刺さっているに違いなかった。

傷というものは、肉体だけでなく、無垢《むく》さや無邪気《むじゃき》さと引《ひ》き換《か》えに、魂《たましい》にも刻まれていくものなのだろう。

そう思った時、ふとアルスは、二人の少女達の顔を思い浮かべる。外界を知らず、ただひたむきに己《おのれ》の前に続く道だけを見つめている、魔法師の雛達《ひなたち》のことを。

「少し余計なことを話す。独り言だと思って聞いてくれ」

「了解っす」

意外に華奢《きゃしゃ》なレティの背中。そこに魔力のこもった手を当てながら、アルスは、短い言葉を口にする。独り言などと装《よそお》ったが、それは本心の吐露《とろ》に他ならなかった。

「学院で、俺が教えてる生徒がいるだろ？」

「フローゼさんの娘――テスフィアちゃんっすね。後、アリスちゃんも」

背を向けたまま、レティが即答《そくとう》する。彼女が名前まで覚えていたことに少し驚いたが、ひとまずアルスは、その独白とも会話ともつかない言葉を続けた。

「ああ。俺も教える以上は、手は抜かない。あいつらが魔法師を目指すんだから、あそこに俺が居《い》れる間くらいは、付き合ってやるつもりだ」

「それはなかなかハードっすね。まあ、彼女達《かのじょたち》はたぶん、良い子っすけど」

最後の言葉には同意しかねたが、まあいい。レティがそう感じるならば、きっと女同士何か通じるものもあるのだろう。

「でな……俺はあの二人に、お前のような魔法師になって欲《ほ》しい、と思ってる」

「えっ、なんすか、それ。愛の告白っすか」

「ああ？」

話の腰《こし》を折られたアルスは、やや間の抜けた声を出してしまった。冗談《じょうだん》っすよ、と笑うレティ。どうやら彼女に、いつもの調子が戻ってきたところで、アルスは背に魔力を当てていた手を離す。

「お手本なら、アルくんで良いじゃないっすか。1位なんすから」

「俺じゃ、ダメだ。いろいろと手ほどきはできても、目標にはなれない」

「そう、っすね……」

アルスの言いたいことをレティも察したのか、彼女の相槌《あいづち》には、やや軽はずみな発言を反省するかのような調子が含まれていた。

魔法師としては、これまでの経歴からその特性まで、どれを取っても異例づくしのアルスだ。優秀《ゆうしゅう》とはいえ、破格の資質を持つとまではいえない魔法師の雛《ひな》が、彼を道標《みちしるべ》とすることは、実質的に不可能に等しい。そもそも多くの物が欠落した魔法師など、まともな人間の範疇《はんちゅう》に入るのかどうかすら怪《あや》しいところだ。彼女達が歩む道の先には、多くの先達《せんだつ》の魔法師がいるだろう。しかし、いくら先に進もうとそこにアルスの姿だけはない。彼は一人道を踏《ふ》み外《はず》したまま、暗い迷路《めいろ》を、明かりも点《つ》けずに彷徨《さまよ》っているだけなのだから。誰《だれ》かの目標になど、そんな大層なものになど、決してなれはしない。

その点、レティは一部隊の隊長としても、人間としても、理想的な魔法師といえる。部下を思い、仲間との絆《きずな》を重んじつつも、決定的に情に偏《かたよ》ってしまうこととは、意識して距離を保っている。

それでもシェムアザ戦で見せたように、たまには気持ちを抑《おさ》えきれないこともあるようだが、そんな部分すら、アルスから見れば人間臭《にんげんくさ》さと表裏一体《ひょうりいったい》の長所だ。だからこそ、アルスは彼女を嫌《きら》いになれないのだ。

だが、それを全て彼女に伝えるほど、アルスも朴訥《ぼくとつ》ではなかった。

「でも」

と、レティはことさらに弾《はず》んだ声を上げる。

「……そうっすか、アルくんは私をそこまで評価してくれてたんっすね」

レティはさっきのアルスの言葉が、心底嬉《うれ》しかったというように微笑《ほほえ》んだ。実際、彼女の胸は、その台詞を噛《か》みしめるたびに、どんどん熱さを増していくようだったのだ。

「でも、やっぱ告白っていうにはちょっと遠回しっすね。なんとか及第点《きゅうだいてん》レベルかな～」

「頭……いや前も診ておくか？」

アルスのその言葉に、レティは一瞬目を丸くし、咄嗟に、といったように背中を丸める。

「いっ！　いいっすよ！　それぐらい自分で診れるっすから！　なんすか、その乙女《おとめ》への配慮《はいりよ》そのものが欠如《けつじよ》したセクハラ発言は！　それにどうせ言うなら、いっそそれっぽい表情も作ったらどうなんすか。そんな『いかにも言ってみただけ』みたいな……つーか、誰の影響《えいきよう》っすか」

「リンデルフ、かな」

「あいつっすか。まったく……」

レティは女癖《おんなぐせ》その他、悪い噂《うわさ》の絶えない出世頭《しゆつせがしら》の顔を思《おも》い浮かべ、苦い表情になった。デリカシーというものをまるで教わらずに育ってしまった、憐《あわ》れな中年男の名だ。

「でも、アルくんはホント、冗談ってものに向かないっすね」

「そうか。だが、ひとまずその調子なら、怪我は問題なさそうだな」

「おかげさまで、ってとこっすかね～」

レティは改めて自分の身体を診ながら、首や腕を軽く動かす。それから、彼女は改めて服を着始めた。

その間、今度は真面目《まじめ》に向こうを向きつつ、アルスは凍傷《とうしよう》した手を布で覆う。

ふと、レティが立ち上がった気配がした。着替《きが》え終わったかとアルスがちらりと見ると、その足元には、まだボロボロになった付け袖《そで》や上着が落ちたままだ。

怪訝《けげん》な顔をしたアルスへと、彼女はトップス一枚だけという格好で、勢いよく振り返る。

「うん、決めたっす」

「何をだ」

「いつ言うか迷ってたんすよ。いや、最初は口にするつもりもなかったんすけどね。ねぇ、アルくん……この任務が終わったら」

レティはそこで言葉を切り、真剣《しんけん》なまなざしで。じっとアルスを見つめた。

「正式に、私の部隊に入隊して欲しい」

「今更勧誘《いまさらかんゆう》か？　だが、俺は……」

「まあまあ、きっとアルくんにとって、うちらの部隊は最高の居場所になるはずっすよ。そもそもこの部隊の初期メンバーを選ぶ時、最初にアルくんの顔が浮かばなかったかっていったら、それは嘘《うそ》なんすよ。きっとアルくんも受け入れられて……〝家族〟になれるっす」

軍部は、一部の例外を除けば、足の引っ張り合いも激しい場所だ。だからこそ、シングル魔法師にとって、心から信頼《しんらい》できる者は少ない。それは、レティとて同様だ。だが、そんな彼女の口から、この部隊こそが家族だ、という発言が出ると、それは何故《なぜ》か、とてもしっくりくるように、アルスには感じられた。

そうなのだ。これほどバナリスに固執《こしつ》するのも、支配者級の魔物《まもの》を前にして我を忘れるほど気持ちを露《あら》わにするのも……。

他の部隊にはなく、レティの部隊にのみ、確かに存在するもの。

それを悟《さと》るほどに、やはりテスフィアやアリスには、自分ではなく、このレティのような魔法師を目指して欲しいと願ってしまう。

今、仄暗《ほのぐら》い荒野《こうや》と光射す場所の間に引かれた境界線の向こうで、レティは真っすぐに、手を差《さ》し伸べてくれていた。こっち側で一緒《いっしょ》に、と。

過去にアルスがこなしてきた、過酷《かこく》な任務の数々。部隊に組み込まれての作戦も少なくなかったが、そんな中でも、結局異端扱《いたんあつか》いに変わりはなかった。遠まわしに死ねと願われたことも、一度や二度ではない。そんな、生者の世界でありながら死に最も近い場所で、アルスは一人、戦い続けてきたのだ。

そんな風に、常に一人だったアルスに……今、彼女は「随分《ずいぶん》、遅《おく》れたっすけど」と頬を緩《ゆる》めながら、優《やさ》しく言うのだ。

アルスが生きる狭《せま》く暗く凍えた世界に、レティは真に心休まる場所を提供してくれると言う。

幼少期から魔物を殺す道具として扱われ、同じ人間からも忌《い》み嫌われ、恐《おそ》れられるアルスに、レティは人として、表舞台《おもてぶたい》で生きる居場所を作ってくれると、そう言うのだ。

「ねえ、アルくん。外界を駆《か》け回《まわ》るのは……嫌いっすか？」

「いや」

そう、アルスは別に、この外界という場所が嫌いではない。寧ろ外界の本当の果て、誰も見たことのない景色を、いつか誰より早く見てみたいとすら、思っていた。

そんな見果てぬ夢を、なんのしがらみもなく、手が届くまで追いかけ続けたい、と。戦いに明け暮れる日々の中、その行為《こうい》にどこか矛盾《むじゅん》した不思議な充足感《じゅうそくかん》を与《あた》えてくれたのは、外界という場所だけだったような気すらしている。

アルスが再び口を開きかけた時、レティは慌《あわ》ててそれを遮《さえぎ》った。

「返事はまだ、良いすよ。考える時間なんてすぐにはできないかもしれないっすけど、また改めて訊《き》くっすから」

「分かった……考えておく」

気づけば焚《た》き火《び》の勢いは弱まり、今にも消えてしまいそうだった。

時間的には半時間程度の休息だった。実質的にはレティの手当てと、彼女が精神的な落ち着きを取り戻すための時間。

ふとアルスは、予感を感じて、入り口から外を窺《うかが》った。

雪風の勢いが妙《みょう》に弱まり、灰雲の下、雪上に巨大《きょだい》な影が映る。

まずアルスの目が捉《とら》えたのは、殻が破られた巨大な繭だ。次に、そこからもがくようにして出てきたのであろう、シェムアザの巨体。

太陽が鈍《にぶ》い光を投げかける中、蛾《が》の王は己の舞台《ぶたい》である空へと舞い戻ろうと、繭の殻を踏み潰《つぶ》しつつゆっくり羽ばたこうとしていた。

「思ったより早い。治癒能力は高くないはずだが、優先的に翅《はね》を再生したか」

翅に改めて浮かぶ模様――再生した双眸《そうぼう》は、どこかに潜《ひそ》んでいるであろうアルスらを暴《あば》き出すかのように、光を放っている。

「十分時間は貰《もら》えたっすけどね。傷もアルくんに塞《ふさ》いでもらったわけっすし」

アルスの隣《となり》に並んで、レティも先ほどまでの戦場に視線を移した。吹雪が止《や》んでいるせいで、比較的《ひかくてき》大気が落ち着いている。見たところ、シェムアザも翅を優先的に再生させたため、他の箇所《かしょ》の治癒が追いついていないようだった。レティがところかまわず放った【デトネーション】のダメージが残っている様子が見てとれる。

「私、お手柄《てがら》じゃないっすか。どうせならガツンと爆破《ばくは》しておきたかったところっすけど」

「よく言う。お前のあれは、構成と座標設定を疎《おろそ》かにして、対象が無差別的になったからだろ」

改良型の【空置型誘爆爆轟《デトネーション》】でなかったのが何よりの証拠《しょうこ》だ。厳密には発現座標を最低限ずらさないため、難度を落とした旧式の【デトネーション】を使ったというだけ。

痛いところを突《つ》かれたレティは、何も言い返せずに、じっとアルスの横顔を見る。その視線には、これでもシングル魔法師である己を恥じるような感情が乗っていた。

「お詫《わ》びに、好きにするっすか？」

頭に血が上っていたことを認めたのか、レティはトップスの裾《すそ》を撮《つま》むと、チラリと服を捲《まく》って見せる。役割を代わってもらったお礼代わりとでも言うつもりだろうか。アルスはもちろん無視で返した。

自分のペースになると妙に大胆《だいたん》そうだが、先ほどの冗談の時はあれほど取り乱していたのだ。素《す》がどちらかは、言うまでもない。システィがレティを「口だけ女」と皮肉った理由も、どこか分かるというものだ。

「そろそろ行くか。あまり焦《じ》らして、他の部隊に気を向けられるのは避《さ》けないとな」

「で、そういやあのでっかい杭《くい》みたいな魔法は……結局、何だったんすか？」

それは、先程アルスが一時撤退を選んだ主な原因の一つ。

「あれはおそらく、任意発動の魔法だ。いわば、得体のしれない魔法を閉じ込めた、無線起動式の爆弾《ばくだん》ってところだ。しかも、四本ともがな」

「ぶっ壊《こわ》すのは？」

「試したが、ダメだった。外部からでは、魔法自体の発動に影響は与えられないようだ」

「何の魔法、かは分からないっすよね」

「さっぱりだな。見た目だけだと土系統かと思ったが……考えてみると、火系統の可能性もあるな」

　その理由は、【ニブルヘイム】でも作用が止まらなかったことと、あの巨木《きょぼく》がそもそも、レティの爆炎《ばくえん》の魔力をベースに生み出されたからだった。炎龍《えんりゅう》を石化した時と違い、シェムアザは、魔力を流用したのみで構成までは変化させていない可能性がある。ならば、系統術式をそのまま利用したのでは、とアルスは考えたのだ。

「ただ、最終的には雪を何とかしないことには、手を出しにくい。まぁどんな魔法だろうが最悪一度喰《く》らえば、二度目には対処できるだろうが」

「おぉ～頼《たの》もしいっす、けど、前回みたいな暴走はもうごめんっすよ」

「まあ善処する。魔法自体の吸収ならまだ大丈夫《だいじょうぶ》だとは……思う。それと、やはりレフキスの横槍《よこやり》も気になるところだな」

「今のところ、レフキスの討伐《とうばつ》が終わるまでは時間稼《かせ》ぎっすかね」

「そうなるだろうな。雪の影響は大きいが、奴をある程度まで追い詰《つ》められることは分かった、踏み込み過ぎなければ、な」

最後に付け足された言葉は、レティに苦い顔をさせた。まるで新兵のようなミスは、レティの胸にも己の至らなさとしてしっかり刻まれている。だからこそ……。

「悪いんすけど、アルくん。ちょっとで良いんで、引き続き奴《シェムアザ》と戦《や》るのに、手を貸してくれないっすか?」

「あぁ、そのつもりだ……ついでに言うなら、今更《いまさら》、だな」

レフキスには、二発目を撃《う》たせた時点で、アルスは役目を終えたと思っている。そもそも、アルスが【グラ・イーター】に喰らわせた一発目でも、十分派手だったのだ。そう、今頃《いまごろ》はムジェルとロキが、必ずやレフキスの潜む場所を捕捉《ほそく》しているはず。

そう確信できるからこそ。

「レティ、今度は確実に仕留めるぞ。今更、魔力の残量がないとか言うなよ」

「もう一戦くらいは、耐《た》えられるっすよ。そうだ、今回はこっちにも考えがあるっすよ。その時が来たら、アルくんにも協力して欲しいっす」

「無茶《むちゃ》な注文じゃなきゃな」

アルスは本来、共闘《きょうとう》をあまり好まないし得意ではないという自覚もあるが、今のレティとなら、その限りではないだろう。

シェムアザと対峙《たいじ》する前に、アルスは信号弾《だん》をもう一度打ち上げた。

最悪、宙を舞うシェムアザにアルスの位置を知らせることになるが、もはや隠れ潜むつもりもない。

派手な色の噴煙《ふんえん》を昇《のぼ》らせたそれは、まもなく上空で破裂《はれつ》し、波紋《はもん》を広げるような魔力を、周囲に拡散させる。

それは、周囲に散っているはずの隊員達への合図だ——各々《おのおの》、作戦の最終局面へと移行せよ、との。

第56章「狂わしの狂者」

暗がりの中、頭上から弱々しい光が差す廃坑道《はいこうどう》内部。

筋骨たくましい巨漢《きょかん》の魔法師が今、そこで膝《ひざ》を屈《くっ》して、うなだれるような姿勢を取っていた。

その体勢のまま、磔《はりつけ》にされたように太い腕《うで》だけを左右へと広げている様は、まるで空中から糸で吊《つ》られた操《あやつ》り人形《にんぎょう》のよう。身体から滴《したた》る血はそろそろ無視できない量に達しようとしていたが、その巨漢――サジークの途切《とぎ》れた意識では、それを感じようもない。

ポタポタと地の底に落ちゆく真っ赤な滴《しずく》は、その薄汚《うすよご》れた土の上に、垂れた端《はし》から溶《と》け去るように吸収されていく。

うなだれたサジークの顔は、薄暗《うすぐら》い坑道の中であるせいか、土気色にも見える。

よく見れば、両腕の手首から、細い管のようなものが腕の内部へと侵入《しんにゅう》していた。まるでそれ自体が血管であるかのように浮き出《で》た異物は、サジークの腕の中を押し進むかのようにに蠢《うごめ》き、脈動している。

だが、サジークの巨躯《きょく》はぴくりとも動かない。もしその異物の管を辿《たど》っていったなら、サジークの奥、数メートルのところに、大きな革布《かわぬの》のようなものがバサバサとはためいているのが見えただろう。

だが、その光景にはどうにも違和感《いわかん》があったはずだ。ここは空気も淀《よど》んだ地の底であり、溜まった異臭《いしゅう》でも分かる通り、どこからも隙間風《すきまかぜ》一つ、吹《ふ》きこんでいないからだ。にも拘《かか》わらず、その布切れは風に煽《あお》られたように、いや、生き物のように蠢いている。

よく見れば、その革布は壁《かべ》や床《ゆか》に接しているわけではない。宙に浮いている――ようにも見えた。さらに目を凝《こ》らせば、革布の中心部は、まるでその下に何かが隠れているように、盛り上がっているのが分かっただろう。

実際、その下には何かがいる。それは疑いない異形の魔物である。

姿が浮いているように見えるのは、布下に細い身体があるからだ。頭の上部からぼろぼろの革布をすっぽりかぶり、その下からは、骨と皮だけに痩《や》せこけた、病人のような体躯《たいく》が吊《つ》り下《さ》がっていた。

だが、節くれだった関節や鋭《するど》い爪《づめ》、曲がった脚《あし》の付き方などはやはり化物のそれで、まさに異形という他はない。

どこか人間っぽく、かといってまったく人間そのものでもない、という中途半端《ちゅうとはんぱ》な外見は、見る者に生理的な嫌悪感《けんおかん》を与えるとともに、怖気《おぞけ》を震《ふる》わせるには十分だった。

そもそも姿勢すら、一見して首を吊った人間という不吉《ふきつ》なイメージを思わせるものだが、実際のところ、魔物とはいえ生きた存在というには、それはあまりにも死骸《しがい》然としていた。

いかにも仄暗い印象と特徴的《とくちょうてき》にうねる不気味な管を見れば、これこそが仲間すらも洗脳して駒《こま》とする卑劣《ひれつ》な魔物、不気味な傀儡師《くぐつし》たる【オグマ】であることは、明白であった。

乾《かわ》いた革布の下から伸《の》び、サジークの腕に差し込まれているその管が、再び蠢いた。まるで身体をくねらせる蛇《へび》のように、手首から入ったそれらがちょうど、肘下《ひじした》あたりまでの侵入に至った直後。

目を閉じたままのサジークの太い眉《まゆ》が、ぴくりと動いた。

たちまち、血管が浮《う》き上《あ》がるほど両腕に力が込められて、忌まわしい拘束《こうそく》が解かれる。

ぐい、と不気味な管を掴《つか》んだサジークは、一気にそれを、腕から引き抜《ぬ》いた。

(んあ?　くそっ寝《ね》てた)

やがて、無言でゆっくりと頭を持ち上げたサジークの目には、怒《いか》りとともに獰猛《どうもう》な光が宿っている。

仲間と切《き》り離《はな》された地下の坑道で、ついに討伐目標であるオグマと遭遇《そうぐう》したサジークは、ふとした油断から闇魔法《やみまほう》の奇襲《きしゅう》を受け、触手《しょくしゅ》に捕捉されてしまった。

昏倒《こんとう》させられたところに麻酔液を流し込まれ、まさにあわや、というところで、彼《かれ》の意識は戻ったのである。

精神支配を逃《のが》れるきっかけを作ったのは、地上でアルスの放った信号弾……その魔力の波長は地の底にも届き、サジークを覚醒《かくせい》させた。それはまさに僥倖《ぎょうこう》と呼べるタイミングだった。もっとも彼自身は少し寝ていた程度にしか思っていないのだが。

アルスの予想した通り、オグマ自身には、さほどの戦闘力《せんとうりょく》はないようだった。だからこそ、こんなところに隠《かく》れ潜むしかなかったのだろう。

しかも覚醒し、【フォース】を発動したサジークにとっては、もはや赤子以下。

一瞬《いっしゅん》でその懐《ふところ》に入り込んだ彼は、骨の怪物《かいぶつ》じみた身体へと、まずは強烈《きょうれつ》な蹴《け》りを見舞《みま》う。あまりの衝撃《しょうげき》に身体を折り曲げたオグマは、そのまま腹部を弾《はじ》けさせられ、内部の骨までも砕《くだ》かれる。

壁まで相手を吹き飛《と》ばすと、サジークは掴んでいた管へと、怒りのままに荒れ狂う雷気《らいき》を流し込む。

右と左、それぞれの腕を拘束していた二本の管から一気にほとばしったそれは、オグマの本体で合流した途端《とたん》、激しいスパークとなって弾けた。あまりの熱と光に坑道内の影が消え去り、あたりは一瞬、小さな太陽に照らされたように、明るくなる。

全身が焼《や》け焦《こ》げ、動かなくなったオグマを前に、ふぅ、と息をつくサジーク。異物によって、腕に入り込まれている状態は、さすがに豪胆《ごうたん》な彼にとっても、非常に気持ちの悪いものだったようだ。

残った管を千切り取ると、そのまま地面へと叩《たた》きつけ、足で踏み潰す。それからしばし、本体から切り離されたそれらが、塵《ちり》へと還《かえ》るのを見届ける。

「畜生《ちくしょう》、油断した……」

忌々《いまいま》しそうに言い放つや、サジークはやれやれとばかり頭を掻《か》いた。

それから、まるで凝りをほぐすように首裏を揉《も》み始める。

管から麻酔液を流し込まれている間、頭の中がぼうっとしていたせいで、妙に眠気《ねむけ》が強いようだ。サジークはぐいぐいと目を擦《こす》ったが、急に舌打ちを一つ。

「イテッ、目にゴミ入った」

再び目を擦りながらも、サジークは油断なく魔物を見回す。

そしてまだ息があることを確認すると、つかつかとその黒焦《くろこ》げの姿へと歩み寄る。

次いで、彼が両手に収束させた魔力が雷系統のそれに置《お》き換わり、凄《すさ》まじい放電を巻き起こした。

それはまさに一瞬のことで、魔物には逃《に》げる隙《すき》も、僅かな時間さえも与えられなかった。

「こそこそしてないで堂々と戦《や》り合おう。人間擬《もど》きのわりには手こずらせてくれたぜ。さあ、償《つぐな》いの時間だ……どこまで耐えられるかね」

雷を放ったままのサジークの両手が乾いた革布を掴み、ぐい、と力が込められる。次の瞬間《しゅんかん》、それを力任せに引き千切ると、サジークの手が、老人のように細い魔物の首を鷲掴《わしづか》みにする。

そこから、魔物の全身を荒れ狂う雷が駆け巡《めぐ》る。

オグマは白煙《はくえん》を全身から立ち昇らせつつ、連続する感電の衝撃で、身体をがくがくと震わせた。とどめとばかり、サジークの斧《おの》のような手刀が振《ふ》り下《お》ろされ、魔物の脳天を打《う》ち砕く。

「一発で当たったな」

割れた頭蓋《ずがい》の中心に、毒々しい色をした、脳味噌《のうみそ》のような魔核《まかく》があった。

唇《くちびる》をニヤリと曲げたサジークは、一気に全魔力を電撃《でんげき》へと変換《へんかん》。真っ白に輝《かがや》き始めたガントレットから、全《すべ》てのエネルギーがオグマへと流れ込む。

その恐るべき電荷《でんか》に耐えられるはずもなく、一瞬で魔核が砕け散《ち》った。

魔核ごと全てを焼き尽《つ》くされたオグマは、断末魔《だんまつま》の悲鳴すら上げることなく、ぼろぼろと身体を灰塵化《かいじんか》させ、崩《くず》れ去《さ》っていく。

サジークは最後に残った首を離し、それが地面に落ちて、塵に還っていくのを見届けた。

「うしっ」と一つ気勢を上げたところで。

「おい、サジーク！」「生きてるか？」

やや今更、といった感もあるが、聞き慣れた仲間達数人の声。手分けして魔物を駆除《くじょ》しつつ複雑な坑道をたどり、何人かがようやくここまで辿りついたのだろう。

「おう！」

ピンピンしているとばかり、地下に大声を響《ひび》かせたサジークに、仲間達がばらばらと駆け寄《よ》ってくる。

「アルス様の魔力波信号弾だ、感じたか？　早急《さっきゅう》にケリを付けないと……」

言いかけた仲間を制して、顎《あご》を撫《な》でながらサジークは笑い。

「いや、遅《おそ》かったな。今ちょうど、カタがついたところだぜ。地上に出たらすぐ、オグマ討伐完了《とうばつかんりょう》の信号弾を打ち上げといてくれ」

ちょっとしたアクシデントはあったが、オグマ討伐にかかった時間は実際のところ、それほど長くはない。一人で倒《たお》し切れたことを考えれば、さらに上出来だろう。

ただオグマも、さすがにAレートではある。接近戦には脆《もろ》いものの、搦《から》め手《て》でサジークは思わぬ反撃《はんげき》を受けた。

「隊長、ヘコみそうだなぁ」

周囲に漂《ただよ》う異臭の原因。食べ残しと言えば良いだろうか、この場の片隅《かたすみ》に、それらは無残に放置されていた。

亡骸《なきがら》はいずれも、おそらく先遣隊のメンバー達のものであろう、と悟った時。

サジークの心は、燃え立つ怒りで満《み》ち溢《あふ》れた。

そして何より、煮《に》えたぎった油にさらなる火をつけたのは……あの革布、である。オグマがかぶっていたそれ。ほどよく乾いた人間の皮膚には、多少だが電気に対する絶縁《ぜつえん》効果があるのだ。

雷系統にせめてもの抵抗《ていこう》を試みた魔物の猿知恵《さるぢえ》か、それとも光を忌み嫌う性質ゆえか。

いずれにせよ、
仲間達と合流したサジークは、地上を目指して踵《きびす》を返した。だらりと垂れた腕からは、忌々しい魔物の管を引っこ抜いたがために、血が絶えず流れ続けていた。

「参ったな、ルイスにお願いしなきゃならんか。あいつ、すぐ隊長にチクるからな……」

先遣隊の運命について、レティに最悪の状況《じょうきょう》報告をするという貧乏《びんぼう》くじまで引かされたとあっては、どうにも気が重い。うんざりした顔で、ぶつぶつとサジークは溢《こぼ》す。

だが、彼は一瞬たりとも休むつもりなどない。この後は、手当てが終わり次第《しだい》、すぐに他の部隊へと合流するつもりだ。

だからこそ、いずれ顔を合わせるルイスの機嫌《きげん》を損《そこ》ねないように。

せめて今のうちにと、彼は暗い坑道をトボトボ歩きながら、さんざん愚痴《ぐち》をこぼすのだった。

◇　◇　◇

ロキとムジェルは今、持てる限界の脚力《きゃくりょく》で山腹を駆け上《のぼ》っている。視線は一心に前方に注がれ、何かに急《せ》かされるようにその足を酷使《こくし》していた。

焦り以上に、今は責任感の方が二人の背中を押《お》し上げていた。

「なんつう速度だ。追いつけん」

ムジェルは難しい顔で、焦る気持ちを表に出した。二桁魔法《ふたけたまほう》師のムジェルがその気になれば、瞬間的《しゅんかんてき》な速度なら、通常時のサジークを超《こ》えて、レティにすら肩《かた》を並べられる自負があった。

動体視力の強化も同様。【フォース】を纏《まと》ったサジークにさえも、反応することができる。

今も、飛ぶような足取りで先を行くレフキスに対し、何度か魔法による足止めを試みていたが、まるで当たる気配がない。それどころか、二発目以降は、レフキスにそれを事前察知されているかのように、回避《かいひ》されてしまう始末。

レフキスは神出鬼没《しんしゅつきぼつ》の魔物だ。闇雲《やみくも》に探していても、そうそう見つけることはできない。だがアルスの作戦通り、二人は周辺を監視《かんし》することによって無事、アルスらに放たれた、一発目の【デミス・ブリューナク】の余波を捉えることができた。それによりレフキスの居場所を把握《はあく》し、追跡《ついせき》に入ったところまでは良かったのだが。

「ムジェルさん、ここは私が」

ロキはあくまでサポート要員のはずだったが、この提案に、ムジェルは渋々《しぶしぶ》頷《うなず》くしかなかった。レフキスの足を止めるため、手段を選んではいられない状況だ。

「お願いします」

その言葉が届くか届かないかの間に、ロキの姿が稲妻《いなずま》の迸《ほとばし》りだけを残して掻《か》き消える。寒風を切り裂《さ》くようなスピードで、魔物との距離《きょり》をみるみる詰めていく。

サジークの【フォース】にも見劣《みおと》りしない瞬発力《しゅんぱつりょく》は、ムジェルを驚《おどろ》かせた。だがそれは、自らへの負荷《ふか》を無視しているからこそ、という側面もある。

成長期のロキが筋肉を酷使する【フォース】を乱発することは、結局、肉体へのダメージとなって跳《は》ね返《かえ》ってくるのだ。それでも、他に手はないのが事実。

サジークから、【フォース】を習得するまでの血を吐《は》くような過程を聞いているだけに、ムジェルは複雑な気分だった。最悪、大人でも【フォース】をむやみに使い続ければ、脚《きゃく》部《ぶ》に日常生活に支障をきたすほど深刻なダメージを負ってしまうことがあるくらいなのだ。

一方。峰《みね》から峰へ、軽々と跳ねるように走っていたレフキスは、ロキ達《たち》の目の前で、その長い角に膨大《ぼうだい》な魔力を集め始めた。相変わらず足は止めず移動しながらであるが、その目はカメラがシャッターを絞《しぼ》るかのように細められ、遥《はる》かな遠方を望んでいるかのよう。特徴的な一本角の周りに雷気が収束しつつあるのを、ロキの瞳《ひとみ》ははっきりと捉えた。

その神秘的な光は、まぎれもなく【デミス・ブリューナク】の予兆だ。

（っ⁉　連続使用はできないはずなのに！）

焦りとともにそう思った瞬間、ロキはレフキスがこれほど広範囲《こうはんい》を移動して回る、その理由に気づいた。単に、追手に標的を絞り込ませないというだけではない。【デミス・ブリューナク】は、大気中の魔力《まりょく》を根こそぎ集めて放つ強力な魔法《まほう》だ。そのため周囲一帯の魔力はしばらくほぼゼロになってしまうのだが、レフキスは、エリアごと細かい移動を繰《く》り返すことで、いわば吸い残しの新たな大気を補給し、そこから魔力を収集して回っていたのだ。

もちろん二発目以降は、最大規模まで魔力を充填《じゅうてん》した初弾に比べると威力《いりょく》はそれなりに下がるのだろうが、それでも脅威《きょうい》であることに変わりはない。

(二発目を撃たせるわけには)

さらにもう一段階速度を上げ、ロキはナイフ型AWRを抜き、無駄《むだ》のない動作で放った。電撃を纏ったナイフは、それだけで各段の貫通力《かんつうりょく》を持つ。

空中を矢のように飛翔《ひしょう》するナイフは、【デミス・ブリューナク】の発射直前で、魔物の頭部を横から貫く《つらぬ》……かに見えた。

しかしナイフは全て、魔物に触《ふ》れる直前、その角から生まれた放電に似た障壁《しょうへき》によって弾かれてしまう。

まさに、攻防《こうぼう》一体。魔法の構成段階そのものに、雷系統の障壁魔法《まほう》の要素が含《ふく》まれているのだろう。狙撃手《そげきしゅ》を守る盾《たて》のように、発射準備中、レフキスは任意にそれを放つことができるようだ。だとすれば、初位級やそれに比類する魔力量の魔法では、あの恐るべき一《いち》撃《げき》が放たれるのを、妨害《ぼうがい》することすらできない。

「くっ!!」

ロキの内心の焦りをあざ笑うかのように、レフキスの瞳が最大限まで絞られた直後、二発目となる【デミス・ブリューナク】が、宙を貫く一筋の光を描《えが》いた。その一瞬のみ、四つの足が踏ん張《ば》るようにして突っ張《ぱ》られたことにより、魔物の動きが止まる。

ロキはさらに【フォース】を使用、軋《きし》む足の筋肉に鞭《むち》打って限界まで加速し、レフキスに肉薄《にくはく》する。大きく目を見開き、今度こそ確実に仕留める覚悟《かくご》で、新たに引き抜いたナイフでレフキスを指し、勢いよく振り下ろす。

「【大轟雷《ライトニング・レイ》】」

まるで指揮棒であるかのようにナイフが指し示した標的へと、上空から巨大な落雷《らくらい》が迸る。それは狙《ねら》い過《あやま》たず、雷気の衝撃となってレフキスを直撃《ちょくげき》した。

耳を劈《つんざ》く轟音《ごうおん》が、周囲に鳴《な》り響く。

【フォース】による急加速の反動により、踏ん張る足で派手に雪をまき散らしながら停止すると、ロキは油断なく、すぐさま体勢を立て直した。

あれほどの雷に打たれてもなおレフキスは、頽《くずお》れることなく立っている。

ロキの目が丸く見開かれ、驚きに揺《ゆ》れる。

雷撃《らいげき》のエネルギーが、全て滑っ
ている。防水加工の傘《かさ》が雨を弾くかのように、それは魔物の身体に浸透《しんとう》することなく、その表面で受け流されてしまっていた。雷撃は今や、空中を走《はし》り抜ける稲妻ではなく細かな雷の網《あみ》のように変形させられ、それが幾重《いくえ》にも重なって、魔物の体表に留まっている状態だった。

次の瞬間、レフキスは長い鬣《たてがみ》ごと、その身体を振った。まるで、犬が水気を振り飛ばすかのような動作だ。

その長い毛を伝うようにして、網のように纏わりついていた電撃は全てレフキスの身体から弾かれ、周囲へと発散されてしまった。

（アルス様はここまで読まれていたのですか……）

雷系統への耐性《たいせい》がレフキスにあるのは、もはや確実だった。あの魔物の身体と体毛は、AWRと同等かそれ以上の性能を持つ、一種の魔力良導体だ。アルスは【ブリューナク】、ひいては【デミス・ブリューナク】もまた雷系統を含むと言っていたのだから、確実ではないにせよ、レフキスが雷系統に特化した魔物である可能性をも、予想できていたのだろう。

そもそもレフキスの超長距離魔法《ちょうちょうきょりまほう》を回避するにも本体を追跡するにも、スピードだけなら、【フォース】を使ったサジークのほうが、ムジェルよりは上である。だがアルスの判断で、雷系統のサジークはこのレフキスではなくオグマ討伐に当てられた。それは、こんな事態をも見越《みこ》してのことだったのか。

さらにロキは、自分がムジェルのサポートに回されたその理由が、単なる実力不足だけでないことを悟《さと》った。

結果的に、アルスが振った采配《さいはい》は、人員を的確に配置できていたことになる。

（【ライトニング・レイ】でも効かないとなる、と……私のやれることは）

ロキは心中でそう呟《つぶや》くと、思わず唇を噛んだ。このままムジェルのサポートだけにとどまってしまうのは、いかにも無念だった。

その直後、魔物の頭上に、閃光《せんこう》がひらめく。空を切り裂くようにして振り下ろされたのは、躍《おど》りかかったムジェルのトンファー型ＡＷＲであった。

今の戦闘《せんとう》で何が起きたのか見て取ったムジェルは、レフキス攻略《こうりやく》の糸口として、直接的な物理攻撃《こうげき》を試みたのだ。

もちろん、武器の表面を魔力で覆《おお》い、鍛《きた》え抜かれた戦闘技術で倍加させた破壊力《はかいりょく》は織り込み済み。日頃《ひごろ》の鍛錬《たんれん》の賜物《たまもの》というべき「迅速《じんそく》かつ最大」を、魔物の頭部へと叩き込まんとする。

魔物の油断とも言える意識の隙を捉えた、ロキから見れば、そう思える攻撃であった。

思わず、勝機が見えた、と感じた。

渾身《こんしん》の【ライトニング・レイ】を受け流されたのは予想外だったが、天敵などいないという、上位種特有の絶対的な余裕《よゆう》が仇《あだ》となった。それが油断に通じ、ムジェルに付け込まれる隙を生み出したのだ。

何より【フォース】を最大限に使ってではあるが、初めて、この魔物に肉薄できた。後はムジェルと連携《れんけい》し、雷耐性《かみなりたいせい》への何かしらの対策さえ講じられればいい。

そう、きっと三発目の【デミス・ブリューナク】をむざむざ撃たれ、アルスの手を煩《わずら》わせることはもうない。

だが、そんなロキの甘《あま》い幻想《げんそう》を、魔物はいとも容易《たやす》く打ち破った。

ムジェルの攻撃がレフキスの首裏へと、あと数ミリ、ほぼ触れたのと同じと言えるところまで迫《せま》った瞬間……驚くべきことに、標的の姿が目の前でかき消える。魔物をついに捉えるはずのその一撃は、虚《むな》しく空を打ったのみ。

「「――!?」」

二人の驚愕《きょうがく》は、攻撃が避《よ》けられた事実よりも、その「方法」に対してのもの。

魔物がいた場所には、電光の余波が、薄《うす》く細く漂っていた。

「【フォース】!!」

思わずムジェルの口をついて出た名前。その魔法は、つい今し方、ロキが使用したものだ。

「……！　ムジェルさん、背後です！」

ロキの鋭い声に、ムジェルはハッとして振り返った。気づくと彼のすぐ目の前に、レフキスの鋭利《えいり》な角の先端《せんたん》が、首を目がけて迫っていた。

「クッ！」

ムジェルは身体を傾《かたむ》けて、それを間一髪回避《かんいっぱつかいひ》。危《あや》うく首筋を掠《かす》めた一撃に、血が空中に跳ねる。

同時、反射的にトンファーに魔力を込め、体勢を崩しつつも角を真下からカチ上げる。へし折るつもりで力を込めたが、その一撃をもう少しのところでひらりと躱《かわ》して、レフキスはまたも【フォース】を駆使《くし》し、攻撃の射程外へと駆け抜けていく。

（ちっ……）

ムジェルは、そっと首に手をやった。ひりつく傷からは血が流れ出ているが、脈までは切られずに済んだようだった。

ただ【デミス・ブリューナク】を放った直後だからか、魔物の角には蒸気を発するほどの熱が宿っており、ムジェルの皮膚《ひふ》に、火傷《やけど》めいた痕《あと》も残している。

傷を確かめた彼の視線が、ふと、トンファーの先に落ちた。

ムジェルが目を見開いたのは、そこにレフキス攻略の新たな糸口を見出《みいだ》したから、ではない。

「髪……」

口をついて出たその言葉は、さっき魔物を掠めたトンファーの先に、一筋絡《から》まった毛に反応してのもの。それは鬣の一部だったが、見た目は、魔物自身の太い体毛とは全く違《ちが》っていたからだ。細く艶《つや》のある特徴的な色の毛髪《もうはつ》。ムジェルの注意深い観察眼は、それを一目で〝人毛〟だと見分ける。

覚悟はしていたつもりだったが、その髪色を、彼はよく知っていた……それは先遣隊《せんけんたい》にいた、気心知れた女性探知魔法師と同じもの。そして、彼女《かのじょ》は珍《めずら》しい光系統の使い手でもあった。

本来魔物が持ちえないその系統の力を、なぜレフキスが持っていたのか。つまるところその答えは、残酷《ざんこく》なまでにアルスの予想通りだったということ。

腹の底から湧《わ》き上がりかけた激情を、ムジェルは細く冷気を吸い込んで鎮《しず》める。

いずれにしても、この魔物《まもの》を討伐することに変わりはない。

だが、怒りに任せて徹底的《てっていてき》に叩き潰すなど、非効率的なやり方は、彼の流儀《りゅうぎ》ではない。

冷徹《れいてつ》に、あくまで最適化された最大効率を狙って、それを行うのみ。

ムジェルは静かな決意とともに、漏《も》れ出る魔力を意識してトンファーに収束させた。

だが、何はともあれレフキスが【フォース】を扱えるとなれば状況は一気に悪化する。

人間が【フォース】を使えるのは限られた時間だけで、肉体に掛《か》かる負荷そのものがなくなることはありえない。強制的な肉体強化など反動が無い方がおかしいのだから。

一方で魔物の身体は、進化の過程において、より魔法に適したものに作《つく》り替《か》えられているはずだ。肉体そのものを強化する類《たぐい》の魔法に関していえば、魔法師の比でないほど効率が良い。

（そうなれば、あとは時間との勝負）

Aレート以上ともなれば、魔物の肉体はほぼ、扱う魔法や系統に合わせ最適化されているだろう。ロキとの戦闘で見せた雷系統への耐性でも、そのことは明らか。それを察した上でなお、体力面で魔物と張り合おうとするほど、ムジェルは愚《おろ》かではない。

一方、ムジェルをカバーするように傍《かたわ》らに立つロキも、すでにおおよその状況整理を終えていた。結論は彼と同じだ。だが、一つ差異があるとすれば、ロキはすでに「自分にしかできないこと」を見つけていた、ということぐらいだろうか。

ロキがすぐさま動き出したのを見て、一瞬はっとしたようだったムジェルは、すぐにその意を察したようだった。

そう、レフキスの討伐は、ロキがサポートに留まっていては達成できないということ。

ロキもそれなりに長期間、外界で生死を分ける瞬間を潜《くぐ》り抜けてきた魔法師だ。レティ隊独自の連携や阿吽《あうん》の呼吸までは分からずとも、何をすれば魔物を討伐できるか、現在の最善を模索《もさく》できるだけの知恵《ちえ》と経験は備えている。

ロキはまず、【フォース】を駆使して、魔物へと仕掛《しか》ける。ただでさえ俊敏《しゅんびん》な上に【フォース】まで扱《あつか》えるレフキスに対して、速度面では、ロキでしか対抗《たいこう》することはできないからだ。腰《こし》から引《ひ》き抜いたナイフは、両手の指に挟《はさ》み、小柄《こがら》な銀髪《ぎんぱつ》の少女は、己《おのれ》の得意魔法が通用しない、この難敵に挑《いど》みかかった。

アルスのためならば生命さえも擲《なげう》つ覚悟は、最初からある。だがそれとは別に、ロキの脳裏《のうり》には今、レティの姿がよぎっていた。

『結局〝ここ〟は、正直っすからね』

余裕と誇《ほこ》りに満ちた〝戦乙女《いくさおとめ》〟、アルファの双肩《そうけん》たるシングル魔法師の一人としての顔。

『……本当に。本当に、迷惑《めいわく》な話っすよ』

散った仲間達への想《おも》いを抱《かか》え、幾多《いくた》の哀《かな》しみを乗《の》り越《こ》えてきた果てにある、まるで泣き笑いのような、あの独特かつ複雑な表情。

（私は……あの人が、好きだ）

ロキにとって何より大切なアルスのことを理解し、一人の人間として正面から受け止め、気さくな関係を保てる大人の女性。

【学園祭】では成り行き上、彼女と姉妹《しまい》ごっこめいた茶番をも繰り広《ひろ》げたことが、ふと頭の隅《すみ》によぎる。

自分には親も姉妹もいないが、もし、彼女が本当に姉だったならば……そう、ずっと良い関係が続く気がする。

いくつになっても仲の良い二人姉妹。そんな妄想《もうそう》めいたイメージの断片《だんぺん》すら、頭に思《おも》い浮かんで。

（戻《もど》ったら、お礼を言わなければ……）

フッとロキの口元が微笑《びしょう》を形作った。

なるほど、先にレティに言われた通り。本当に、心は正直だ。〝魂《たましい》からの衝動《しょうどう》〟は、誰《だれ》にも止めることができない。

自分に足りない物を、教わったような気もする。言葉にはできないが、アルスとはまた異なる魔法師としての在り方。そしてきっと、アルス自身もまたレティにそれを見出し、認めているのだと、ロキは今更のように確信した。

ロキの生きる存在意義としての形とはまた別に、アルスとて、魔法師の在り方としては、完全無比にして唯一《ゆいいつ》たる存在ではない。

その「発見」は、ロキの心を、新鮮《しんせん》な驚きで満たした。

それこそ目から鱗《うろこ》が落ちた、とでもいった心境。きっとレティのような在り方もまた、魔法師という長い長い道のりの先にある、理想形の一つなのだ。

ならば自分が、アルスの傍《そば》にいるための形もまた、一つではないのかもしれない……それな疑問が心に浮かぶと同時。次の瞬間にはもう、それは揺るがない確信へと形を変えていた。

そう、自分もまた、アルスにないものを、身につけてもいい……寧《むし》ろ、そうあるべきなのだ。彼を支え、これからも傍らにずっと居続けるためには。

ロキはそんな答えを、今確かに受け取った、と思った。

思わず、全身に力がみなぎる。

たちまち踏《ふ》み込みの速度がトップギアに入り、ロキの姿はただ雷の軌跡《きせき》と舞《ま》い散る雪だけを残し、見えなくなった。同時、レフキスの姿もまた、掻き消えてしまう。

静けさの中に、時折電撃の音だけが、長く尾《お》を引く残響《ざんきょう》となって周囲に響く。そして、現れては消えるナイフの先端が生む閃光が、あちらこちらと空中に乱舞《らんぶ》する。

時が経過するにつれ、雪の上に化粧《けしょう》が施《ほどこ》されていった。飛び散った血が雪の上に染《し》みを落とし、それがどんどん増えていくのだ。

魔物のものではない、人間の赤い血。

ロキは、押されていた。

人間が認識《にんしき》できる限界を超えた、超速《ちょうそく》の世界でレフキスに挑みつつ、ロキはそれでも、自分がこの魔物に、未《いま》だ一歩及《およ》ばないことを認識させられていた。

まさに、肉を切らせて骨を断つ覚悟で臨《のぞ》んだにもかかわらず、だ。

ロキは常に、一撃一撃《いちげきいちげき》を薄皮《うすかわ》一枚というところでぎりぎり躱し、電撃を纏わせたナイフを放つことに集中している。それでもまだ、魔物の角がその頬《ほお》や腕を掠め、鮮血《せんけつ》を散らすのだが、レフキスの方は、逆に全てを回避することに成功している。覚えているだけでも、すでに八本のナイフが無駄《むだ》に叩き落《お》されていた。

己の限界、正真正銘《しょうしんしょうめい》、そのぎりぎりの境界線上に足を掛けての戦闘。

一方のムジェルは、ロキの戦いぶりに秘《ひ》められた覚悟を、正確に感じ取っていた。

もちろん、その意図も。連携を成功させるには、タイミングを見極《みきわ》める必要がある。

そもそも、彼でなければその戦いの内容を把握することすら叶《かな》わなかっただろう。並の魔法師程度では、高速で衝突《しょうとつ》する電光をなんとか捉《とら》えることができる程度のはずだ。

ムジェルはまず耳を使った。雪上に響く音と空気の流れを読み取り、それを元に、互《たが》いの攻守《こうしゅ》を判別しつつ……徐々《じょじょ》に目を慣らしていく。

それが成った時点で、ムジェルはロキにハンドサインで合図を送る。

苦しい戦いの中、ちらりとそれを確認《かくにん》したロキは、苦労しつつもなんとか悟られないよう、レフキスと攻防を繰り返しながら、少しずつ戦いの場を移していく。

やがて、ムジェルの計っていた間合いの境界をついにレフキスが掠め、そこに飛び込んだ。

刹那《せつな》、ムジェルはカッと目を見開き、爆発的《ばくはつてき》な初速でレフキスに肉薄。一瞬だけではあるが、超速の世界に足を踏み入《い》れる。

ムジェルのトンファーがレフキスの頭部、そして同時に足へと走る。両手のトンファーが、同時に二箇所《かしょ》を攻め立《た》てたのだ。レフキスの魔核があるだろう頭部を第一優先に、その次に速力を奪《うば》うため、足を狙って。

どちらか一方にでも一撃を加えられれば上出来だ。その瞬間、ロキも一気に反撃に移り、勝負に決着をつけられるはず。

だが……。

その踏み込みは、ほんの半歩、足りなかった。

とはいえ、狙いすました好機を、ムジェルがむざむざ外すはずはない。

その答えは、彼が咄嗟《とっさ》に顔の前に構え直したトンファーの表面にあった。

特別製のトンファーの一点が強く熱されたように、周囲の空気を焼いて蒸気を発している。

（驚いた。あのタイミングで反撃されるとは）

驚愕の色が、ムジェルの顔に浮かぶ。己の持てる技術を駆使し、全力で放った一撃のはずだった。今振り返っても、回避されたのはおろか、反撃まで受けたのが嘘《うそ》のようだった。反射的に踏み込みを浅くし、防御《ぼうぎょ》に回らなければ、熱を発するその角に、まっすぐ喉元《のどもと》を貫かれていただろう。

ロキと激しい戦闘を行いつつも、レフキスは全く油断せず、ムジェルの動きにも警戒《けいかい》を怠《おこた》っていなかったのだ。逆にいえば、ロキ一人では、敵の注意を全て引きつけることすら不可能だ、ということでもある。

ムジェルの驚愕同様、ロキもさすがに予想外だったのだろう。一瞬動きが鈍《にぶ》り、辛《かろ》うじて保たれていた均衡《きんこう》が崩れた。

レフキスの突《つ》きを避《よ》けようと姿勢を崩した瞬間、狙いすましたような体当たりを受けて、ロキの小柄な身体が、軽々と吹き飛ばされたのだ。

咄嗟に腕《うで》でガードしたためダメージ自体はさほどでもなく、受け身すらとらず、体勢を立て直したロキだったが。

距離を取ったその隙に、魔物が先手を打った。

その角が、唐突《とうとつ》に魔力を集めて輝きを増したのだ。

はっとしたロキとムジェルの脳裏を、【デミス・ブリューナク】のイメージがよぎった。

だが、今回のものは、明らかに構成から発現までの時間が短い。

その理由を二人が悟った瞬間、角から一条《いちじょう》の光が放たれる。

それは、これまでのような遠距離《えんきょり》攻撃《こうげき》ではない。ごくシンプルに、手近な敵であるロキを狙ったものだ。

距離でいえば、僅《わず》か十数メートルという至近距離。遠距離かつ大出力で放つのでなければ、そもそも魔力の完全な充填すらも不要なのだ、とロキが悟った時には、すでに遅い。

普通《ふつう》に避けたのでは到底《とうてい》間に合わなかった。背中を湿《しめ》らせる汗《あせ》を妙《みょう》に冷たく感じながら、ロキは……己の中の限界を超えた。

後のことなど考えず【フォース】を目いっぱい使い、その場を全力で脱《だっ》することだけに集中する。

やがて放たれた【デミス・ブリューナク】は、ぎりぎりでそんなロキを掠めて、背後の山へと消えていった。いわば簡易版だけあり、さすがに追尾《ついび》性能までは持っていないようだ。

あっという間に数メートルも移動したロキは、転がり込むように雪上に倒れ、大きく息を吸った。やけに澄《す》んだ空気を吸い込んでから、ようやく辛《から》くも回避できた、という実感が湧いてきた。

だが、レフキスはそんな彼女の胸中など、まったく頓着《とんちゃく》せず、追撃《ついげき》に移ってくる。寧ろ要注意と感じ取ったのか、すぐさま、ロキへの攻撃が再開された。倒れ込んだ頭部をめがけ、振り上げられた前脚。それを間一髪《かんいっぱつ》で【フォース】を駆使して避けるが、否応《いやおう》なく命がけの攻防に引き込まれる。限界を考えずに使った【フォース】の反動は予想以上に大きく、足を上手《うま》く動かすことができない。

ロキは再び躍りかかってきたレフキスの突撃《とつげき》を、ギリギリで回避する。長い毛が微《かす》かに胸の辺りに触れていった。

そのすれ違いざま、ロキは通常の倍近い魔力をナイフに流し、強力な電撃を纏わせて投《とう》擲《てき》した。

だがその直後、ロキの胸の辺りから血がドッと溢れ出《で》た。

「えっ⁉」

いつの間にか負った傷に気づき、ロキ自身が驚愕する。

胸の辺りは、僅かにレフキスの毛が触れただけだ。なのに、まるで毛の一本一本が、鋭利な刃物《はもの》であったかのような裂傷《れつしょう》を負っていた。しかも、鋭《するど》すぎて切られたことにすら、すぐには気づけない。

【フォース】の反動からも未だ立ち直れず、胸を手で押さえ、ロキは思わず膝《ひざ》を突く。投擲した渾身のナイフも、すでに魔物の角によって弾き落とされている。それは、角にごく浅い傷をつけただけだ。

（!!）

レフキスが突撃体勢を整えたのを見て、ロキはすぐさま、魔法を構築する。頭で考えるよりも先に身体が動いたのだ。この敵を前に己の足が止まっている状況、それが指すものは、確実な死なのだから。

ロキは即座《そくざ》に指に挟んだナイフを四本、魔物に向けて放った。

しかしそれらは、レフキスに当たるはずもない軌道《きどう》を描いて、バラバラに飛んでいく。

次の瞬間、レフキスはあらぬ方向に飛んだナイフを見もせずに、そのままロキとの間合いを突っ切《き》ってくる。

だが、それこそがロキが狙ったことだった。

「【捕縛の雷綱《ライトニング・バインド》】」

見当違《けんとうちが》いの場所を飛んでいたはずのナイフの柄尻《えじり》から一斉《いっせい》に稲妻が迸ると、一瞬《いっしゅん》で四本のナイフが電撃で繋《つな》がり、電撃の網を構築して、レフキスを待ち受ける。

本来、網の起点となる複数のナイフをそのまま壁《かべ》などに突き刺《さ》し、網ごと縫《ぬ》い付《つ》けることで、相手を捕縛する魔法。

この状況下では、縫い付ける対象がないため、さほどの効果はない。どちらかというと、レフキスを条件反射的に立ち止まらせるための、時間稼《かせ》ぎに近い。

だがレフキスは、その魔法の作用を見切っているのか雷《かみなり》に対する耐性ゆえか、逃げる気配は見せない。寧ろ長い角を伸《の》ばし、魔法の網を突き破《やぶ》らんとするかのように待ち構えた。

しかし【ライトニング・バインド】が脆くも切り裂かれたように見えた直後。

弾《はじ》けた網が一斉にレフキスに絡まり、一瞬だけ動きが鈍った。さすがにこれは、予想外だったのか、レフキスの動きに隙が生まれる。

鬱陶《うっとう》しそうに頭《かぶり》を振ったレフキスは、迂闊《うかつ》にもこの一瞬だけ忘れていた――この場にいる、もう一人の魔法師の存在を。

その絶妙《ぜつみょう》のタイミング、まさに僥倖《ぎょうこう》と呼べる唯一無二《ゆいいつむに》の機会を、ムジェルはすかさず拾いあげる。常に冷静に獲物《えもの》を観察し隙を捉える、彼《かれ》の本領が如何《いかん》なく発揮された瞬間。

死角から不意に、音もなく現れたムジェルが、力の限り魔物の頭部へとトンファーを叩《たた》きつけた。

今度こそ、避けることが不可能なタイミング。狙い違《たが》わず、ムジェルのトンファーは纏わせた膨大な魔力とともに魔物の急所を打ち、その身体を頭から地面に叩きつけた。

その拍子《ひょうし》に鋭利な毛が掠めたことで腕にいくつも裂傷を負ったが、そんなことを気にせず、ムジェルはさらに追撃を見舞《みま》う。体勢を崩したレフキスの腹へと、くるりと持《も》ち替えたトンファーの先を、突き刺すように振り下ろす。

呻《うめ》くような声を上げたレフキスだったが、致命傷《ちめいしょう》には至っていない。強引《ごういん》にトンファーを撥《は》ねのけると、傷から血を吹《ふ》き出《だ》しながら跳ね起《お》きて、後ずさりをした。

仕留め損なった、と感じたロキだが、ムジェルはあくまで冷静な態度を崩さない。

「ふん、これまで好き放題に走り回ってくれたが……ようやく退がった」

ロキはハッとする。

そう、足を止めた。おののき、退《ひ》いた。初めて、あの身軽なレフキスを押しとどめ、怯《ひる》ませることができたのだ。だが、レフキスの魔《ま》核《かく》を傷つけたわけではなさそうだ。自己治《ち》癒《ゆ》能力の度合いも、まだ明らかではない。

とはいえ、一矢《いっし》報《むく》いたのは事実。

立ち上がったロキは、胸に走った無数の切り傷が戦闘そのものには支障がないことを確認した。こういう時には、特製の軍服に対して、さすがにありがたみも湧いてくる。

「まだ行けます……！」

傷の具合と、【フォース】による身体の状況を鑑《かんが》みて、ロキは精いっぱい、声を張った。

「分かりました。次で仕留めにかかります。見たところ、今のはさすがに効いていますね。十分差を埋《う》められたはず」

ムジェルの言葉は落ち着いていたが、確かな手ごたえを匂《にお》わせる声色《こわいろ》が混じっていた。彼のことだ、油断や慢心《まんしん》ではなく、確信があってのことだろう。

再度、ロキは【フォース】を使う体勢に入った。

気づくと、いつの間にかふくらはぎに血が伝っている。それは手傷によるものではなく、おそらく内部からの出血であろう。足への負担は正直、限界一歩手前まで来ていた。

極度に連発された【フォース】は、一時的な身体能力向上に加え、疲労《ひろう》感覚の麻痺《まひ》にも似た症状をもたらすため、使用者にすら限界を悟らせない。突然《とつぜん》糸が切れたように身体が動かなくなって初めて、使用者が限界に達していたと知ることすらある。

もちろんロキも、7カ国親善魔法大会の時のように、醜態《しゅうたい》をさらすつもりはない。だからか、ロキはことさらに相手を撹乱《かくらん》するような無駄な動作は控《ひか》え、あくまで最短を駆《か》けた。一瞬でレフキスとの距離を詰《つ》め、跳躍《ちょうやく》して真上まで移動すると、手持ちのナイフを全《すべ》て使う勢いで投擲する。

中空から地面に向けて放たれたナイフは、逃《に》げ場《ば》をなくすほどの勢いで降り注ぐ。

だがその直後、レフキスは恐《おそ》るべき瞬発力で雪を巻き上げて、一瞬でその場を脱していた。

あれほどのナイフの雨。それが、回避された。

だが……全てではなかった。

（……！）

ロキの目が微かに揺れる。

角で弾かれたらしいナイフが二本ほど、軌道を逸《そ》れて回転しつつ、宙を舞っていた。

周囲くまなく降り注いだはずの雨の中、その二本の位置が、レフキスの消えた方向を明確に指し示している。

（遅《おそ》くなっている）

ロキは着地と同時に地面を蹴《け》った。そして向かったのは、魔物が逃げた先ではなく、未だ宙を舞っていた二本のナイフが浮《う》かぶ場所。

ロキは一瞬でそこに到達《とうたつ》すると、回転していたナイフの柄を、勢いよく蹴り飛《と》ばす。

弾かれたような勢いで、新たな指向性と運動エネルギーを与《あた》えられたナイフが、再び矢のように飛び出す。

その先にあったレフキスの首が、一瞬、痛みで痙攣《けいれん》したように見えた。ロキのナイフが、首を二箇所貫いたのだ。

その直後、レフキスの纏う空気が変わった。よく観察していないと気づけるかどうかといった微妙《びみょう》な違いだが、身体の重心の傾きが、逃走《とうそう》に向けて舵《かじ》を切ったように変化したのだ。

レフキスは獣種《じゅうしゅ》、というよりも獣特有の気配みたいなものを色濃《いろこ》く残している魔物だ。

そして獣、特に肉食獣の情報を取り込んだ魔物は、そういった野生的な生存本能を時折垣間見《かいまみ》せることがある。弱肉強食の世界において、細胞《さいぼう》レベルの原始的な本能が、死から逃《のが》れる選択《せんたく》を取るのは自然なことなのだ。人間と同列視できる命が、魔物にあるのかどうかは別として。

だが、本能の警告にレフキスが従おうとした時、すでに狩猟者《しゅりょうしゃ》の罠《わな》は閉じていた。

今、レフキスの四足は、見事に泥濘《ぬかるみ》に沈《しず》み込んでいた。ムジェルの魔法、【拘束する底無し沼《リストラクション・マーシュ》】が、レフキスの周囲を粘性《ねんせい》の非常に高い軟泥《なんでい》へと変えていたのだ。

たちまち足首までが沈み込み、徐々にその泥《どろ》が凝固《ぎょうこ》したかと思うと、ついにレフキスは、そこから足を抜《ぬ》くことすらもできなくなる。

ムジェルは一息ついたようにトンファーを下ろし、【リストラクション・マーシュ】に次なる魔力情報のプログラムを書き加える。

途端《とたん》、その泥が急に蠢《うごめ》いた。生命を与えられたかのように、レフキスの足の付け根へと這《は》い上《あ》がり、絡《から》みつく。まるで獲物を逃がすまいとする軟体動物《なんたいどうぶつ》のように、ボコボコと気泡《きほう》を発しつつ、泥がレフキスの身体に覆い被《かぶ》さる。泥が毛に絡みつき、その身体が沼に沈んでいくスピードが、一気に加速した。

牙《きば》を剥《む》き出しにしたレフキスは、荒々《あらあら》しく息を吐き出すが、もはや何もできることはないはずだ。

上から止《とど》めを刺そうとしたムジェルは、その時、断末魔《だんまつま》のようなレフキスの吠《ほ》え声《ごえ》を聞いた。直感的に泥を操《あやつ》り、一気に沈めようと試みるが、それより早く……。

「何っ！」

レフキスの身体に、突如《とつじょ》上空から巨大《きょだい》な稲妻が落ち、まばゆい雷光《らいこう》が周囲を押《お》し包んだ。魔物が自らの身体に落雷を招き寄せたのだ、と察するが、ムジェルもロキも、咄嗟に身を守るので精一杯《せいいっぱい》だ。

さらに雷が轟《とどろ》き、ムジェルの視界を眩《くら》ませた。同時に【リストラクション・マーシュ】の構築が吹き飛ばされ、底なし沼が消滅《しょうめつ》していく。

普通なら自滅《じめつ》に等しいが、レフキスの身体は雷系統への耐性がある。それを本能的に利しての窮余《きゅうよ》の一策だろう。

（そんなことまでできるのか）

ムジェルはサジークのように、派手な魔法を持っていない。扱うのが毒や性質変化という特異なものであるため、習得できる魔法が少ないのだ。それでも長年レティの傍で外界を駆け回《まわ》ってきたのだ、切り札と呼べる魔法の一つや二つは持っている。

「あとは始末されるだけだってのに、最後まで抵抗《ていこう》するか」

予想外のあがきに驚きつつも、そのムジェルの声にはまだ余裕がある。彼は、この戦いが、半ば終わりかけていることを知っていたからだ。

トンファーの先端でレフキスを突き刺したあの時、ムジェルは素早《すばや》く、体内の魔力の活動を停止させる一種の毒を、魔物の身体に流し込んでいた。

【メデューサの体液】と呼ばれる魔法だ。魔物の身体はAWRに近い魔力良導体であるため、内部から石化するように硬直化《こうちょくか》させる。それはすでに、ロキがナイフの雨を浴びせた頃《ころ》から効き始めており、今は完全に、レフキスの身体に回りきっている。

故《ゆえ》に逃げることもできず、

「持ち前の足も活《い》かせない」

そう言い捨てると、ムジェルはすでに動き出していた。速度を落とさず、そのままレフキスへと迫る。相手は雷を放って迎撃《げいげき》するも、ムジェルの方が一手、二手は早い。

繰り出したトンファーの攻撃が、すれ違いざまに十数打、レフキスの角へと集中的に浴びせられた。

そしてムジェルが足を止めた直後……一拍《ぱく》置いて、レフキスの角が粉々に砕《くだ》け散《ち》る。

「遠慮《えんりょ》はいりませんよ。ロキさん」

「はい」

ムジェルが振《ふ》り返《かえ》りざまにそう声をかけた時、ロキはすでに、レフキスの眼前にいた。

ナイフを持った手を持ち上げ、顔の前でそっと構える。

右手は引いて、いつでも突き出せるような格好だった。

周囲に発せられる魔《ま》法《ほう》の気配は、通常の構成過程を踏まないという意味で、雷系統の中でも異質。これが扱える魔法師は世界広しといえども、故人も含め片手で数えられるほどしかいまい。

（なるほど、雷霆《らいてい》の使い手とは）

ムジェルは半ば感嘆《かんたん》とともに、その様子を見つめる。

ロキの口が何事かを紡《つむ》いでいる。それに伴《ともな》い、みるみる高まっていく雷《らい》気の密度は、到底通常の雷系統魔法では実現できないもの。

「……尖角極致《きょくち》を顕現《けんげん》せしめる……」

呟くようにそっと紡がれた起動式。掌底を突き出したと同時……。

雷が鳴く。

悪あがきかロキへの威嚇《いかく》か、一つ、大きく吠えたレフキス。その口腔《こうくう》内を目掛《めが》けて、雷霆が迸《ほとばし》る。

「【鳴雷《ナルイカヅチ》】!!」

強大な雷《いかづち》は、その耐性をも超越《ちょうえつ》し、レフキスをその体内もろとも焼き尽《つ》くした。

魔核がどこにあろうと関係ない。無傷な状態で完全回避《かいひ》できるならともかく……しかも身体の内側から雷撃を受ければ、いかなる耐性があろうと、無駄《むだ》なこと。雷霆の一角位に数えられる、この強力な魔法に耐《た》えることなどできないのだ。


ロキとムジェルの討伐《とうばつ》は成った。

「ご苦労様です」

合図の信号弾《しんごうだん》を打ち上げる準備をしながらの、ムジェルの労《ねぎら》い。それは、ロキをどこか気恥《きは》ずかしいような気分にさせた。

彼女はただ、自分にできる範囲《はんい》で全力を尽くしただけ、言ってみれば当たり前のことだ。

「いえ、私一人ではきっと、討伐できませんでしたから」

「というより、さすがに相性《あいしょう》が悪すぎましたからね」

さりげなくロキをフォローするようなその物言いは、ロキにとっては、妙に居心地《いごこち》が悪いものだ。あるかないかのプライドに配慮《はいりょ》されるのは、少女というか、子供扱いされているような気がする。何よりさっきのレフキスとの戦いで苦戦したのは、相性云々《うんぬん》ではなく、実力的にも劣《おと》っていたからなのは、さすがに彼女も理解している。

「終盤《しゅうばん》、レフキスの動きが鈍ったのは、ムジェルさんの魔法だったんですね」

「ええ、まぁ……そもそも、あまり聞こえの良い魔法ではないですよ。通用しない魔物もいますしね」

「毒、といったものですか」

ムジェルは、笑って小さく頷《うなず》いたのみ。そもそも一流の魔法師に対して、切り札についてあれこれ詮索《せんさく》するのは、非礼にあたる。

ロキはこれ以上、その話を続けるのは止《や》めることにした。

何より、胸の傷が今になって痛みを強く発してきたこともある。

ふと胸元《むなもと》を確かめて、ロキは小さく顔を赤らめた。戦いで切り裂《さ》かれた胸元は、激しく動いたことで軍服の布のほつれが広がったのか、今やそこそこの割合で、肌《はだ》が露出《ろしゅつ》していたからだ。とは言っても見下ろした位置で見える露出度合いと、端《はた》から見える露出度合いでは面積に違いはある。

だとしても、ムジェルの気遣《きづか》いも分かるというもの。思春期の娘《むすめ》を相手にするような気の遣い方ではあったが。知らぬことながら、それをムジェルに強《し》いていたことに今更《いまさら》ながら気づき、ロキは尚更《なおさら》、顔を赤面させた。

ムジェルはそんな彼女の様子を、あえて見なかったように。

「しかし、サジークに先を越されてしまったのはなんだか……さて、こちらも合図を」

ロキは小さく頷き、それに応《こた》えた。

サジークの信号弾が上がったのを二人が確認したのは、まさに紙一重《かみひとえ》の差、というところで、レフキスとの戦闘《せんとう》が終わった直後だった。

ややあって、ムジェルが放った信号弾が昇《のぼ》っていき、天高く弾ける。

それを見上げたムジェルはふと、今更ながらそれに気づく。

雪がまだ、止《や》んでいない。激しくはないが、変わらずぽつぽつと降り続いているのだ。

(サジークの信号弾から、オグマは片付いたはず。そして、レフキスも……ならこの雪は、やはりアルス様とレティ隊長が釘付《くぎづ》けにしている、Sレートが？)

普通に考えればそうなるはずだが、アルスは確か、その可能性について、妙に疑問の余地があるような言い方をしていなかっただろうか。

（もしかすると本命は、あのSレートですらない可能性。それがまだ残っているか。オグマじゃないが、坑道《こうどう》のどこかに潜《ひそ》んでる未知の魔物の仕業《しわざ》とか。なら、俺《おれ》とロキさんで少し調べておいたほうが。Sレートを超《こ》えていた場合……最悪の事態に陥《おちい》る）

そこまで考えてから、ロキの意見を聞こうと、ムジェルが隣《となり》に視線を移した時。

ロキは胸の傷を押さえたまま、呆然《ぼうぜん》と遠くを見ていた。

すぐさま、ムジェルは彼女が何をしているのか、何を見ているのかを悟った。

微弱《びじゃく》だが肌に感じる魔力《まりょく》の波長は、探知に用いられる魔力ソナーのものだ。

しかし、この奇妙《きみょう》な雪によって、探知などほぼ無意味なはず。

そんな中で、果たして彼女は何を見ようとしているのか。余計な口は挟まず、ただムジェルは黙《だま》ってそれを見守ることにした。

探知魔法師は一般的《いっぱんてき》に、魔力に関しては鋭敏《えいびん》な感覚を持つ。特に魔力ソナーを用いるタイプの探知魔法師は、その特性ともいうべき繊細《せんさい》な感覚を併《あわ》せ持っているのが常だ。

たとえ探知は利《き》かなくても、二桁《ふたけた》魔法《ほう》師たる自分にも、感じ取れないものを追っている可能性がある、と判断したからだ。

実際に。

今、全身で冷気を感じるように、ロキは全神経を研《と》ぎ澄ませていた。

レフキスとの戦いの最中は気にもしなかったが、今、改めてこの標高の高い場所に立つと、よりはっきりと分かる違和感《いわかん》がある。地上ではとにかく積雪によるノイズが酷《ひど》いが、ここでは幾分《いくぶん》かそれが緩和《かんわ》されているようだった。

もはや魔力ソナーともいえないバラバラの波長をつなぎ合わせ、一先《ひとま》ずロキは、その限りなく細い探知の糸を、より広く展開することだけには、辛うじて成功していた。

そして……二度、三度、ソナーを飛ばしたロキの意識に僅かに引っかかった反応がある。

魔力の波が届くか届かないか、そのギリギリを掠《かす》めたその反応は、ロキに信じられないほど強い衝撃《しょうげき》を与えた。ここから、小さな山を一つ越えたその先で……。

「ロ、ロキさんッ!?」

ムジェルのその慌《あわ》て声は、無言で走り出したロキの背中に置き去りにされた。彼女の切《せっ》迫《ぱく》した表情から何かを感じ取り、ムジェルもすぐさま後を追う。

応急処置こそしたが、ロキの傷はまだまったく癒《い》えていない。にもかかわらず彼女は【フォース】を駆使《くし》し、電光石火の速さで、滑《すべ》るように峰《みね》と峰の間を移動していく。後を追うムジェルも必死だが、辛うじてその小さな背中を見失わずに済んでいるのは、やはりロキの足が、未だ大きな負担を抱えているからだろう。

それを押しても、彼女がこれほどまでに急ぐ理由は……。

第57章「魔法と魔法」

爆煙たなびくバナリスのその一帯は、今や雪景色の欠片《かけら》も残していなかった。辺りに時折ちらほらと舞う残り雪も、降った端《はし》から、すぐさま魔法による余波をもろに受けて蒸発してしまう。この一帯だけは、未だ圧倒的《あっとうてき》な戦いの熱に包まれていた。

地に一度は落とした蛾《が》の王——シェムアザ——は、完全回復まではしていないにしても、今再び、天高く空に届かんとする場所まで昇っている。

「例の、任意発動だか何だかの魔法の、発動トリガーは⁉」

不気味な巨木《きょぼく》を四本、それを背後に置いての攻撃《こうげき》の合間にレティは声を張る。バナリスを支配下に置くシェムアザの、空からの攻撃を回避し続けるには、移動し続けるしかない。そのため、彼女《かのじょ》もさすがに少し息を切らせていた。

「俺に訊《き》くな。まあ、奴《やつ》が瀕死《ひんし》になるぐらい追《お》い詰められたら、さすがに発動するんじゃないか」

他人事《ひとごと》のようにも聞こえるアルスの口調にレティは少し呆《あき》れたが、アルスとてよく知らない魔法なのだから無理もない、と思い直す。そもそも、魔物《まもの》が使ってくる魔法には、未だ人類が未知としているものも多い。

（じゃあ最悪、一撃《いちげき》で魔核を破壊《はかい》しないとってことっすかね。しかしアルくん……焦《あせ》らないにも程があるっすよ）

　確かにちょっとのんびりしすぎではないか、と思われたアルスの返事だが、この状況《じょうきょう》で別に気を緩《ゆる》めているということもないだろう。おそらく彼の内では、その万が一の事態にも対策があるのだ。そうレティは鋭く察していたが、同時に……。

「多分、あまり使いたくない手ってやつなんっすね。前みたいに、暴走しちゃっても困るっすからねぇ」

　以前のデミ・アズールとの戦いの折には、駆けつけたロキがアルスを救うきっかけを作ったが、今回もそれを期待するのは、奇跡《きせき》の上に奇跡を願うようなもの。

　アルスの異能は、本来それほどにリスクの高い、恐ろしい力なのだ。

「ま、私があれこれ考えてもってトコっすかね。それにいろいろ、迷惑もかけちゃったこともっすし……さて、気張りどころっすね、私ッ！」

　己を鼓舞《こぶ》するかのような言葉を口にしたレティだが、顔には不思議とすっきりした笑《え》みが浮かんでいる。

アルスが近くにいる、そのことが実に頼《たの》もしく、傷を負っているはずの身体も、ぐっと軽くなったようだった。

気の持ちようということなのかもしれないが、実際こうまで調子に影響《えいきょう》してくるのだから尚更不思議だ。なんだかアルスのパートナーであるロキが、羨《うらや》ましくすら思えた。

こんな気持ちで戦えるのは久しぶりだった。思えば、外界では自分はいつも、部隊を率いている立場だった。誰かを指揮し、守る立場の人間。

部下と隊長といった関係ではなく、対等の立場で背を預け合ったり、いっそ寄りかかっても大丈夫《だいじょうぶ》だと思える存在など、ついぞいなかったのだ。

(あぁ……心地《ここち》良《い》いっすね。でも、さっき叱《しか》られたばっかの相手に、この状況下でこんなことを思うなんて、私もいよいよヤバイっすかね)

そんな自問自答すらも、今はどこか高揚感《こうようかん》を覚えさせる。レティは雪上を駆けながら、またアルスを視界の端に捉えて、くすりと笑った。

「フフッ」

何が面白《おもしろ》いのか、レティ自身にも分からなかったが、ひとまず下らないあれこれは、頭の片隅《かたすみ》に押しやる。

ひとまずレティは両腕《りょううで》を後ろに引き、感情の昂《たかぶ》りに任せて加速する。そして、手中に火球を生み出す。文字通り真っ赤に燃え盛ったその炎《ほのお》は、周囲を照らすように煌々《こうこう》と輝《かがや》きを放つ。

腕へ収束する魔力は抵抗もなく、息をするかのようにすんなりと従う。今なら、何でもできそうな気がする。

火球は次第《しだい》に巨大化《きょだいか》し、どんどんその火勢を増していく。やがて持て余しそうになったところで、レティは直角に方向転換《てんかん》し、シェムアザ目がけて一足飛びに跳躍。

大人一人を丸呑《まるの》みできるほどの巨大な火球を二つ携《たずさ》え、レティは空中で両腕に力を込める。それから、さすがに少し重たそうに腕を振ると、それらを掌《てのひら》から解放した。

巨大な火球は、シェムアザに迫《せま》りつつも、さらにぐんぐん膨張《ぼうちょう》していく。やがてシェムアザの目の前で火球同士が重なり合い、互いに互いを飲み込んだ。一気に爆発的に膨張したそれは、シェムアザの巨体《きょたい》をも飲み込むに足る、小さな太陽とまで呼べそうなものに成長する。だが、その燃え盛る炎の様子からして、レティの得意とする爆裂《ばくれつ》系の魔法ではない。ちゃんと正当な、炎系統の最上位級魔法だ。

炎系統である以上、レティは爆裂系以外の魔法を使えて当然なのだが、実はアルスですら、レティの純粋《じゅんすい》な炎系統魔法をちゃんと見たことは、片手で数えるほどしかない。

「どっちにしても、派手好きは変わらないか」

アルスはふっと小さく笑って、そう溢《こぼ》す。なんだか一度目にシェムアザと対峙《たいじ》した時より、随分《ずいぶん》と楽しそうに魔法を紡ぐ彼女の姿が視界に映った。

魔法の発現には、知識や技術の他に、精神的な部分も比較的《ひかくてき》強く影響する。だからこそ単に効率のみならず、個人の魔法の好みや気分といった要素もまた、無視できない一面がある。

ただ、やはりアルスの目から見ても、最上位級魔法をこれほどの規模に仕上げるには、適性以上の何かが必要だった。才能なのか、はたまたその場のノリなのか、その日の気分なのか。

（さすがだな。だが……）

アルスは心中でそう呟《つぶや》き、眉《まゆ》を少し顰《ひそ》めた。そう、今の状況は、なかなかに複雑かつ難しい。

シェムアザは、おそらくあの魔法ですら完全に倒《たお》しきれないし、倒してはいけない。

不気味さを秘める、あの任意発動式の魔法……そのトリガーが未だ不明なのだ。

下手なダメージを与えるよりも、確実に仕留められる状態にまで持ち込まなければならない。あの時、シェムアザに追撃を仕掛《しか》けようとしたレティをあえて引き留めた理由の一つがそれだ。しかし、どうすればそれを為《な》せるのか。

アルスの頭脳も、そこについては未《いま》だ答えを出せていない。ただシェムアザを引き留めておくため、ここで戦いを続行する必要だけは、未だに消えていないが。

（ただ……一つ、解《げ》せんな）

アルスはまだ、シェムアザが氷系統の魔法を使うところを見ていない。高レートの魔物は系統に特化する場合もあるが、基本的には複数の系統を扱《あつか》うことが可能なはずだ。

この雪を降らせている環境《かんきょう》変化型の魔法は確実に氷系統で、しかも相当な高位の魔法だ。アルスの【砂国の世界《ムスペルヘイム》】もそうだが、基本的にこの手の魔法は、構成と情報を逐次《ちくじ》書《か》き換《か》えなければならないため、手間も魔力も食う。

だが、それだけの代価を払《はら》って、ただの魔法阻害《まほうそがい》という効果だけで割に合うだろうか。寧《むし》ろ、それが得意だというなら、積極的に攻撃にも活用してくるはず。

だが今のところ、シェムアザの動きにそれはない。

そして何より、シェムアザは【コキュートス】により、脚《あし》を失うという失態を犯《おか》している。これほどの魔物が氷系統の性質を持っていれば、何かしらの対応で、脚を失う事態は避けられただろう。

アルスはちらりと、シェムアザの姿を見つめる。

シェムアザは今、炎の中から大きく翅《はね》を揺《ゆ》らしただけで、レティの火球を吹き飛ばした。

アルスも時折、加勢はしているが、地に突き刺さる異様な杭《くい》の監視《かんし》は怠れない。【ニブルヘイム】による周囲丸ごとの凍結《とうけつ》にもまったく影響を受けなかった、あの不気味な脈動も健在だ。それはどこか、異形の心臓の鼓動《こどう》にも似ている。

（大丈夫だとは思うが、【デミス・ブリューナク】の警戒も怠れないんだよな）

いざという時に備え、アルスはレティとの距離《きょり》を常に一定に保っている。

（水系統もぶつけてみるか）

アルスは個人的にはあまり得意としない系統にまで手を伸ばす。鎖《くさり》の輪は基本的に満遍《まんべん》なく全系統を網羅《もうら》しているが、アルス個人の使用頻度《ひんど》でいえば、水系統の魔法はどうしても少なくなってしまいがちだ。

各系統は術者の適性によりその精度が左右される。中でも、適性を持っていなければ特に扱いづらい部類があり、その一つが水系統なのだ。それは全属性を扱えるアルスにとっても同様であり、とにかく燃費が悪い系統の筆頭といえる。

「どれにするか」

そう口に出してみたものの、水系統とはいえ、生半可な魔法では試《ため》す価値すらないだろう。

直後、アルスとレティは上空に昇っていく二つ目の信号弾を確認《かくにん》する。これで、サジークとムジェルの隊が、それぞれオグマとレフキスの討伐を完了《かんりょう》したことになる。

（となると、やはり最後のシェムアザが〝雪〟の原因ということになるが）

だとすれば、なおさら確認しておきたくなるのが、アルスの性分《しょうぶん》だ。

レティへは魔力波を放つことで軽く合図を送り、アルスは意識を集中させる。

（あとはこいつの手札から、氷系統を引き出させれば、証明は終了だ）

フゥと細い息を吐《は》きながら、アルスはすぐさま、魔法の構成から発現までを終える。魔物の頭上に、プールのような大量の水が生み出された。やがて、見えない水槽《すいそう》の底が破れたかのように、宙の一点からその膨大《ぼうだい》な水が溢《あふ》れ出すと、巨大な球体が作り出された。

その水量だけならば、小さな集落を丸ごと水没《すいぼつ》させられるほどだ。

アルスは操り人形《にんぎょう》の糸を切るように、ふっと魔法から意識を離《はな》す。

次の瞬間《しゅんかん》、大量の水を内包した巨大水球が、魔物の真上から落下を始めた。

【大瀑布《だいばくふ》】……または最上位級禁忌《きんき》指定の、大洪水《だいこうずい》を引き起こす魔法と似たところがある。もっともこれはアルスなりに簡易化したものであり、水を生み出す消費魔力を抑《おさ》えた結果、かなり弱体化されている。

それでも十分過ぎる水量を内包して、落下しながら飛び散った無数の水弾が、標的へと一挙に向かっていく。

そのまま全てが命中すれば良し、かといって、避けようとするなら……。

「掛《か》かった」

アルスの狙《ねら》い通り、この手の水系統魔法に対抗《たいこう》しようとすれば、最適なのはやはり同じ氷系統による凍結効果だ。無論、他にもいくつか対抗する術《すべ》はあるが、シェムアザが氷系統も扱えるというならば、それに頼《たよ》らない方が不自然というもの。

（……‼）

撃《う》ち出された無数の水弾は、見えない壁にでも遮《さえぎ》られたかのように動きを止めると、魔物の頭上でそのまま凍《こお》り付き、粉々に砕け散った。それらが飛び散り、霧《きり》のように消えていく様は、一種の幻想的《げんそうてき》な美しささえ感じさせるものだった。

だがアルスは、それ以上に、その光景に何ともいえない違和感と、奇妙さを感じていた。

実際、あまりにも妙《みょう》な現象だ。狙い通り氷系統魔法によって防がれたが、その凍結魔法《とうけつまほう》の術者が、どうも判然としない。シェムアザが身を守るために使用した魔法と考えるのが自然ではあり、現にレティは、疑問すら抱《いだ》いていないようだが……。

その時。

（雪が、止んだ……）

考えるよりも早く、アルスの意識が、彼の身体を魔法の準備に入らせた。

疑念はあるが、それでも今が、千載一遇《せんざいいちぐう》のチャンスであることに変わりはない。

「アルくん！」と急《せ》かすようなレティの声に頷き、アルスはこの難敵を、一気に仕留めるための準備に移行する。アルスとレティ、シングル魔法師二人がともに、魔法を組み上げるため、爆風《ばくふう》の如《ごと》き魔力を周囲に溢れさせた。ひ弱な魔物ならば、それだけで恐怖《きょうふ》で逃走を始めるか、竦《すく》みあがって動けなくなるほどだ。いや、それは魔法師であっても同じだろう。人智《じんち》を超えている、という意味ではシングル魔法師の力にも似ているところがある。

もはや化物じみた魔力量は、一帯の空間全てを飲み込まんとしていた。

禍々《まがまが》しいアルスの魔力は、ただ、果てしない闇《やみ》と殺意のみを感じさせて蠢き。

煌々としたレティの魔力は、彼女の強い意志に彩《いろど》られて輝きを増した。

が、その直後――アルスとレティは、二人がいる場所を含《ふく》めた広範囲《こうはんい》に効果の及《およ》ぶ、強大な魔法の発動を感知した。もはや取《と》り繕《つくろ》うでも誤魔化《ごまか》すでもない、あからさまな魔力の反応が、およそ直径1キロメートル圏内《けんない》に一気に広がった。

まるで、バナリスの大地そのものが、魔力光を吐き出しているかのようだった。

背中から感じる圧迫感《あっぱくかん》は、アルスに構成途中《とちゅう》の魔法を強制キャンセルさせていた。

「レティッ！」

アルスは全速力でレティの許《もと》へと走った。一秒とて猶予《ゆうよ》のない危機。正体不明の魔法が発動する兆候が強まる中、アルスは思い切り手を伸ばす。

ちなみに彼女の魔法は、すでに驚《おどろ》きと動揺《どうよう》で、完全に構成を解かれてしまっている。恐怖に彩られ、いかにも焦った顔を、レティは首だけ捻《ひね》ってアルスに向けた。意表を突《つ》かれただけではない、彼女は自分の身に起こった信じられない現象に驚愕《きょうがく》していたのだ。

「アルくん、身体が……！　動かないっす、何も動かないんすよ！」

「手を伸ばせ！」

「む、無理！」

レティもまた、アルスに向けて手を伸ばそうとしていたのだ。だが、突然自分の身体から全ての自由が奪《うば》われたかのように、全身がピクリとも動かなくなってしまった。その金《かな》縛《しば》り状態に、レティの混乱は一層加速する。

体内の魔力は、常に干渉《かんしょう》を受けないよう、徹底《てってい》して意識下に置いていたのだから。

そんな二人の様子を高空から見下ろして……まるで嘲笑《あざわら》うかのように、シェムアザは細長い脚を上下に揺すっていた。

アルスはなおも手を伸ばすが、このままでは彼女に届かないことを確信させられたのみ。それでもできるだけ近くへ……。

直後、バナリスの大地の一部が、地中から巨大な何かに突き上げられたように盛り上がる。続く刹那《せつな》、地の底から大風が吹きあがると、全てが一瞬《いっしゅん》の内に粉微塵《こなみじん》になり、大量の泥と雪、木片《もくへん》や石片とともに、一気に上空に舞《ま》い上げられた。

まるで、地獄《じごく》の釜《かま》のような巨大なミキサーに、周囲の空間が丸ごと放《ほう》り込まれたように……全てが粉砕《ふんさい》され、ただ凄《すさ》まじい風だけがごうごうと音を立てて、ひとしきり吠え狂《くる》った。

◇　◇　◇

「……？　ど、どこっすか、ここは……？」

薄《う》っすらと目を開けたレティは、自分の周囲を慌てて見渡《みわた》した。

どうやら今いるのは、高い山か何かの、頂上付近のようだ。ごつごつとした硬《かた》い岩場と、薄くも新鮮《しんせん》な空気。遠くには、雪冠《せっかん》をかぶった峰々が見える。傾斜《けいしゃ》の付いた足場にレティは、思わずバランスを崩《くず》した。

うっすらと雪が積もっているのは同じだが、さっきまでシェムアザと戦っていた雪原とは、似ても似つかない。

一瞬ひどい混乱に襲《おそ》われた彼女は、ふと、その片隅にある妙な機器に目を留め、あっと声を上げた。

細いポールのような外見、半透明《はんとうめい》の内部に詰め込まれた複雑そうなパーツ類……そこにあるのは、昨晩アルスに調子を見てもらった、移動型の転移門《サークルポート》だったからだ。

「危なかった、まさに間一髪《かんいっぱつ》だったな」

隣からの聞き慣れた声に、思わずレティは振り向《む》いて。

「えっと、つまり……あそこから、転移、してきたってことっすか？」

その言葉に、アルスは小さく頷いた。

だが、なぜ拠点内《きょてんない》にあったはずの転移門がここに移されているのか。

それは、アルスが拠点に残しておいた別働隊に頼み、保険として外に運び出しておいてもらったためだ。場所は拠点近くの雪山、その頂上であった。眼下には遠くシェムアザの姿も認められる。ただ、少し離れているとはいえ、あちらがこっちを感知できないほどの距離ではない。

「ふぅ、なんとか動いてくれて良かった。で、身体の方は大丈夫そうみたいだな」

「あ、そうっすね。問題はない感じ、っすね」

レティは何故《なぜ》か服の胸元に指を差し込み、そこを引っ張ると自ら服の中を覗《のぞ》き込み「問題ない」と意味深に繰《く》り返したが、アルスは面倒《めんどう》くさいのでそこについてはあえて突っ込まず。

「死にかけた割に、機嫌が良さそうだな」

「え、まぁ死なないって分かってたっすからね」

おかしなことを訊く、とばかりにレティは微笑《ほほえ》みを見せた。その様子を見る限り、あれほどの魔法に巻き込まれていながら、ちょっとしたスリルを味わった、という程度のようだ。豪胆《ごうたん》というか、アルスへの信頼《しんらい》はよほど厚いらしい。結果論だろうが。

「その代わり、やっぱり一度の転移でぶっ壊《こわ》れたけどな」

アルスは、ひょいと親指で、転移門を指し示した。重要パーツがショートでもしたのか、煙を吐いているので、誰《だれ》が見ても正常ではないと分かる。

「お役目ご苦労」と、レティはまるで部下に対するかのように、その機器に労《ねぎら》いの言葉をかけた。

転移門のベースとなる理論を生み出し、基礎《きそ》設計まで手掛《てが》けたアルスなら、確かにそれを、緊急避難《きんきゅうひなん》用として使うことは可能だった。

無論、雪が降り続いている限り、どんなエラーが出るか分からないので使うつもりはなかったが、あそこで降雪が止んだのは幸《さいわ》いだったといえるだろう。

具体的には、【二点間情報相互移転《シャッフル》】の情報転移先を一方向に絞《しぼ》り、なおかつ転移門へと複写した座標を設定したのだ。

この機器を使うには、本来なら始点と終点、二つの転移門が必要となる。ただ今回は、その送信を担《にな》う部分を、アルス自身が代理実行することで、転移を可能にしたのだ。

この転移装置の基礎理論自体が【シャッフル】習得時の副産物であり、両者がほぼ同じ魔法式回路を用いているゆえに可能な、アルスならではの荒技《あらわざ》だった。

それでも、二人分の転移をあの短時間の内にこなすのは、負荷《ふか》が大き過ぎたのだろう。できればレティの身体に直接触《ふ》れ、情報を複写しやすくすべきだったが、この際、無事に転移できただけでも良しとしなければならない。

レティはようやく、納得《なっとく》できた、といった顔になったが、ふと思いついたように。

「それはそうと……アルくん、あれっすね。翅の模様」

「ん?」とアルスは先を促《うなが》すような疑問で返す。

「ほら、シェムアザの眼みたいな翅の模様が、直前に視界に入ったんすよね。そのすぐ後っすよ。身体が全く動かなくなったのは。そういえば、ムジェルも似たような魔法、使えるんすけど……」

「視覚から効果を発揮する魔法……催眠術《さいみんじゅつ》にも似たものか。模様自体が魔法式の可能性もあるな。だが、あの眼なら俺も見ている。ここまでそれを使わなかったのは解せんな」

一度はシェムアザを窮地《きゅうち》に追い込んでいるため、そんな切り札があるなら、あの時にアルスに対して発せられていてもおかしくはないはずだ。とはいえ、魔物の思考回路など分からないので、仕方ないことだが。

「まあ、視界から魔法の効果を発現させようとする場合、制限が多いからな」

似たもので言えばリンネの魔《ま》眼《がん》だろうか。その効果には、彼女に見られていることに対象者が気づくかどうか、という認識《にんしき》の問題が影響する。レティが受けた肉体の動きを封《ふう》じる魔法は、おそらくそれに近い性質を持っているのだろう。

「対処法とか、ないんっすか？　いざって時に喰《く》らったら結構ピンチっすからね、あれ」

「完璧《かんぺき》じゃないが、魔力の循環《じゅんかん》を完全に自己完結させて、外部からの干渉の余地を作らないこととか」

「何すかそれ！　アルくん以外できないっすよ」

「ん？　できないのか？」

「ふざけてる時間ないんすけどぉ」

彼女にそれを言われるのは心外だったが、このままでは埒《らち》が明かないため、アルスは不承不承ながらも、話を進めることにした。

レティの様子からして、肉体への直接干渉というよりは、体内魔力への干渉が主な原因だろう。考えられるものとしては二つ。

一つは、魔法師の魔力制御能力《まりよくせいぎよ》への干渉による、その循環の固定。

もう一つは、あの模様を視《み》るという条件があることから推測される、無意識化への影響。

つまり、一種の自己暗示に近いものだ。

(さすがにレティに限って、いくらなんでも魔力に干渉されて気づかないはずがないからな)

あのパニック気味の顔を見れば、おそらく後者であるだろうとアルスは考えている。

「神話の怪物《かいぶつ》の眼じゃないが、やはり最大の対処法は、あれを〝視ない〟ことだな。目を瞑《つぶ》って、魔力で感覚を確かめるといった方法だ。とにかく、雪が止んだのは好都合だ。そろそろ始末をつけたいが」

「でも、あの魔法は何なんすか？　Sレートの実力以上なんすけど。ヤバヤバな魔法っすけど」

「風系統、極致級魔法【螺旋浄化《ケヘンアージ》】……だろうな」

身体を乗り出すように、山頂から眼下の光景を見下ろしたアルスは、改めてその凄まじさを目の当《ま》たり《あ》にした。つい今し方まで戦っていた戦場が一変し、雪が吹き飛《ふと》んで、一面泥《どろ》だらけのクレーターのようになっている。周囲には木の一本も見当たらなかった。

雪の代わりに今は土砂《どしゃ》が降り、粉々にされた木片や石片までもが舞い落《お》ちてきている。それにしても、魔法の発動から終わりまでが一瞬に過ぎる。それでいてこれほどの破壊《はかい》がもたらされるのだから……楽に死ねるだろう。

「最終的に、完成には至らなかったのが頷ける」

今では魔法式の基礎さえ公開されていない。いや、正確には魔法式は未完成のままだったと記憶《きおく》している。人類の魔法発達の歴史において、過去から現在の過渡《かと》期に開発着手されたうちの一つで、多くの禁忌指定魔法が生まれた頃、同時期に開発が中止されたものだ。その時期に、途中で破棄《はき》された魔法が相当量存在する事を知るのは、各種魔法研究に深く携わり、且《か》つ、軍部の機密資料を閲覧《えつらん》できるアルスだけだろう。

（これじゃ、無差別破壊もいいところだからな）

微細《びさい》なコントロールが利《き》かず被害《ひがい》が甚大《じんだい》すぎる、という意味では、破壊力のみならず、大量虐殺《ぎゃくさつ》兵器にも近いところがあるだろう。禁忌に指定されるような魔法は、大きすぎる殺傷力や人類の未来への悪影響《あくえいきょう》が考慮《こうりょ》されて、そうなっているところが多分にある。

ただもちろん、人間に対する殺傷力という点では、本来魔物が扱っていたものである魔法が、そもそもそれを主目的に据《す》えていたから、という部分が大きい。そういう意味で、禁忌指定魔法については、魔物がすでに完成形を示していたり、先を行っていることも珍《めずら》しくない。

そしてもう一つ、アルスは以前から警戒《けいかい》していた、地に突き刺《さ》さり脈動する巨木が、四本から三本に減っていることに気づいた。

（ひょっとしたら、死への危機感で一種の興奮状態になることによって、自動的にトリガーが引かれる可能性もあるな）

実際に魔物を瀕死に追い込まずとも、魔物自身が生命の危機と感じることが、発動の条件なのかもしれなかった。そんな生物じみた内部反応が魔物に起こるのかどうかは定かではないが。

大抵《たいてい》の魔物学者は否定するだろうな、などと考えながら、アルスは一先ずそのことをレティに伝える。

しかし、彼女はアルスの話を聞いているのか、聞いていないのか。ひたすらに地上に目をやり、一心にシェムアザの影《かげ》を見つめていた。

「捜《さが》してる捜してる」

魔物が特に大きなアクションを起こしているわけではなかったが、レティは挑発的《ちょうはつてき》な口調とともに、どこかギラついた狩猟者《しゅりょうしゃ》特有の目を、その巨大《きょだい》な姿に向けている。

「何か、考えがありそうだな」

「私だって多少は、ね。いくつか考えたっすけど、一人だけでやるのはキツイっすね」

思案顔になったレティは、どこか神妙《しんみょう》な顔つきだ。もったいぶった割に、まるでアルスをあてにするかのように、彼女の視線がチラチラとこちらに流れてくる。

「最悪俺が始末をつけるが、【迦具土《カグツチ》】は使えないぞ」

アルスが知る中でレティのとっておきと言えば、対象に直接魔法印《まほう》を刻み込む炎系統の【カグツチ】が挙げられる。ただ条件が厳し過ぎるため、Sレート級の魔物に対して成功させるのは至難の業《わざ》だ。魔法式の完成まで拘束《こうそく》すること自体が難しい上に、対象の大きさやタイプによって、求められる印も変化する。

何よりその魔法印を直接刻むためには、かなりの至近距離でなくてはならない。ましてや魔法印自体には、魔法としての効果や威力《いりょく》は皆無《かいむ》なので、その間レティは無防備な状態を強いられる。この状況では、全く現実的ではない方法だ。

「そりゃもちろん、私もあれに近づくなんて嫌《いや》っすよ。しかものんびり魔法印を刻むなんて、ねえ?」

「やりかねないからな、お前は」

「時と場所を考えるっすよ、流石《さすが》に。大丈夫《だいじょうぶ》っすよ。必殺技《ひっさつわざ》で仕留めちゃうっすから。というわけでアルくんには、援護《えんご》の必要があればその都度、別途《べっと》お願いするっすから。出たとこ勝負っすね」

「…………」

正直不安しか残らない物言いだが、アルスとしても今回の任務では、推測含みのやや曖《あい》昧《まい》な指示を出したり、土壇場《どたんば》で状況に応じた方針変更《へんこう》を多数加えているので、強くは言い返せなかった。そしてもちろん「この後」のことを考えると、今から気が重い。

ちなみにアルスとレティが今いる場所は、標高が高いとはいえ、特に隠《かく》れ潜んだりするには向かない地形である。シェムアザは突然《とつぜん》消えた二人を、雪原を中心に捜し回っているため、気づかないだけだろう。ただ、それも時間の問題だと思われた。

「まあいい、多分〝出たとこ勝負〟なのは、お互《たが》い様《さま》になるからな。他の部隊に奴の標的が移る前に、ケリをつける必要があるわけだし」

レティがきょとんとした表情で返す。

「お互い様っすか？　でも何が？」

「分かんないか、【ケヘンアージ】だよ。さっき一つは起動したようだが、あの黒く突き立った木、いわばでっかい不発弾《ふはつだん》みたいなのが、まだ三発は残ってる。それへの対策だ。もちろん俺に考えはあるが、現時点でどこまで有効かは分からん」

「ふうん、でも……このまま、ここに潜んでるわけにはいかないんすよね？」

「ああ、不味《まず》いな。奴がしびれを切らして、他の部隊を襲ったら打つ手はなくなる」

「…………」

レティはふと無言になり、じっとアルスを見つめてきた。

「でも、アルくん。対策はあるんすよね？　確実かどうかは分からないけど……そうっすよね？」

「ああ、一応は、な」

渋《しぶ》い表情のアルスに、レティは破顔一笑《はがんいっしょう》して。

「じゃあ、簡単っす。私は、アルくんを信じるだけっすよ。それに今、自分が何もしなかったせいで、あの化物が部下達《バカども》のところに行っちゃったらって思うと……後で愚痴《ぐち》が飛んでくるじゃないっすか」

「確かに。引きこもってるのも、いい加減飽《あ》きたしな」

軽口を叩《たた》くアルスにレティは、驚きよりもどこか安堵《あんど》にも似た溜息《ためいき》を溢す。

「奇遇《きぐう》っすね。戦いを長引かせるのは性に合わないんす」

「だろうな。……おい⁉」

「じゃ、お先に」

レティはアルスが止める間もなく飛び出し、そのまま斜面《しゃめん》を駆《か》け下《お》りていく。

「アルくん、ごめんっす。……でももう、自分が不甲斐《ふがい》ないせいで、失うのはまっぴらなんすよ！」

半ば呆れながら、アルスはその後を追った。だが胸の内には、どこか苦笑《くしょう》するような気持ちもある。確かに無鉄砲《むてっぽう》ではあるし、いっそ単純明快すぎるとさえいえる。

しかし、それこそがレティなのだろう。アルスを信じ、仲間を守るためには、命を賭《と》すことすら厭《いと》わない。

もっともアルスとしては、彼女に命を賭《か》けさせるつもりなどないが。

（忘れてた、こいつは手間がかかる奴だった……やはり、助《すけ》っ人《と》の安請《やすう》け合《あ》いなんざするもんじゃないな。ま、どのみちレティに死なれたら、俺《おれ》に任務が回ってくるかもしれんしな）

「じゃ、まずは不意打ちから行くっすよ！　アルくん、あれを地面に落としちゃって」

レティが指差すその先に、シェムアザの巨大な姿があった。

気楽に言ってくれる、と思わず頰《ほお》を引《ひ》き攣《つ》らせたまま、アルスはＡＷＲ【宵霧】を握《にぎ》り締《し》める。即答《そくとう》で無理だと言いたいところだが、すでにその方法がいくつか思《おも》い浮《う》かんでいるというのが、なんとも自分で悔《くや》しいというか、複雑な気分だ。

「速度重視で行くか」

【宵霧】を引き寄せ、鎖をいつもより余分に引っ張り出す。顔の前で流れていく輪の一つが淡《あわ》い光を発した。

レティも、アルスの周辺に膨大な風が生み出されたのを感じ取ったのだろう。前方を走りながら、視線だけを上空に向ける。

厚い雲が弾《はじ》けたかと思うと、その上空から風の塊《かたまり》が、まさしく巨大な砲弾《ほうだん》となって降り落ちてきた。

「【摂理の失墜《ダウンバースト》】っすか、あれで落ちるっすかね」

「落ちなきゃ追加でもう一発、喰らわすだけだ」

たちまち、爆風にも似た重い突風《とっぷう》が、魔物の背に叩きつけられる。ガクンッとシェムアザの体勢が、見えない重りをいきなり背負わされたように、空中で歪《ゆが》んだ。【ダウンバースト】の威力は、一点に集中すれば、大地に大きなくぼみを穿《うが》つほどだ。

ただ、やはり一度の衝撃では、シェムアザを地に落とすことはできなかった。

魔物は力強く翅を打って、押《お》し付《つ》けられた重量への抵抗《ていこう》を見せる。

だが、その程度の抵抗はほとんど無意味だった。一度、二度とアルスはその魔法に、重ねて魔力《まりょく》を加えていく。どんどん風圧を強めていく【ダウンバースト】に、シェムアザの飛行高度がぐんぐん下がっていく。

「さすがっ！」

やがて耐《た》えきれなくなったシェムアザが、ついに落下する様をアルスはじっと眺《なが》めた。ここまではレティの要望通りだ。

（注文には応《こた》えたが）

レティの考えに一抹《いちまつ》の不安はあるが、一先《ひとま》ずお手並み拝見とばかりに成り行きを見守る。レティの底の底、いわば真の実力をちゃんと見せられるのは、今回の任務では、これが初めてだった。

巨体を地につけ、その轟《とどろ》きで空気を揺らしたシェムアザ。地面と身体の接地面たる腹部から、あっという間にいくつもの火の手が吹き上《あ》がり、連続して爆発《ばくはつ》が巻き起こる。積雪が残った状態ではできなかった芸当だ。

たちまち蛾の王の巨体は、炎と黒煙《こくえん》に包まれた。

（【瞬炎地雷《クレイモア》】か。発動はおろか、最初の隠蔽《いんぺい》まで完璧だ）

アルスも少し驚いたその手際《てぎわ》は、実際、かなりのものだと言える。シェムアザが落下を始めた時点ですでに墜落《ついらく》地点を読み切り、大地に魔法を仕込んでおかないと、こうはすんなりいかない。

『地雷《じらい》』の名の通り、この魔法には大地に敷《し》かれた魔力の感知網《もう》と、それを丸ごと隠蔽する構成が必須《ひっす》だ。見たところ、レティの目的は死には至らないレベルのダメージを与《あた》えるだけではなく、シェムアザの〝翅〟にもあった。燃え盛る炎は、その翅に燃え移り、激しい火勢で覆《おお》い包む。翅を焼き尽《つ》くすことは難しいだろうが、その模様に損傷を与えるには十分だ。

眼にも似た前翅《ぜんし》の模様は、それ全体が一種の魔法式でもあるという厄介《やっかい》な代物《しろもの》だ。実際、アルスの炎龍《えんりゅう》を石化したり、レティの身体を縛《しば》りつけたのは、その作用だったはず。だが、翅があそこまで傷つけば、魔法式の一部が欠損したも同然。もう、すぐにはあの力を使うことはできないだろう。

とはいえ、不用意にダメージを与え過ぎると、不気味に脈動する巨木《きょぼく》に仕込まれた魔法が起動しかねない。また同じように【ケヘンアージ】が発動すれば、今度は無事では済まない。

（ひとまずは、だ……）

アルスが先にレティにちらりとほのめかした、【ケヘンアージ】への対応策。【ニブルヘイム】を試して分かった通り、脈動する巨木自体に外部から干渉しても、機能停止に至らせることは不可能だった。魔力を置《お》き換えて一面氷の世界を生み出す【ニブルヘイム】でさえも干渉できないのだ。アルスが推測するに、おそらく黒い巨木は二つの系統によって構成されている。保護膜《ほごまく》としての外側は土系統、そして内側に内包されているのが、風系統の【ケヘンアージ】だ。

そして、対策というのは、膨大な魔法知識を併《あわ》せ持《も》つアルスでさえ、確実とは言い難《がた》い方法。しかし、この場で考えうる限り、最善の方法でもあった。

ただ、それがこのケースで果たして有効かどうかまでは、アルスにも保証できない。そういう意味で、リスクを完全にはゼロにできないことも確かなのだ。

しかし、今はそれに賭けるしかない、とアルスは判断していた。

「レティ、少しの間、頼むぞ」

それに応えて、レティは力瘤《ちからこぶ》でも作るように腕《うで》を曲げるポーズを取った。

「もちっす！　それと……もう少ししたら、面白いものを見せてあげるっすから」

そんな返事とともに、にっこりと笑って見せる。

妙に意味深な態度だとは思ったが、一先ずはあの巨木の処理が優先。【クレイモア】の蓄積《ちくせき》ダメージがシェムアザの限界点を超《こ》えないうちにと、アルスは身を翻《ひるがえ》し、レティを残して巨木の突き立った一帯へと急いだ。

しかし、限界点を見誤れば、アルスは超至近距離《ちょうしきんきょり》で【ケヘンアージ】の発動に呑《の》まれることになる。もっとも、この魔法の範囲内《はんいない》ならば近いも遠いもないのだが。

飛ぶように駆けたアルスは、間もなく目的地に辿《たど》り着《つ》いた。

視線の先には、シェムアザが放ち、大地に突き立った黒い三本もの巨木がある。こうして見るといよいよもって気味が悪い。炭化したような黒かと思えば、近くで見ると、表面は妙に滑《なめ》らかなのが分かる。自然ではありえない、不気味な木肌《きはだ》。その内部には確かな【ケヘンアージ】起動装置としての脈動が息づいており、今にもその時が迫るかに思われた。

アルスは遠く、ちらりとシェムアザの方を振《ふ》り返《かえ》る。

レティの【クレイモア】の爆発は、未だ続いているようだった。シェムアザは巨体を蠢《うごめ》かせているが、この場合は高い抗魔力《こうまりょく》が災《わざわ》いしているというべきか、翅を焼かれたのみで、どれだけ爆発を浴びせられても、身体が致死量《ちしりょう》のダメージを受けている様子はなかった。

一方のレティの魔力は、当然無尽蔵《むじんぞう》ではない。今、シェムアザの翅を焼き、足を何とか止めている魔法の攻撃《こうげき》を続けるにしても、さすがに限度があるだろう。仕掛けた【クレイモア】はすでに弾切《たまぎ》れを起こしている。そうなればレティは一人で、シェムアザと対峙《たいじ》しなければならない。その時にはおそらく立ち向かうというより、逃《に》げ続けることを強いられる展開となるはずだ。

（もって、あと十分、いや、五分というところか）

アルスは、大きく息を吸い、神経を研《と》ぎ澄《す》ませる。魔力は最小限にとどめ、ぼんやりと手を覆うように包み込む。魔法を構築するでもなく、魔力刀を形成するでもない。

アルスは三本の巨木の内、真ん中に狙いを定めて、両手を不気味な木肌に付けた。触《ふ》れると分かるが、木肌とはまるで違《ちが》い粘性《ねんせい》、いや、反発してくるかのような弾性《だんせい》の感触《かんしょく》を伝えてきた。アルスは薄《うつす》らと瞼《まぶた》を閉じ、口元に微《かす》かな笑《え》みを浮かべた。

（予想通りだ。二つの魔法を組み合わせてあったな）

今、アルスが行おうとしているのは、【ケヘンアージ】の無力化に他《ほか》ならない。つまり、魔法の書《か》き換えだ。魔法の構成プロセスには、人間も魔物《まもの》も大きく変わりはないはず。だとすれば、座標の指定や、威力、強度、指向性、系統から成形などの各構成要素も同様では、とアルスは考えたのだ。

しかし、魔物の魔法が秘《ひ》めた内部構成式に、直接手を加えようとした魔法師など、アルスが初めてだろう。

そもそも、魔物が扱う魔法を完璧に解析《かいせき》することができるならば、おそらく現代の魔法体系は今と違ったものになっていたはずだ。魔物に対抗する術を人類は模索《もさく》し続けてきたが、半世紀もの時間を費《つい》やしても、いまだその完全な解析には至っていないのが実情なのだ。

（大雑把《おおざっぱ》だが、概《おおむ》ねのところが理解できれば、どこを改変すれば良いのかは、自《おの》ずと浮かび上がるはず）

通常の魔法――つまり人間が扱う魔法ならば、どういった構成を辿っているのかを察するのは容易《たやす》い。しかし、魔物相手に既存《きそん》の知識が、どこまで通用するかは未知数だ。

アルスはその不気味な黒い木肌に、慎重《しんちょう》に己の魔力を潜《もぐ》り込ませていく。干渉するのではなく、親和・同調させなければならない。

魔法を読み解く技術は、魔力操作の極《きわ》みの果てにある。アルスは〝視野〟を応用して構成を脳内に再現できる。

アルスが【グラ・イーター】を制御《せいぎょ》するために魔力操作を訓練したことも、狙いは体内魔力の掌握《しょうあく》であり、魔力の理解にあった。

だからこそ分かることもある。魔法の書き換えなんて芸当は、本来手を出すべきではない、非常にリスクのある行為《こうい》なのだ。小さなほころびが元で、暴走や変質により、被害がかえって拡大する可能性すらあるのだから。

ちなみにさすがのアルスも、【ケヘンアージ】レベルの魔法を、完全に解体できるとは微塵《みじん》も思っていない。爆弾《ばくだん》に譬《たと》えるならば、火薬を取り除くのではなく、信管を発動させないように停止させる、という発想に近い。

だが……。

「……!!」

魔物の扱《あつか》う魔法に直接触《ふ》れたアルスは、大きく目を見開く。

（まるで別物だ！　俺らの知る魔法とは違い過ぎる。くそっ！）

理論的な構成式、それに繋《つな》がる情報が一切《いっさい》ない。言ってしまえば、人間が生み出した魔法は理論的に確立された技術だ。無数のパズルを組み合わせて一つの魔法を描《えが》いて完成させる。

しかし、これは……。この魔法は繋ぎ目《め》など一つもない。一つの絵を構成する手順が存在しないのだ。

これではまるで……そう、まるで術者が「想《おも》った、願ったこと」をそのまま叶《かな》えてしまう、空想上の魔法と同じだ。理屈《りくつ》や理論などすっ飛ばした超常《ちょうじょう》的な力。

あまりにも手に負えない。全《すべ》てが異常過ぎる。

アルスの背中に、異常なほどの冷《ひ》や汗《あせ》が滴《したた》る。

「なぜ、じゃあなぜ、【失われた文字《ロスト・スペル》】が存在する！」

人間が編み出した魔法は、古代の文字とも言われる【ロスト・スペル】が元となっている。それによって、人であろうとも魔法を構成することができる、いわばガイドライン的なものだ。魔物の魔法を解読したものだと考えられているが、その研究資料は歴史の混乱期以前のものであるため、現存していない。

魔物が魔法を人間より上手《うま》く扱っている以上、【ロスト・スペル】の元となった式が含まれているはずなのだ。それはおそらく、いわば象形文字のような奇怪《きかい》なものだったはず。

すぐさまアルスは神経をすり減らすようにして集中力を研ぎ澄ませ、さらに膨大な情報の海へと、視線を潜り込ませる。

（違う、【ロスト・スペル】の元は確実に存在する。それを認識できないだけだ）

そう、混沌《こんとん》の海は視る者を選ぶ。その視覚に乏《とぼ》しいものが覗き込めば、発狂《はっきょう》や精神崩壊《ほうかい》のリスクすらある。人類が踏《ふ》み込むべきではない場所、それはもはや神域もしくは魔《ま》の領域とでも呼ぶべきものだ。

アルスの知識でさえも、全てを把握《はあく》し、掌握するには遠く及ばない。

それでも人間が初めてアクセスするであろう、その世界を〝視《み》〟たアルスは、脳が急激に活性化していくのを感じた。まるで一度に一生分の情報をぶつけられているかのようだ。

脳が焼ける、そんな感覚と痛み。アルスの網膜《もうまく》にチカチカと幻想的な光が映し出され。目の中で火花が散るような感覚が走る。

小賢《こざか》しい人の知性などでは到底《とうてい》届かない、世界と魂《たましい》の根源の記録がたゆたうところ。そう、まるで……。

「【アカシック・レコード】……」

無意識にアルスはそう口走っていた。自分の声がどこか他人のもののようで、まるで何かに意識を乗っ取られているかのようだ。脳に走った電気信号が、口を勝手に動かしている、というのに近い。

しかし、得体の知れないものに飲み込まれる寸前で、アルスの内側から黒々とした暴食の気配が渦巻《うずま》き、瞳《ひとみ》に意識が戻《もど》ってくる。

「なるほどな……少し触れることができたぞ」

魔物の魔法、その一端《いったん》を理解した感触と愉悦《ゆえつ》に、アルスは己の口元に、不気味な笑みが溢《こぼ》れていることにすら気づかなかった。

それは一瞬のことで、今となってはもう手の届かない領域。だが、確実にアルスは、そこに指先を触れさせた。

(構成とか構築、なんてものじゃない。完璧なる魔法とはよく言ったものだ、いっそ美しくすらある。余分な情報が皆無なんて、実に化物らしいじゃないか。そして……憐《あわ》れだ)

人間の魔法には感情というノイズが必ず介在《かいざい》する。いわば、完璧に近づくことはあれど、完璧にはなれない未完成品だ。

アルスはそれを悟《さと》ったところで、直接魔法に干渉することをやめた。諦《あきら》めたのではなく、やり方を変えたのだ。いくら化物が完璧な魔法を使うといっても、人間が生み出した魔法理論は、その化物どもが持つ魔法的本能の模倣《もほう》ともいえる代物。当然、通ずるものがあるのも確かだ。

【ケヘンアージ】は遠隔《えんかく》起動式だ。だとするなら、その起動コード的なもの、言うなれば爆弾の導火線の一端は、必ずシェムアザが握っていなければならない。

（まだ三本とも繋がってるんだろ？）

人間が体感するにはあまりにも次元の異なる世界で、アルスは魔法を漁《あさ》っていく。深く、深く、必ずアルスの知識に引っかかる構成があるはずだ。離《はな》れた位置で魔法を繋ぎ止《と》めておくには、空間を超越《ちょうえつ》した、情報の連絡《れんらく》手段が必須だ。その鍵《かぎ》は〝魔力〟だ。空間を掌握するアルスの「系統外」の力に、卓越《たくえつ》した魔力操作技術に基《もと》づく観察眼が合わされば、見《み》逃《のが》すようなヘマはしない。

ふと、アルスの口角が持ち上がる。

やはり三本、構成に不要な回路が混在している。それを不要と思えてしまうのは、やはり人間が扱う魔法の構成要件に似たところがあるからだろう。

だが、アルスがこれに気づけるようになったのは、やはり巨木に触れてからだった。通常ならばきっと気づけない、人間には理解できない。それら全てを解読し、理解するためには人類の長い歴史全部を充《あ》てても時が足りないだろう。

(何はともあれ、これで、【ケヘンアージ】とのリンクを切れる)

やがてアルスの意識と精神の〝指〟がそれに触れ、ぼんやりと輝《かがや》く魔力光とともに、繊《せん》細《さい》なピアニストの指のように動き出す。

その神業《かみわざ》は、不気味に絡《から》まり合い、血管のように蠢く三本の異形の糸全てを、優《やさ》しく解きほぐしていった。

……〝回路〟は、ついに断絶された。

一度大きく息を吸い、目を見開いたアルスの意識は、明瞭《めいりょう》という他なかった。清々《すがすが》しいほどに気持ちが良い。脳のノイズが全て取《と》り払《はら》われ、頭の中が空っぽになったようだ。それでいて瞬時《しゅんじ》に多くの物事を並列的に思考できる。この一瞬だけは五感全てが澄み渡《わた》ったような感覚さえある。

が、そんなアルスの目が、再び見開かれた。

あり得るはずはない、その光景。目の前で、今も巨木は脈動を続けている。完全にその回路は構成から切《き》り離され、同時にシェムアザの支配下からも離れたはず。いや……脈動をし続けている、というだけではない。

アルスの表情が、一気に緊迫《きんぱく》した。

目の前の巨木が、不気味な光を発し始めたのだ。それは、先の【ケヘンアージ】発動の折、直前に地の深くから漏《も》れ出していた、あの巨大な破滅《はめつ》の予兆と同じ色。周囲を見渡すと他の二本も同様に輝き始め、共鳴するかのような微かな唸《うな》りさえ発している。

（なるほど、完璧だ。よく考えられた魔法だ）

これらの巨木はいわば、精巧《せいこう》な罠《わな》付きの時限爆弾にも似ていた。回路を絶たれると、別の仕《し》掛《か》けで動き出す。いや、回路が切り離されたこと自体が、別の意味で発動トリガーとなるように、予《あらかじ》め準備されていたのだろう。

アルスがリスクとして考えていた、最悪の事態……それがまさに、目の前に現出しようとしていた。

それに対して……アルスはそっと目を閉じた。

急速過ぎたゆえに暴走したかのように見える【グラ・イーター】の出現は、アルスの最後の切り札。

（三本ぶん全て、か……器《うつわ》に収まりきるかどうかだが、今更《いまさら》だな）

暴走のリスクを考えると、それはあまりに危《あや》うい選択《せんたく》だ。ただアルスは、それを危惧《きぐ》すると同時に、一つの違和感《いわかん》にも気づいている。

アルスの支配下にあってすら、今にも暴《あば》れ狂《くる》いそうなのが常であった【グラ・イーター】が、今回は妙《みよう》に静かなのだ。それどころか、彼《かれ》自身すら予期せぬ動きを見せている。

(……こんなことは、初めてだ)

今、【グラ・イーター】は、その不気味に開けた大口を巨木に向けて、まるで威嚇《いかく》するかのように、闇《やみ》色の牙《きば》を剥《む》き出《だ》しにしていた。

その様子からは、捕食《ほしよく》本能というよりも、闘争心《とうそうしん》や敵意といったものを感じる。アルスにはそれが、自らの意思をもって、危険を排除《はいじよ》しようとしているようにすら感じられた。

それを意識などと言ってよいものかは不明だが、原始的な捕食本能しかないはずの【グラ・イーター】に、「危険さの判断」という一歩進んだ感覚が芽生えたのか、それとも別の要因によるものか。

一瞬躊躇《いつしゆんちゆうちよ》したアルスだったが。

(どういうことかは分からんが……やるしかない)

アルスは脱力《だつりよく》したように肩《かた》を落とし、己の深部へと意識を集中する。

いつものことだが、どうもこうしている時は、ひどく自分の殻《から》が曖昧になったような気分に陥《おちい》る。魔法のように理論で構成されたものに対する信頼とは別に、理論や現実を超えたどこか別の世界、まるで深海にでも潜っていくような、そういった感触が常に付き纏《まと》うのだ。

腕や指、そういったものを動かす時の、ごく当たり前で普《ふ》段《だん》は意識すらしない動作を、あえて意識的に行うのに似ているのかもしれない。何故《なぜ》ならば〝それ〟は、疑うことなき異物にして異形でありながらも、アルスの身体の一部として制御しなければならないからだ。

ちょうど半分だけ意識を闇で塗《ぬ》り潰《つぶ》し、アルスは思考を暗い無意識の淵《ふち》へと落とし込む。

腕を持ち上げ……その名を告げる。

「【暴食なる捕食者《グラ・イーター》】」

八つの黒々とした魔力が鎌首《かまくび》をもたげるかのように、アルスの周囲で異相形を作る。そして、今まさに内包していた魔法を発現しようとしていた巨木へと、猛《たけ》り狂ったように突《とつ》進《しん》した。

見るものは、黒い魔力を蛇《へび》のようだと言い、またあるものは龍《りゅう》のようだと形容するだろう。

だがそれは本質的に、生き物とは全く違う何か。いわば、純粋《じゅんすい》な捕食本能のみが形を与えられた存在。それを体現するかのように、【グラ・イーター】には喰らうための口しか存在しない。

　巨大な深海魚のような口をガバリと広げると、内部から次々と黒い魔力を吐《は》き出していく。その吐瀉物《としゃぶつ》たる魔力からは、まるで入れ子人形のように、新たな口となる裂《さ》け目が生まれる。それが無限に繰《く》り返されて、獲物《えもの》へと迫《せま》っていくのだ。

　尋常《じんじょう》ではない速度で餌《えさ》へと群がる【グラ・イーター】。凶暴《きょうぼう》すぎる黒い魔力の急接近を感知したのか、一気に発動の限界を迎《むか》えたらしい巨木が、不気味な光を発し、一斉《いっせい》に弾けていく。アルスは澄み切った八つの黒い魔力を鞭《むち》のように高速で操《あやつ》る。

【ケヘンアージ】の発動があったかどうかを、アルスも確かめることはできなかった。いや、発動したのだろう、それも三本同時に。吸収された凄《すさ》まじい量の魔力は、確かにアルスへと流れ込んだからだ。

　だが、魔物の魔法に、その英知に直接触れた時のものとは違い、そこに含《ふく》まれた情報は、今のアルスにとっては大雑把に過ぎた。

　しばらく後……地に一人立つアルスの周囲に吹き荒《すさ》ぶは、ただ荒《あ》れ狂う風のみ。

　ふぅー、と、細い息をアルスは吐き出す。そして改めて、自分の状態を確認《かくにん》した。取り込んだ魔力量は、やはり予想を遥《はる》かに超えていたが、何とか器から溢れることはなかった。

ただ、危ういほどの圧迫《あっぱく》を感じることだけは確かだ。

その一方で、巨木は三本とも源となる魔力を吸い尽くされ、魔力残滓《まりょくざんし》へと還《かえ》っていく。

だが、そんな周囲の出来事すら忘却《ぼうきゃく》の彼方《かなた》に置き忘れたかのように、アルスは己の中に深く潜っていた。

デミ・アズール戦を経て、アルスの魔力を貯蔵する器は、倍近く広がっていた。何より【グラ・イーター】の制御も以前ほど苦ではない。だからこそ、アルスは自分に取り込まれた圧倒的《あっとうてき》な魔力量を強く意識していた。慎重過ぎるかもしれないが、同じ轍《てつ》は踏めない。

それらが完全に体内へと取り込まれたのを確認すると、アルスはそのまま、腕をシェムアザ目掛《めが》けて振り上げる。レティの【クレイモア】の連続攻撃により、地に釘付《くぎづ》けにされていたシェムアザは、すでに上空に舞《ま》い上がっていた。

模様が崩《くず》れるほど焼かれた翅《はね》で大気を打つが、それだけでは浮力《ふりょく》が足りず、風の魔法を補助に使って、何とか空中にその身体を保持している状態だ。

今こそが、反撃《はんげき》の時だと、アルスは判断する。

そして、そのための魔法を構成するのに、もはや魔力の心配は無用。さらに最大の懸念《けねん》材料である【ケヘンアージ】の脅威《きょうい》を取り除いた今、何の憂《うれ》いもない。

思えばSレート如《ごと》きにここまで手こずった経験は、最近ではほぼなかった。強力な魔物相手に、何度か死を覚悟《かくご》させられたことはあったが、それも以前の話。往時と比べれば今のアルスは、全魔法師の頂点に君臨する力を持っているのだから。

アルスがとどめの魔法の構築に入った直後、透《す》き通《とお》るような声音《こわね》による詠唱《えいしょう》が、耳に飛び込んできた。

「三十五の格子《こうし》に阻《はば》まれ、無限の回廊《かいろう》に幽閉《ゆうへい》されし拒絶《きょぜつ》の業火《ごうか》、臨界はそこ、果ての光はそこに、塵芥《じんかい》も残さぬ、烱々《けいけい》の終《つい》に帰せ……」

「……!!」

聞き慣れないレティのその詠唱に、アルスの聴覚《ちょうかく》は鋭《するど》く反応した。詠唱の意味を読み解くより先に、それに含まれる【ロスト・スペル】を用いた魔法式と、そこから予想されるレティの魔法《きりふだ》を、脳内で検索《けんさく》する。

だが、合致《がっち》する魔法はアルスの知り得る知識の中になかった。

まさか、という思いと同時、レティの詠唱が進んでいくにつれ、なぜかアルスは、全身が総毛立つような感覚に見舞《みま》われた。

とはいえ、そのために自分の魔法の発動を、今さら取りやめる理由はない。

アルスは一先ず、膨大《ぼうだい》な魔力を注ぎ込んだ己《おのれ》の魔法を、レティより先に発現させた。

周囲に鎖《くさり》が鳴る音が響《ひび》き、シェムアザの目の前に二本、背後に二本、計四本の鎖が遥か上空から垂れ下がるようにして出現する。

魔法で作られたものだが、その鎖は異常なほどに太く、実体と見紛《みまが》うかのような鈍色《にびいろ》を発していた。

シェムアザがその鎖を認識《にんしき》したと思われた直後、それらは勢いよく上空へと引き揚《あ》げられる。

直後……引き揚げられていく鎖と入《い》れ違いに、上空から空を切って何かが落ちてくる。

それは鎖と同じ数、四枚の三日月形の巨大な刃《やいば》だ。見た目はまるで、魔物用のギロチンである。刃はそれぞれ、シェムアザの四枚の翅を正確に付け根から切断し、その勢いのまま地に落ちて消失する。鎖もまた、役目を終えたとばかり、膨大な魔力残滓を残してそれに続いた。

直後、刃が消えたその一帯に、上空から滝《たき》のように魔物の血液が降り注いだ。翅を失ったシェムアザは、空中でバランスを崩し、耳障《みみざわ》りな奇声《きせい》を上げた。

しかし必死で風の魔力を駆使《くし》し、辛《かろ》うじて地に落ちることだけは防いだようだった。

次の瞬間《しゅんかん》、凄まじい圧を感じて、アルスは肩越《かたご》しに振り返った。

視界に飛び込んできたのは、レティが紡《つむ》いでいた神秘的な魔法が、ついに完成したその姿。

たちまちシェムアザの巨体《きよたい》を包み込むように、半透明《はんとうめい》の球体が広がる。表面には術式と思われる膨大な【ロスト・スペル】が薄《うつす》らと巡《めぐ》っていた。

レティは両手を突《つ》き出しており、左右それぞれの腕に嵌《は》めた、腕輪《うでわ》型のＡＷＲが光《ひか》り輝いている。いつもの指輪とは異なるそのＡＷＲを、レティはどうやら二つ同時に併用《へいよう》しているらしい。

だがその表情は、憎《にく》しみに燃えるものでもなければ、苦しげでもない。

どこか哀《かな》しげでありつつ、何かを悟った賢者《けんじゃ》のようにも感じられる、一種独特のもの。

ようやく終わる、長い苦しみと彷徨《ほうこう》の果てに、ようやく悲願が達成される……いわば喜びと切なさが入り混じっている、とでも言うべきだろうか。そんな瞬間に、人はそういった顔を見せるのかもしれない。

そんなことを思ったアルスの目の前で、シェムアザを押し包む半透明の膜《まく》は次第《しだい》に縮小していく。ついにはその巨体に吸い込まれるようにして消えたようにも見えたが、目を凝《こ》らすとなお、その体皮を透かすようにして、内部から小さな輝きが漏れ出している。

そう、それは縮小ではなく、凝縮《ぎょうしゅく》。

【空置型誘爆爆轟《デトネーション》】の紅点とは違い、レティが紡いだ魔法は、蒼《あお》い光を発していた。

「まさか！」

アルスが動き出すより早く、レティが詠唱の最後の締めくくりとなる言葉を……その名前を、やっと終われる、そんな気持ちを込めたように、静かに告げた。

「蒼の恒星《こうせい》……【M2‐ポラリス】」

同時、蒼き光は限界に達したかのように爆発的《ばくはつてき》に膨張《ぼうちょう》。煙《けむり》を一切発せず、ただただ蒼に包まれた爆炎《ばくえん》が、シェムアザもろとも広範囲《こうはんい》に広がった。

雲を焼き、山を飲み込むその蒼炎《そうえん》は、まず世界から音というものを消し去った。続いて、あらゆる景色を蒼に染め上げていく。

それから……波のように押し寄《よ》せる爆風《ばくふう》が、全てを攫《さら》って行った。

その直後、アルスの眼《め》には、蒼炎が球形状に空を覆うのが見えた。

（魔力爆発《まりょくばくはつ》……いや、魔力残滓から不純情報を分離《ぶんり》し、純粋な魔力エネルギーのみを抽出《ちゅうしゅつ》。魔法自体を再構築した後に、一気に集積させたのか⁉）

【M2‐ポラリス】はアルスとレティが共同して【デトネーション】を改良した時に、基《き》礎《そ》理論を考案した魔法《まほう》の一つだ。しかし、通常では大気中に漂《ただよ》っているに過ぎない魔力から、純粋なエネルギーだけを集積するための技術がなく、そこで開発は止まっていたはずだった。ましてやそれを外界で使えるようにするのは至難の業《わざ》として、さすがのアルスも諦めていたのだ。

（あの腕輪、そこまでの代物か！）

通常では不可能なはずのそれを、あの特別製らしい腕輪が、可能にしたのだろう。面白いもの、と意味深に言っていたのは、この魔法のことだったに違いない。

だが今や、アルスはレティ目掛けて全力で走っていた。全てを無に帰してなお止まらない膨張。あまりに凄まじい余波の影響《えいきょう》を、レティはちゃんと理解しているのか。いや、何とかできるだけの手立てはあるのかもしれないが、アルスから見ると、危険に過ぎる。

アルスが無意識に走り出したのは、もしかするとレティはそれを、自滅覚悟《じめつかくご》で放ったのかもしれない、と判断したからだ。

魔力残滓を再利用する、という斬新《ざんしん》な発想は、アルスも知るその基礎理論に、レティが単独で手を加えた証拠《しょうこ》だ。最大の懸念《けねん》事項《じこう》を腕輪一つで可能にしてしまった。確かに、直前にアルスが放った魔法により、シェムアザ周辺の空間には膨大な量の魔力残滓が浮遊《ふゆう》していたはず。レティは、それを利用したのだ。

ただこの魔法は威力《いりょく》が強大すぎるだけに、余波もまた尋常なものではない。下手に巻き込まれると、生身の身体など塵《ちり》も残らないはず。

思わず舌打ちを一つして、アルスはひたすらに地を駆けた。

レティの正面に文字通り滑《すべ》り込んだアルスは、彼女《かのじょ》のそんな声に反応する時間すらも惜《お》しんだ。

「……！　アルく……」

アルスは唇《くちびる》を噛《か》んで、無性《むしょう》に腹立たしい気持ちを抑《おさ》え込む。

背後でレティは、最後の力を振り絞《しぼ》って、己のＡＷＲに全神経を注いでいた。そのおかげか、蒼炎は微かにしぼみ始める。

だが、それも一進一退に近い。レティが衝撃《しょうげき》を和《やわ》らげ、爆発がこれ以上大きくならないよう抑え込んでいるとはいえ、やはり完全には抑制《よくせい》できていないのは一目瞭然《いちもくりょうぜん》。

（魔法式を、収束させきれていない）

目を細めて、アルスはその様子を見極《みきわ》めようとする。予想もしなかった魔法だけに構成を読み解くことはすぐには難しいが、以前腕輪型ＡＷＲの特性を見ていたおかげで、ある程度なら原因の推測は可能だ。

いわば、火の回りの速さに比べ、鎮火《ちんか》速度が追いついていない。

しかも【デトネーション】など単純な爆裂魔法《ばくれつまほう》とは異なり、蒼炎はレティの意図に逆らい、螺旋《らせん》を描きながら膨張し続けている。

瞬《まばた》きをするほどの僅《わず》かな時間で分析《ぶんせき》を終え、アルスはいずれ、この拮抗《きっこう》状態が崩れると確信した。レティはおそらく間に合わない、そもそも彼女があの魔法を完全に抑え込むには、AWRの性能が足りないのだ。

だがレティが状況《じょうきょう》を諦めず、なおも必死に努力を続けていることは、十分な対価を生みだした。

多少ケアが遅《おそ》くなったとしても、この状況に十分対処し得るだけの魔法を、アルスが編むことができるのだから。

先程《さきほど》シェムアザに放った大技《おおわざ》で消費した魔力を除いても、アルスの内在魔力はなお、有り余っていた。

レティの放った構成式を収束させることはできないが、燃焼《ねんしょう》という現象が生む事象的な因果に対して、アルスは打ち消す術《すべ》を一つだけもっている。それは、レティの制御力とその魔法が拮抗している今だからこそ、取れる手段だ。

構成そのもの、事象的な因果すらも巻《ま》き戻し、ありとあらゆる現象を元へと還す。それはときに、魔法の発動段階を、根源的な魔力情報レベルにまで後退させることすら可能な魔法だ。

「【始原の遡及《テンプルフォール》】」

蒼炎の渦《うず》……そのさらに上空。広大な範囲《はんい》で展開された魔法陣《まほうじん》によって放たれるのは、陣《じん》の頂点に各系統の最上位級魔法式を織り交ぜた、六系統複合魔法である。

その影響範囲《えいきょうはんい》下にある全ての物質は座標情報を固定され、時すらも止められる。そして全てが原初の無へと還るべく、森羅万象《しんらばんしょう》の慟哭《どうこく》が、大気の震《ふる》えという形で始まるのだ。

あらゆる構成を分解する魔法が起動すれば、もはやレティの出る幕はない。情報次元において、影響範囲内にある全ての魔法的存在は魔力情報を遡《さかのぼ》り、消滅《しょうめつ》の運命を辿る。

それは、【M2‐ポラリス】とて例外ではない。

今なお輝き続けるかに見えた蒼光は徐々《じょじょ》にくすみ、ただの魔力情報へと分解されていく。ついには全てが幻《まぼろし》だったかのように輝きを薄れさせ、最後に淡い光だけを残してかき消えた。

ただ地上には、綺麗《きれい》な円を描いた大穴だけが残された。それは底知れぬ深さに、暗い闇だけを湛《たた》えている。【テンプルフォール】は、いったいどれほど深き淵を、ここバナリスの地に穿ったのか。

アルスは一先ずは、と大きく息をつきつつ、周囲を見渡《みわた》す。レティの【M2‐ポラリス】とアルスの【テンプルフォール】、両者の激突《げきとつ》は地形をも変えるほどの傷痕《きずあと》を、この地に刻んでいた。

「その魔法は初めて見たっすね」

今にも失神しそうなほど息を切らしつつ、レティが軽口を叩《たた》いた。

ただ、彼女の顔色は決して良いとは言えない。それでもさすがはシングル魔法師、全く動けないということもなさそうだ。どうせなら動けなくなるほど疲弊《ひへい》していてくれた方が、助けに入った甲斐《かい》もあるというもの。まだ余力を残している様子を見ると、何故《なぜ》か癪《しゃく》に障《さわ》る。

「使うのは、まだ二度目だがな」

「敵《かな》わないっすね。今回はそのおかげで、助かったっすけど」

「もしかして、俺《おれ》を最初からあてにしてたのか」

悪びれない言い方に、アルスはさすがに、呆《あき》れた声を返す。

「まぁ〜その、確かにアルくんがいなかったら、あれは使わなかったすよ？　でも……やっぱり最後は派手に締めたかったというか、ほら」

喪《うしな》った仲間達のために、と、悲愴感《ひそうかん》を演出するかのように潤《うる》んだ瞳で、小さくレティは付け足す。

そんなことを言われれば、アルスもさすがに口に出かけた文句を引っ込めないわけにはいかない。態度こそ演技じみていたが、おそらく本音は嘘《うそ》ではなかっただろう。想いをありのままに口にするのが少し躊躇《ためら》われたのだと、レティが糊塗《こと》しようとした内心を見透《みす》かすのは、アルスにとっては容易かった。

あの蒼い炎はいわば、仲間の命を奪《うば》った外界全てに示す、弔《とむら》いと手向《たむ》けの花火。レティにとっては、そういった意味があったのだろう。少々大げさすぎだとは思うが。

「…………終わったすね」

黙《だま》り込んだアルスに向けて、少し湿《しめ》っぽくなった場を取り繕《つくろ》うように、レティは微笑《ほほえ》んで、一言だけ言った。

最大の目標であるSレート級の討伐《とうばつ》は完遂《かんすい》された。もはや確認する必要すらないだろう。【M2‐ポラリス】によって、シェムアザの巨体はまさに塵も残さず、完全に消失してしまったのだから。

次の瞬間、レティは誰《だれ》の目も憚《はばか》らず、唐突《とうとつ》にアルスに身体を預けてきた。

最後まで彼女を支えていた気力の糸が、今、安堵《あんど》とともに切れてしまったのだろう。

複雑な感情を湛えた瞳で、レティがそっとアルスの顔を覗《のぞ》き込む。

だが、彼女の表情は、またも硬《かた》く引《ひ》き攣《つ》ることになった。

アルスの目は……意識は、この瞬間、完全に別の場所を向いている。

「……!?」

今しがたまで、確かに終わったと思っていたバナリス攻略《こうりゃく》という一大任務……その続きを直感し、レティは視線でアルスに問いかける。

「まだだ。まだ、どうも奇妙《きみょう》な点が一つ残っている。……レティ、走れるか」

「走る分にはなんとか、でも魔法は……」

彼女の魔力《まりょく》残量はもはやほとんどなく、かつ魔法の構成すら覚束《おぼつか》ないほど精神的疲労《ひろう》が蓄積している。

「いや、構わない。最後は……俺が殺《や》る」

その答えは、ほとんど無意識のようなもの。殺《や》る、という意味に通じるその一言は、奇《く》しくも「討伐すべき存在」を示唆《しさ》したものであることに、彼自身気づいていない。

それは、シェムアザとの戦闘《せんとう》中、唐突に〝雪〟が止《や》んだ理由。

最後に残された違和感の正体を、今、アルスは鋭い直感で感じ取っていた。

それこそは、ほぼ頂点に手が掛《か》かったといえるこのバナリス奪還《だっかん》任務に、最後に残された険岩《けんがん》となるはずだった。

◇　◇　◇

バナリスの最高峰《さいこうほう》、薄っすらと雪冠《せっかん》をかぶった遥かなる雪山の頂近く。

切り立った崖《がけ》の上から、雪原を見下ろす者がいた。

まるで岩のように身動き一つすらせず、ひたすら何かを感じ取ろうとするかのような、静かな視線を下界に投げかけている。

もう、雪は止んでいた。

あれほど長らくこの地を覆《おお》っていた冬の幻が、解かれたのだ。

だが、先程ここに駆《か》けつけてきた、勇気ある者達の行動に対し、彼……その男は、何を思うこともないようだった。

取り澄ました顔には、称賛《しょうさん》はおろか、逆に一片《いっぺん》の苛立《いらだ》ちの感情すらも、浮《う》かべてはいなかった。

首まで伸《の》ばした長い髪《かみ》は赤く、その色だけが、いかにも落ち着いた男の容貌《ようぼう》の中で、一際《ひときわ》目を引く要素だ。およそ感情というものが感じられない表情で、男はふと、目だけをちらりと動かした。

その視線の先には、つい今しがた、彼が自ら手にかけた者……一人の男性魔法師が、雪を朱《しゅ》に染めて倒《たお》れ伏《ふ》している。

雪が止んだせいか、地平線には、ようやくはっきり顔を覗かせようとする太陽の弱々しい光の予兆が感じられ、遠方に白雲すらも認めることができた。

そしてその陽光が、一際くっきりと雲間から差し込み、男の周囲を照らし出した拍子《ひょうし》
……男が今、ちょうど肩の高さに差し出した右腕《みぎうで》の先に、掴《つか》んでいるものの姿が明らかになる。

微かな苦悶《くもん》の声を上げ、男の腕の先で身をよじったのは、銀髪《ぎんぱつ》の少女。

男の鋼《はがね》のような指が、か細い少女の首を掴み、万力のような力で絞《し》め上《あ》げていた。

ロキは今、己の首を掴む男の腕を何とか引き剥《は》がそうと、弱々しい抵抗《ていこう》を見せていた。男の掌《てのひら》に辛うじて両手の指を差し込んでもがくが、まるで岩のようにびくともしない。

それでも彼女が身をよじるたび、レフキスとの戦いで負傷した胸の傷から血が滴り、その身体を濡《ぬ》らしていく。

苦しい息の中、宙吊《ちゅうづ》りにされた状態のロキは、霞《かす》む目を、ちらりと下へと向けた。

積雪の上に、意識を失ったかのように伏《ふ》せっているのはムジェルだ。彼の周りに流れ出している大量の血が、ロキの焦《あせ》りをさらにかき立てる。

だが、状況は絶望的だった。赤髪の男と自分では、力量の差がありすぎる。

レフキスとの一戦の後、未《いま》だ消えない雪に加え、不審《ふしん》な気配と危険な匂《にお》いを感じ取り、

ここへ急行したまでは良かったが……そこで待ち受けていたのは、予想もつかない光景だった。人類の生存圏《けん》を遠く離れたこの外界・バナリスに、自分達以外の人間を見つけたのだから。

そして〝彼〟は、恐《おそ》るべき敵対者でもあった。始まった戦いは、ろくに戦闘《せんとう》ともいえないうちに、全てが決してしまったのだ。

ロキがいくら消耗《しょうもう》していたとはいえ、男が魔法師として恐るべき実力を秘《ひ》めていることは明らかだった。現にムジェルでさえ、まるで子供のようにあしらわれてしまったほどだ。

そして、男がムジェルとロキに対処すべく、体勢と魔力を切り替《か》えた途端《とたん》、雪が止んだ。

その時、ロキは悟ったのだ。この男こそが陰《かげ》で全ての糸を引き、〝雪〟をこの地にもたらしていた張本人だと。魔物《まもの》などではない、このバナリスに起きた大異変は、まぎれもない人の意志と、その魔法によるものだったのだ。

（でも、いったいなぜ……）

男の動機について、再び思考を巡らせようとしたロキの首に更《さら》なる力が加えられ、ごぼり、と口から温かいものが溢れ落ちる。

溢れ出《で》た血がロキの呼吸と思考を妨《さまた》げ、視界が次第に霞んでいく。

このままでは、とロキは最後の力を振《ふ》り絞った。

残る方法は一つ、残りの魔力を使い、電撃《でんげき》を己の体内で発現させる。

魔法の発現座標を自分に指定するという、魔物であるレフキスが行ったものだ。いうならば男を巻き添《ぞ》えに自滅《じめつ》を選ぶのと同じ、稚拙《ちせつ》なやり方である。

しかし今、男の手から逃《のが》れるには、それしかない。皮膚《ひふ》が焼けようと内臓が爛《ただ》れようと、このまま首をへし折られるよりマシだ。

ロキはともすると途切《とぎ》れそうになる意識の中で、何とか精神を集中させ、身体のすぐ傍《そば》に中位級魔法【雷光《ライトニング・ボルト》】を生み出した。

だが、ようやく発現させたそれが、弾《はじ》けようとした刹那《せつな》。

雷光はゴトッと音を立てて地上に転がる。

自分と男もろともに弾けるはずだった雷球は、いつの間にか、平凡《へいぼん》な氷の塊《かたまり》に変えられていた。

だが、ロキの中に驚愕《きょうがく》はない。この男なら、これしきの芸当など苦もなくやってのけられると、すでに分かっていた。男はまだ氷系統に関してしか自分の手札を見せていないが、その分野だけ見ても、明確に恐るべき手練《てだ》れだった。

（……【フォース】！）

ロキは残った全魔力をかけて、強制的に脚力《きゃくりょく》を増強させる。それから身体を捩《よじ》りざま、男の腕目《うでめ》掛《が》けて蹴《け》りを放った。あわよくばそれをへし折らんとする勢いで放つ、全力の一《いち》撃《げき》だ。

が、ロキの蹴撃《しゅうげき》は男の腕を打った直後、逆に鉄骨を叩いたかのような激痛を彼女の足にもたらした。足の甲《こう》が砕《くだ》けた感触《かんしょく》とともに、痛みが全身を伝って返ってくる。

「あああぁぁ……」

苦痛の叫《さけ》びとともに、ロキの唇の端《はし》から血しぶきが飛んだ。

痛みだけではない。さらに、男の腕を捉《とら》えたはずの足が一気に凍結《とうけつ》させられていたのだ。咄嗟《とっさ》に突き離したものの、凍《こお》り付《つ》いて脆《もろ》くなった軍靴《ぐんか》ごと皮膚が持って行かれた。砕けた甲と同じく、裂傷《れっしょう》を負った脚《あし》からは一気に血が流れ出し、ロキのつま先から滴《したた》り落《お》ちていく。

「その歳《とし》で、見上げた力です」

まるで空疎《くうそ》な言葉だけの賛辞を投げると、男はロキを、壊《こわ》れた玩具《おもちゃ》のように放《ほう》り捨てた。

「ですが、少々飽《あ》きましたね。そろそろ終幕といきましょうか」

呟《つぶや》いた男の背後、何もないはずの宙空に、氷で作られた武器が生み出される。その鋭い切っ先は真っすぐにロキに向けられ、今にも彼女の身体を貫き通《つらぬ》そうとしていた。冷気を吐き出すその刃は、数メートルはあろうかという巨大《きょだい》なもので、形状は寧《むし》ろ片刃《かたは》の刀に近い。

一瞬《いっしゅん》、レフキス戦で力を使いすぎた、と小さな後悔《こうかい》がロキの胸をよぎった。そうでなければ、もう少し抵抗できたかもしれなかった。

でも、何とか時間は稼《かせ》げた。そう、それで自分の役目は終わったのだ。

ロキは小さく頬《ほお》を持ち上げて、男にどこか安堵にも似た微笑《びしょう》を向けた。

直後、強い力がロキの身体を抱《だ》き……どこかへ攫《さら》っていく。

だがそれは決して死神の手などではなく、また、男の氷刀がその身体を刺《さ》し貫いた衝撃でもなかった。

分かっていたことだ、雪が止んだ今、ロキは魔力ソナーを……探知魔法師としての力を存分に発揮することができるのだから。

(ほら、来てくれた)

救難信号代わりに発したソナーに、〝彼〟ならば必ず気づいてくれるはず。

いわば信念にも似たそんな確信が、ロキの内にはあった。

強い着地の衝撃の中、ロキは一瞬たりとも目を瞑《つぶ》らなかった。アルスの腕に抱き抱《かか》えられる、助けられるその瞬間、ただ眼を閉じていてよいはずがない。

絶対の信頼《しんらい》を寄せるアルスだからこそ、まるで救いの手を待つだけのお姫様《ひめさま》のような、不甲斐《ふがい》ない姿だけは、決して見せたくない。

「ありがとうございます。アルス様」

用意していたように、淀《よど》みないはっきりとした声がロキの口から漏れる。

彼に無用の心配をかけまいと、せめて精いっぱい張った声で。

ゆっくりと腕から下ろされた後、ロキは自分を殺そうとした赤髪の男に、静かに目を向ける。反対側にはレティが、そして男を挟《はさ》むように、アルスの姿が。

だが、男は微動《びどう》だにしない。

それもそのはず。

ロキを救い出したほんの一瞬後、【宵霧】を携《たずさ》え稲妻《いなずま》のごとく迫ったアルスが、男に一《ひと》太刀《たち》ならぬ、二太刀もの斬撃《ざんげき》を浴びせたのだから。

たちまち両断された男の片腕《かたうで》がどさりと地に落ち、半分近くも切り裂かれた首からは、噴水《ふんすい》のような勢いで、鮮血《せんけつ》が溢《あふ》れ出す。だが――。

「さすがに……速い」

首を深々と切られたはずの男が発した声に、まったく濁《にご》りや淀みはなかった。

見ると、首を押《お》さえた男の掌の下で、傷がみるみる凍りつき、止血されていく。

アルスの太刀筋《たちすじ》があまりに鮮《あざ》やかかつ鋭利《えいり》すぎたゆえか、断《た》ち切られた動脈どころか気管すらもが、あっという間に凍結され、接合されてしまったかのようだった。

「やはり、早々に手を打っておいてよかった。今回は実験も兼《か》ねてましたからね」

常人ならとっくに絶命しているはずだが、男はあくまで、柔《やわ》らかい口調を変えることはなかった。

「目的はなんだ。魔物と仲良しごっこでもしたかったのか？」

アルスの静かな問いに、男はそっと目尻《めじり》を下げて微笑む。

「まさか、ご冗談《じょうだん》を。言ったでしょう、ただの実験を兼ねたお遊びですよ」

眉根《まゆね》を寄せたアルスに、男はあくまでも柔らかい雰囲気《ふんいき》を崩さず、言葉を続ける。

「それにしても、グドマさんがここまで有用な研究成果を生み出せるとは。やはり、彼は天才だったことが証明されましたね」

「……！　【エレメント因子分離化計画】、あのグドマか？」

グドマ・バーホング。かつて軍の指令を受け、アルスが内地で対峙《たいじ》した最悪の犯罪者にして狂気《きょうき》の科学者の一人である。最後は自らの実験成果で半魔物と化した挙句、拘留《こうりゅう》先の軍施設《ぐんしせつ》で、謎《なぞ》の死を遂《と》げていたはず。

「彼は、あなたに潰されてしまいましたからね……惜しいことです」

淡々《たんたん》と答える男を、アルスはじっと見つめた。

やはり、グドマの事件の陰には、何者かが暗躍《あんやく》していたのだ。そして、正体は不明ながらも、男は強力な魔法師。そうなると、いろいろと辻褄《つじつま》があってくる。そして何より、アルスが反応を示したのは。

「やはり、【フェゲル四書】は実在したか」

アルスは唇に薄い笑いを浮かべ、そう発する。その言葉が出た途端、今まで無表情だった男の眼が、やや面白《おもしろ》くなさげに細められたことで、アルスはさらに確信を深めた。

あの時、グドマの研究所で見かけたのが真に【フェゲル四書】だったならば……軍に拘《こう》束《そく》されたグドマの不審な死は、口封《くちふう》じを兼ねた厄介払《やっかいばら》いと見て間違《まちが》いない。

そして、その言葉に反応した眼前の男こそが、その実行者の可能性は高い。

動機はおそらくグドマの裏にいた己の痕跡《こんせき》や情報を抹消《まっしょう》したかったのではなく、【フェゲル四書】自体に、その理由があるのではないか。

どうやって、という疑問は残るが、軍とて一枚岩ではないし、内部に男の協力者がいた可能性もある。

「アルくん、どうするっすか」

レティの好戦的な色を含んだ言葉は、しかし、彼女なりのブラフだ。今、レティに男と渡《わた》り合《あ》えるだけの力は残っていない。それでも、男を威圧するためにあえて発したもの。

なにしろこの男は不気味そのもので、実力の底が知れない。

だがその疑問に答えたのは、あろうことか、男本人であった。この状況下で、不敵というか、からかっているというニュアンスの方が強いだろうか。

「いえいえ、こちらの目的は終えましたので、もう退散するといたしますよ。そちらの方も、まだ息をしているはずです……もう少し時間があれば、改めて息の根を止めて差し上げるつもりだったのですがね」

雪上に倒れているムジェルにちらりと目線を送り、男は軽口めいた口調でそう話す。だがその口ぶりとは裏腹に、男の瞳《ひとみ》には、恐ろしいほどの寒気が宿っていた。アルス達が間に合ったからよかったようなものの、そうでなければ、本気で実行するつもりだったのは明白。

「この状況で、よく口が回る。お前に退散の選択肢《せんたくし》はない。俺に殺されるか、レティに殺されるか。いずれにせよ、お前にはここで死んでもらう」

アルスの眼が、鋭さを増した。

男の氷系統を扱《あつか》う腕前《うでまえ》は、相当なものだ。切り落とされた腕先もすでに氷漬《づ》けにし、止血と応急処置を終えている。だが、単にそれだけでもある。ここから状況を覆《くつがえ》すのは不可能に近い。そもそも、男の最後の悪あがきを防ぐために、アルスは致命傷《ちめいしょう》となる首を裂いたのだから。

（この状況でも、意識の混濁《こんだく》はないか）

つまり、状況を理解した上で、それに順応し、受容するだけの精神力がある。こういう手合いは死の直前まで魔法を編むことができる。死の直前に魔法を編めるだけの精神力を保つことは、本来ならいかなる魔法師も不可能に近いのに、だ。故《ゆえ》に、男は完全に常軌《じょうき》を逸《いっ》している。ならばやはり、とアルスは決断する。

「拘束はしない。だから拷問《ごうもん》もない。安心しろ、俺は手慣れてる」

後難を排《はい》するための、速《すみ》やかなる処刑《しょけい》。それは、アルスなりの裁きだ。同時に、レティ達に手助け無用と伝える意味もある。

男が何をするか分からない以上、衰弱《すいじゃく》しているロキやレティが、下手に動くと逆に厄介《やっかい》な事態を招きかねないからだ。

「なるほど、順当な判断です。ですが、素直《すなお》には承服しかねますね。なので、ささやかながら抵抗をさせていただきます」

こちらの神経を逆撫《さかな》でするかのような口調ではあるが、その慇懃《いんぎん》な言葉遣《ことばづか》いは、追《お》い詰《つ》められた者の台詞《せりふ》とは思えない。

次の瞬間。

唐突に雪が舞い散《ち》り、男が動いた。

それに応じたかのように、アルスが一歩踏《ふ》み込んだ直後、場の空気は一気に最高潮へと張《は》り詰める。

今、アルスの顔に浮かぶのは、魔法師としてではなく、人を殺《あや》める者としての表情。

レティとて、そんなアルスは初めて見る。

続く刹那、彼女の瞳が見開かれ、微《かす》かな動揺《どうよう》の色が広がる。

(！　姿が……？)

周囲の景色に紛《まぎ》れるように、一瞬、アルスの影が薄れていくように見えた。思わず目をしばたたかせるが、間違いはない。

いわゆる気配、存在感自体を殺したためだ、と悟《さと》ったのはその直後。心なしか、ただでさえ寒い周囲の温度までも、いくぶん下がったようにすら思える。

びくり、と赤いお下げがレティの背で跳《は》ねる。魔法師の示威《じい》は主に魔力を放つことによってなされるが、今、アルスが取ったのはそれとは真逆かつ、実は魔力をどうこうする、という類《たぐい》の手段ですらない。魔法師とはまったく別種の者が取る、戦闘行動の予兆。

そしてレティが味わったのは、本能的な恐怖《きょうふ》だ。

味わい慣れない感覚に、冷《ひ》や汗《あせ》がレティの手を湿らせた。対人戦闘の経験はレティにもあるし、寧ろ並みの魔法師より多いくらいだというのに。アルスの一挙手一投足は、「殺しを生業《なりわい》とするもの」のみが放つ、独特の気配を纏《まと》っていた。

レティの喉《のど》が一度上下し、生唾《なまつば》を呑《の》みこむ音が、微かに響いた。

その音が消えるか消えないかのうちに。

アルスは初動の予備動作すらもなく、走る男に追いついたばかりか、その懐《ふところ》に潜《もぐ》り込んでいた。

彼女の驚愕を置き去りにするように、アルスは無言でＡＷＲを横一閃《いっせん》に薙《な》いだ。躊躇いもなければ覚悟すらも必要ない、ほとんど日常行為《こうい》の一部として染《し》み付いた殺しの技。魔物とは違《ちが》い、人間相手に鍛《きた》えられた技術だ。

だが、薙いだ【宵霧】はギリギリのところで男の氷刀によって阻まれ、激しい衝撃が生じた。しかし男の得物は、手に握《にぎ》られてすらいなかった。それは【宵霧】の刃と男の身体を隔《へだ》てるように宙に固定されている。こういった遠隔《えんかく》操作には、より繊細《せんさい》で緻密《ちみつ》な技術が必要となるはず。

それでも、アルスには感嘆《かんたん》も驚愕もない。単に初手を防がれた、という事実以外に、今のアルスの思考に、余計なものが入り込む隙《すき》は一片すらもなかった。

気づくとアルスの刀身、ＡＷＲの先から、極薄《ごくうす》の魔力刀が伸びていた。

それは過《あやま》たず男の脇腹《わきばら》に突き刺さり、血を噴《ふ》き出《だ》させた。だが、そこから先に押し込むには、時が足りない。

反撃《はんげき》の氷刀が翻《ひるがえ》るより早く、アルスはＡＷＲから手を放す。いまだ手には刺突《しとつ》の感覚すら残っている直後の、一瞬での状況判断。更に一歩下がったアルスは身を屈《かが》め、男が操作する氷刀の軌跡《きせき》を掻《か》い潜《くぐ》る。

そしてアルスが返すのは、刀ではなく己自身の腕。いや、正確にはその先から生み出した、新たな魔力刀だ。そのままアルスは、男の身体を逆袈裟《けさ》懸《が》けに斬《き》り上げた。鮮血が飛び散るが、それすらも意に介《かい》さない。

殺す、いったんそうと決めたアルスの行動は、目的を遂行《すいこう》するまで止まらない。致命傷ですら足りない、それではまだ、相手は完全に絶命していないのだから。

魔力刀が男の身体を滑《なめ》らかに通り、そのまま首を真横に斬りつけた。今度こそは、生ぬるい致命傷ではない、確実な絶命をもたらす一刀。

やがて地面に両足をつけた時、アルスの「仕事」は、小さく吐《は》かれた白い雪とともに終わりを告げた。

男の身体だけが、二歩、三歩とたたらを踏むようによろめいた後、その場に倒れ伏した。血しぶきを噴き上げつつ、少し遅《おく》れて身体から切《き》り離《はな》された頭部が雪上に転がる。

その顔は驚愕の色すらもなく、死を受け入れたかのような表情のまま時を止め、雪に血の跡《あと》を付けつつ、音もなく停止した。

確かな手応《てごた》えを感じつつ、アルスはそっとAWRを収めた。普段《ふだん》、こうした殺しはほとんどアルスの記憶《きおく》に残らない。今回も、ほとんど道の邪魔《じゃま》になる石ころを排除《はいじょ》した程度の認識だった。

ただ、少しだけ印象に残ったとすれば……男が使っていた氷の刀。正確には、その造形だ。どこか引っかかる形状や鍔《つば》の装飾《そうしょく》のイメージが、微かにアルスの脳裏《のうり》を掠《かす》めたが、結局それは思い出す価値もないこととして、僅かな戦いの余韻《よいん》の中に消えていった。

「ムジェル、生きてるっすか！」

レティの声が、吹《ふ》きすさぶ寒風とともに、そんなアルスを現実へと引き戻《もど》した。

重傷を負ったムジェルは、それでもなんとか意識を取《と》り戻したらしく、呻《うめ》き声《ごえ》を上げて手首だけを動かした。

それから彼《かれ》は、雪の上を弱々しく叩いてレティの呼びかけに答え、心配げだったロキも、ようやく安堵の表情を浮かべたのだった。

そのすぐ後、アルス達はサジークらとも合流を果たした。

周囲に魔物の気配はないが、またいつ新手が現れるかは分からない。そのため、男の死体の回収は後に回されている。

ただアルスが簡単に調べたところ、男の正体に繋《つな》がる手がかりになりそうな所持物はもちろん、通常なら外界で必要になりそうな装備一切《いっさい》までがなかった。その事実はただただ、男の不気味さを際立《きわだ》たせることになった。たった一人、空手で魔物が跳梁《ちょうりょう》するこのバナリスにやってきて、魔物側に加勢し、〝雪〟を操《あやつ》るあの上位級魔法を使っていたことになるのだから。

疑問は募《つの》るばかりだったが、まずは怪我人《けがにん》を無事に送り届けることが最優先ではある。

結果、ムジェルを担《かつ》ぐ役回りを振られたサジークは、露骨《ろこつ》に迷惑《めいわく》そうな顔をしていたがなんとか一行は、拠点《きょてん》に帰還《きかえ》することができたのだった。

第58章「差し伸べられた、その手」

拠点への到着《とうちゃく》後は、治癒魔法師《ちゆまほうし》たるルイスの出番である。

彼女の正念場は、ある意味ではやはり、任務完了《かんりょう》後なのだ。

ルイスの的確で素早《すばや》い指示により、拠点は一気に治療病棟《ちりょうびょうとう》へと変貌《へんぼう》した。

彼女の「治療室《ちりょうしつ》」の入り口では、まるで病院の待合室のように、大の大人が縮こまって並んで診療を待つ、という珍妙《ちんみょう》な光景が展開されることになった。

ムジェルに続き、ロキ、その他の負傷者達《たち》が、ルイスによって次々と治癒《ちゆ》を施《ほどこ》されていった。治癒魔法師とはいえ、彼らの施術《せじゅつ》は、本来ならば、負傷者の自己治癒能力を高めるという程度に止《とど》まる。もちろん施術者により大小の差はあるのだが、根本的な部分ではそう変わらない。

しかし、治癒魔法師の中でも一流、或《ある》いは「名医」クラスと呼ばれる者のみは、その範《はん》疇《ちゅう》には収まらない。

特に、レティのようなシングル魔法師が見込むレベルともなると、国内でも有数の技量を持っているのが普通《ふつう》だ。

ルイスも例外ではなく、数時間後には、負傷者のほとんどが、自分の足で立てるまでの回復ぶりをみせた。治癒魔法師についてアルスはあまり知識がなかったが、現代の治癒魔法師の技術は、さすがの彼でも目を見張るほど進化を遂げていた。外界における治癒魔法師の存在価値は、もはや過去とは比較《ひかく》にならないほど、重要視されなければならないだろう。

ただ、ムジェルに至っては当分の間は休息を指示されている。当人は横になっていることすら不本意だったようだが、如何《いか》に本人が大丈夫《だいじょうぶ》だ、と言っても、この場を取り仕切るルイスの命令は絶対だった。部隊内で唯一《ゆいいつ》、そんな彼女の意向に逆らえる――飄々《ひょうひょう》と躱《かわ》す――ことができるのは、せいぜいレティぐらいなものだ。

周囲の隊員達も、さして深刻になるでもなく、寧ろそんなムジェルを揶揄《からか》うような言葉を浴びせかけるのだから、あいも変わらず陽気な連中だった。

かく言うアルスも、凍傷《とうしょう》を負った手を治してもらったことがあり、ルイスの忠告には従わざるを得なかった。

(とはいえ……腕を使わないようにって言われてもな)

外界で利《き》き腕を動かすな、という制限はなかなかに厳しい。凍傷を負ってもなお酷使《こくし》したために、ここまで重症《じゅうしょう》化してしまったのだが。幸《さいわ》い魔法が使えないわけではないので、その点はまだマシだろう。

やがて治療《ちりょう》を終えたアルスは、拠点内《きょてんない》の、奥《おく》まった小部屋へと向かった。拠点とはいえ、必要以上に広いわけではない。基本的には手製の間仕切りや、布を垂らして区切ってあるという程度で、小部屋といえるかも怪《あや》しい。

アルスは、その部屋の前に垂らしてある布を引き、部屋の主《あるじ》に軽く合図をするように、視線を動かした。

もっともその布は半分開いていたので、ロキもアルスの訪問には気づいていただろう。ロキは今、粗末《そまつ》な木造ベッドの上で足を吊《つ》って養生していた。

この不甲斐ない姿は、魔法《まほう》師としては不本意なのだろう。彼女もムジェル同様、どうにも難しい表情をしている。

アルスはその心境を汲《く》み取ったように。

「敗北の後味《あとあじ》には苦味《にがみ》しかない、といったところか」

「…………」

口をやや尖《とが》らせ、ロキは、やはり物言いたげな顔をアルスに向ける。

「生命があっただけ儲《もう》けもんだ。今回はその無茶《むちゃ》に、みんな救われたがな」

そっと笑ったアルスは、今回に限っては彼女の無謀《むぼう》さが功を奏したことを、ひとまず評価した。〝雪〟の魔法を解かれなければ、シェムアザとの戦いも、ずっと面倒《めんどう》になっていたに違いない。

一瞬、レティの隠《かく》し球《だま》であった【蒼の恒星《M2-ポラリス》】のことが脳裏を過《よ》ぎった。その魔法も、雪が止む前に使っていたら、そもそも使用できなかったか、制御《せいぎょ》が利かずそら恐ろしい結果を招いた可能性がある。

あの魔法は術者をも巻き込みかねないため、相当な障壁魔法《しょうへきまほう》の使い手でもいなければ、まともに運用するのは難しいはずなのだ。

この手の強力な魔法は他にも存在するが、どれも禁忌《きんき》指定を受けている。もしそれが、悪用された時のリスクを考えてのことだ。例えば絶対的権力者や他人の意思を操れるような魔法の使い手が、使い捨ての駒《こま》たる部下に自爆《じばく》前提で使わせる、といった危険が、十分に考えられたからでもある。

「……あの者はなぜ、魔物と連携《れんけい》し、それに加担するような真似《まね》ができたのでしょう。魔物の巣窟《そうくつ》の近くで、たった一人で行動するなど……普通ではありません。それに【エレメント因子分離化計画】とグドマの名にも反応していました」

ロキは率直な疑問を、アルスにぶつけた。彼女《かのじょ》の中に蟠《わだかま》ったその疑問は、この場の全員が感じていることだ。バナリスの奪還を素直に喜べないほどの違和感《いわかん》と引っ掛かりを、隊員達ほぼ全員にもたらしていた。

「随分面白《ずいぶんおもしろ》そうな話をしてるっすね。拠点でコソコソ話は、いただけないっすよ」

アルスの背後から抱きつくように体重を預けてきたレティは、アルスの肩口《かたぐち》に顎《あご》を乗せるようにして顔を突《つ》き出すと、そっと耳元で囁《ささや》いた……「仲間外れっすか」と。

だが、涼《すず》しげな目を向けてくるところを見ると、特に他意はないのだろう。アルスに密着した状態だが、状況《じょうきょう》も相まって、ベッドの上のロキも特に感情を揺《ゆ》さぶられることはなかった。寧ろ、二人きりのタイミングでこの話題を持ち出したこと自体に反省の念が湧《わ》く。

確かに、レティがいる場で話すほうが、確実に良い内容だった。

ロキはそっと目を伏せたが、レティは特に気にした様子もない。というか、正確には彼女のことを見てすらいなかった。

だが、軽く拠点内を見回しただけでも、重軽傷者が少なからずいる。そして、先遣隊《せんけんたい》のことも……。

胸を張って凱旋《がいせん》するには、後味の悪い結果であるのは言うまでもない。そして犠牲者《ぎせいしゃ》のことで、何より大きく心を痛めているのは、隊長たるレティのはずなのだ。

直後、なんとなく空気を察したように、隊員達が自然と集まってくる。今回の任務、その総括《そうかつ》を聞くためだった。ロキが横たわっているベッドのある場所は、拠点内でも端に位置しているため、窮屈《きゅうくつ》な雰囲気は否《いな》めない。だが、アルスとて、ここで急に口を閉ざすわけにもいかず、頃合《ころあ》いを見て話を続けた。

「国際政治的には、バナリスの奪還はアルファが成《な》し遂げた快挙だろうな。この地の整備には時間を要するだろうが、外界進出における人類の最前線拠点として、他の国々も重要視せざるを得ないだろう」

ムジェルは、運ばれてきた簡易ベッドの上で低い天井《てんじょう》を見上げ、耳だけを傾《かたむ》けている。

サジークは巨体《きょたい》を壁面《へきめん》に預けて、彼にしては珍《めずら》しく口を挟まなかった。

レティもまた、アルスに抱きついていた身体を離し、無言だった。

聞く体勢は様々だが、皆《みな》、一様に反応は薄《うす》い。

（……ま、死人が出ているしな）

とアルスは一人納得《なっとく》した。遺体も遺品もろくにないため推定でしかないが、彼らの戦友である先遣隊が、壊滅《かいめつ》しているのだ。死者の人数すら確定できないので多くが行方《ゆくえ》不明という扱いになっているが、そんなものは、ただの気休めでしかない。

だが、アルスとしては彼らと一体感を得ることもできなければ、想《おも》いを共有することもできない。せいぜいできることといえば、気持ちを汲んで黙っておくことぐらいだ。

ただ、今回の任務において、アルスの結果予想が外れていたことが一つある。

気休めとして先遣隊の捜索《そうさく》に割《さ》いた部隊が、奇跡的《きせきてき》に生き残りを発見したのだ。だが、その数はたったの数名。やはり、途中《とちゅう》で雪嵐《ゆきあらし》に飲まれ、襲撃《しゅうげき》に遭《あ》ったのだという。その後はひたすら身を潜《ひそ》めることに徹《てっ》していたため、彼らは皆、やつれ果てていた。

その報告を聞いた時、アルスは特に何も感じなかった。全滅《ぜんめつ》という予想が完全に的中はしていなかったことで、僅《わず》かに朗報だな、と感じた程度。

しかし、生き残りに含《ふく》まれていなかった、探知魔法師を含む残りメンバー達を思ってのものか、レティが見せた一瞬の悲愴《ひそう》感《かん》は、少し分かる気がした。

素が陽気なレティだけに、彼女が「あえてそう振《ふ》る舞《ま》っている時」の演技は、かえって分かりやすい。

アルスもまた昔のことを思い出しそうになったが、過去のことは過去のこと。当時とは違う、今だからこそ、アルスにもできることはあるのだろう。

「犠牲者も少なからず出たが……きっといつか、報《むく》われるだろう。皆、よく頑張《がんば》ってくれたと思う」

そんな台詞が、室内にやや虚《むな》しく響《ひび》いた。心無い台詞だ、と自分でも思う。

「アルくん、そういう歯の浮く台詞は、上層部でふんぞり返っている親父《おやじ》共に言わせればいいんすよ。どうせ帰投したら、手の皮がすり減るんじゃないかってほど揉《も》み揉みして、ゴマを擂《す》ってくるんすから」

「それもそうだな。じゃあ、本題に入ろう。で、レティ、お前が聞きたいのは例の〝男〟についてだろ」

　分かり易《やす》いほど場の空気が一変した。そもそも外界においての敵対勢力は〝魔物〟以外にあり得ないはず。だが異変の裏に、魔法師と目される妙《みょう》な「部外者」がいたことは、皆、それとなく聞き知っているようだった。ムジェルを負傷させた、正体不明の男。

「まず、結論から言おう。〝雪〟を操っていた男のことは、俺《おれ》にもよく分からん。魔法師全《すべ》てがお友達ってわけじゃないんでな」

「でもアルくん、あれほどの使い手っすよ？　それに、アルくんと多少なりとも、妙なやりとりをしてたみたいっすけど」

　レティが言っているのは、【フェゲル四書】とグドマの事件のことだろう。本来は機密のはずだが、ここで話すのもやむを得ない、とアルスは判断した。

「詳《くわ》しくは総督《そうとく》に掛け合って聞け、と言いたいところだが、まあいい。お前達はさすがに知らないだろうが、少し前のことだ。俺に、過去にベリックが追っていた指名手配犯【グドマ】の捕縛《ほばく》の命令が下った……」

アルスは淡々と、レティ達にあの事件のことを、かいつまんで話した。

グドマが研究者として深く関《かか》わっていたのが【エレメント因子分離化計画】で、それは過去の非合法な人体実験であり　今は抹消された軍の暗部となっていること。

さらに、事件後に確保されたグドマが、軍の施設内《しせつない》で何者かによって始末されたらしいこと。そして、グドマの背後にいた協力者の存在をベリックは疑い、ヴィザイストが調査していたことも。外界に出ずっぱりだったレティ達には知る由《よし》すらない話だっただろう。

「で、見つけられなかった、ってことっすね。ヴィザイストの親父も耄碌《もうろく》したもんすね」

軽口を叩《たた》いたレティだが、懐《なつ》かしい名前でも聞いたかのような様子も見せている。

「逆だ。諜報《ちょうほう》・調査活動のプロでも、手掛《てが》かりすら見つけられなかったんだ」

アルスはそんなフォローを入れることで、ヴィザイストに対して勝手に貸しをつけた。厳密には借りを返した、というところだが。

「裏にいたのはイノーベ、確かそんな名前だったか」

「じゃ、あの〝雪の男〟が、イノーベってことっすか」

「多分な。【フェゲル四書】についても知っていたみたいだし、まぁ間違いないだろう」

世界最大の奇書《きしょ》、または予知書と呼ばれる【フェゲル四書】について、存在そのものを知らない隊員もいたが、特にここでアルスが解説することはない。

「それって、【クラマ】が一枚噛《か》んでるって線はないっすか?」

実際、ベリックは、背後に魔法犯罪者集団【クラマ】の存在を疑っていた。確固たる証拠があるわけでもないが、クラマとは少なからず因縁《いんねん》のあるアルスもまた、その線が有力だと感じている。あれほどの使い手ならば、世界広しといえども無名であるはずがないからだ。更にここ一年でクラマは、急速に活動を活発化させ、その名を各国に知られ始めている。

前回のデミ・アズール戦で、レティはアルスとともに、イリイス達に遭遇《そうぐう》している。遠《えん》距離戦闘《きょりせんとう》を通じてであったが、それでもその力のほどは身をもって知っているはずだ。だからこそ、そちらに推理の矛先《ほこさき》が向くのは自然な成り行きだった。

「ああ。その可能性は濃《こ》くなったな」

「目的は?」

すかさず解答を急《せ》かしたのは簡易ベッドに横たわったムジェルであった。顔は動かせないので声だけを投げかけた形だが、ここまでの重傷を負わされた相手だ、それが誰《だれ》であれ、彼なりに思うところがあるのだろう。

「分からん。奴《やつ》が言ったことには『目的は終えた』らしいがな」

あの広大な地域全てにおいて、降雪を自在に操る手腕《しゅわん》と、いかにも得体のしれない雰囲気。ムジェルを躊躇《ためら》いなく戦闘不能に陥《おとしい》れ、手負いのロキ、消耗したレティもいるあの場では、非常に危険な存在だった。だからこそ、アルスも即断《そくだん》し、即殺した。

「どのみち、死人に口なし。これまでだ」と、アルスはここで話を一旦《いったん》区切った。

「後はベリックの仕事だ。仮に雪の男が、クラマの一員だったとしても、奴を殺せたのは大きい。戦力を削《そ》げたなら、こっちにお鉢《はち》が回ってきても楽できるからな」

冗談めかしてそう言ったアルスだが、クラマの幹部には、先日学院を――アルスを襲撃したイリイスがいる以上、自分抜《ぬ》きでは勝ち目はない。

だがアルス自身、あの小さな来訪者との再戦は望んでいなかったし、なんとなくイリイスは、二度とあんな形では、自分の前には現れないだろうという気もしていた。

（そもそもあの魔眼《まがん》持ちが相手じゃ、殺し合いにもならん）

取り分け【セーラムの隻眼《せきがん》】は生命を司《つかさど》ると言われている。その意味を、すでにアルスは知っていた。

……イリイスは、死なない。死ねないのだ。

故にアルスも、彼女とは再戦を望まない。

ただ、隊員達は納得していない様子だった。煮《に》え切らない感情の収めどころを模索《もさく》しているようだ。

レティだけは少し違い、何を思ったのか、じっとこちらを見つめてくる。どうも考えていることが読めない、どこか子供のような純粋《じゅんすい》さもある、不思議な瞳がアルスを見つめた。

「……!?」

レティの意味深な視線、その先をちらりと辿《たど》り、アルスはようやく、少し遅れて気づく。アルスを見ているようでいて、その実、レティが見つめていたのは……ロキだ。だからといって自分に掛《か》けられた「容疑」全てをはっきり理解したわけでもないが、とにかく今、叩かれれば埃《ほこり》が出る身なのを、アルスは自覚した。

そう、レティとロキには、まだ伝えていないことが一つだけあったのだ。

「アルくん、まだ何かあるっしょ」

予想通り、ずいっと一歩踏み出したレティは、アルスの瞳を覗《のぞ》き込むようにして、顔を近づけてきた。唇《くちびる》が触《ふ》れるのが先か、鼻先が触れるのが先か、そんな至近距離《きょり》。

「何もない！　隠す意思もない」

「う～ん、本当っすか？」

疑わしきは罰《ばっ》せずの原則を唱えたいところだが、しかし、レティの目からは逃れられそうになかった。

実際、アルスが伝えたのは明確な事実と正直な状況のみであり、根拠《こんきょ》のない推測をあえて話さなかったことに落ち度はない。しかしすでに、ロキはレティの思わせぶりな言い方に、明らかに動揺していた。アルスが隠しているとレティが指摘《してき》した内容がどうにも気になるらしく、挙動が怪しくなっている。

アルスの劣勢《れっせい》を機敏《きびん》に察して、レティは、さらに身を乗り出した。その表情は、自分はともかく、パートナーにまで隠し事《ごと》はいけない、と言外に言っているかのよう。

結果的に、ロキの信用まで人質《ひとじち》に取られた形だ。アルスも、ここにいたってついに観念した。この場合は、レティの嗅覚《きゅうかく》を褒《ほ》めるべきなのだろう。

「分かった……。俺が気になったのは、男が使った氷の刀だ」

「私も初めて見たっすよ。面倒っすよね、手じゃなく、わざわざ魔力《まりょく》で操作するなんて。ま、腕《うで》はアルくんが斬り落としちゃったんすけどね」

それは確かに有用ではあるが、費《つい》やす労力に見合わない技術だ。座標を逐次《ちくじ》書《か》き換《か》え、加えて刀自体を高速で動かすためには、それこそ機械演算めいたレベルの情報処理が必要になる。

「そうだな。ただまあ、言ってみれば珍しい魔法だった、というだけだ。まあ、忘れてくれ」

造形に関してもその鮮やかさが目立っただけで、そこはさほど気にする点ではない。ただ、ロキは少しだけ、はっとしたような表情を見せた。そう、ロキも気づいたのだろう。あの男が生み出した氷の刀。それは誰かの魔法と似ている、ということに。

「いずれにせよ……」

場を締《し》めようとするアルスの言葉を、手で制したのはレティであった。

「よっし、まあ、だいたいは分かったっすから、とりあえずOKってことで！　で、ここからは私が」

いかにも彼女らしい大雑把《おおざっぱ》な総括を勝手に行ったあと、レティはくるりと反転して、隊員達に向き直った。

それから、スゥッと息を吸い込む。

「うしっ！　祝・バナリス奪還《だっかん》！　すよー」

拳《こぶし》を突き上《あ》げ、レティはどこか飄々としつつも、朗《ほが》らかな声で叫《さけ》んだ。なんだか少年っぽい挙動ではある。

皆が呆気《あっけ》に取られた様子だったが、一拍《ぱく》分ほど遅れて、互《たが》いに顔を見合わせる。

直後、我を忘れたような勝鬨《かちどき》の声が、一気に拠点内に響き渡った。抱き合い、肩《かた》を叩き合う者もいれば、ベッドの上で小さな笑《え》みを浮《う》かべる者も。

太い腕にありったけの力を込めて高らかに掲《かか》げ、喧《やかま》しく吠《ほ》える者もいれば、口笛とともにに、小躍《こおど》りするかのように飛《と》び跳ねる者。

さっきまでの湿《しめ》っぽい空気は一瞬《いっしゅん》でかき消え、喧噪《けんそう》だけが支配する。

アルスとロキは、戸惑《とまど》いながらも何となく察した。

これこそがこの部隊、レティの作り上げてきた部隊なのだ、と。

任務中、どれほどの苦難や哀切《あいせつ》を味わおうとも……いざ、その時がくれば哀《かな》しみは一時忘れ、ただ成し遂げ、生き延びた喜びを、一瞬の高揚《こうよう》をひたすらに愛し、満喫《まんきつ》する。

腹の底から絞《しぼ》り出されるような歓声《かんせい》は、アルスのそんな余計な思考まで吹き飛ばすほどの勢いで発せられていた。

この成果が人類にとって、アルファにとって持つ意味など、もはや関係ない。彼らは彼らにとっての偉業《いぎょう》にのみ、ひたすらに心を震《ふる》わせていた。

だが、アルスは苦笑《くしょう》しながらも、一人、その雰囲気に酔《よ》いしれることはなかった。

ここに至って、アルスの胸に湧き上がってきた、疑問が一つ。

〝雪の男〟は、魔物《まもの》と連携しているように見えたが、その実、それは違うのではないか、ということだ。仲間を操るという【オグマ】の闇《やみ》系統魔法の例もある……もしや彼は、魔物を「支配」していたのではないか。確か、グドマの研究成果だとか何とか言っていたはず。

ちなみにグドマの研究資料は、ヴィザイストの指示で全て抹消されたことになっている。

しかし、グドマの後《うし》ろ盾《だて》にあの男がいたのだとしたら。

彼が、とある研究成果を受け取っていたとしてもおかしくはない。

もちろん光と闇の両極系統、エレメントに関する研究の方ではない。

人を魔物に変える……その恐《おそ》るべき研究の成果を。

ふと、アルスの脳裏に浮かぶ光景。〝翅に現れた目〟とムジェルとサジークに報告を受けた〝人毛の鬣〟〝継ぎ接ぎの人皮〟。それらは単に捕食の結果にしては、人間の部位として形がそのままはっきり現れすぎていたし、魔物が人間の皮を被るなど、そもそも異常である。ということは、もしかすると……。

その後すぐ、拠点の奥からルイスが何食わぬ顔で、粗削《あらけず》りな木の板で作った盆《ぼん》を持ってきた。

その上には、小さなショットグラス風のコップがたくさん重ねられている。これも手作りなのだろうか、不揃《ふぞろ》いながら綺麗《きれい》に鑢《やすり》がけされていた。

それからルイスはそのコップを一つ取ると、同じく盆の上にあった瓶《びん》から、透明《とうめい》の液体をなみなみと注いで。

「レティ様、お持ちしましたよ」

「ご苦労さんっす。後、みんなの治癒も」

ニカッと笑みを溢《こぼ》しながら労《ねぎら》いの言葉をかけたレティは、気を取り直すかのように「みんな、コップ取るっすよ」と声を張り上げた。

そしてアルスとロキに振《ふ》り返《かえ》るなり。

「お子様には悪いっすけど、お水で我慢《がまん》してもらうっす」

呆《あき》れたような目を向けたアルスに、レティはあっさり答えた。

「物欲《ものほ》しそうな目をしてもダメっすよ。こっちのは、火酒なんで」

そう言われれば確かに、先遣隊が運んできたという例の荷物の中に、酒類があったような気がする。

そこに言い訳がましく、ムジェルが苦笑いをして付け加えてきた。

「アルス様、何もいつも飲んだくれているわけじゃないんです。言ってみれば、こういう時の決まりみたいなものでして」

その目は優《やさ》しいものだったが、どこか寂《さび》しげでもあった。

そういえば、あれほど騒《さわ》いだ後の酒にしては、この乾杯《かんぱい》の流れは、儀式《ぎしき》じみた厳粛《げんしゅく》さを漂《ただよ》わせている。

つまりムジェルの言う「こういう時」とは、大きな任務を達成したといったことではなく、喪《うしな》った仲間を弔《とむら》う時のことなのだろう。いわゆる弔い酒、そうアルスは解釈《かいしゃく》した。

手元には水が注がれたコップがあり、一口で飲み干せてしまう量だ。だが、この一口にはきっと、本当に多くの意味が含まれている。そんな気がした。

ロキもベッドの上で座《すわ》り直《なお》し、両手で小さなコップを持った。

それを確認《かくにん》したレティが、手にしたコップを勢いよく掲げる。その拍子《ひょうし》に酒が溢《あふ》れかけたが、それすら気にしない豪快《ごうかい》さだ。それに合わせて、皆がコップを掲げた。アルスとロキもそれに倣《なら》い、中身を溢さないよう注意しつつ、コップを持ち上げる。

「さあ、尻《しり》はしっかりと拭《ふ》いてやったっすよ。そこが天国だか地獄《じごく》だかは知らんすけど、お前達に休む暇《ひま》はない。私達が外界で力と刃《やいば》をふるい続ける限り、お前達には、その雄姿《ゆうし》を見届ける義務がある。勝手に先に、永い休暇《きゅうか》に入った罰《ばつ》っす」

まるで死者達を羨《うらや》むかのような物言いとともに、彼女の表情は、あくまで朗らかで無邪《むじゃ》気《き》ささえ感じさせた。

その台詞は、やはりレティらしいというか、儀式的《ぎしきてき》な肩肘張《かたひじは》ったものとはまるで違っていた。

そのままレティは白い喉を見せるようにしてコップを傾けた。グビッと喉を鳴らし、酒を一息に飲み干すと「クゥ～ッ！」と喉の焼けつきを味わうかのような声を上げる。

　酒は、相当強いものだったらしい。

　生き残った全隊員も、レティに続いて火酒で喉を湿らせた。レティのように何かを堪《こら》える表情になる者、味わった後にちろりと舌を出す者、一気に呷《あお》って空のコップを逆さに物足りなそうな顔をする者。サジークなどは、眉間《みけん》に谷のような皺《しわ》を作って、強い酒にむせそうになるのを堪えていた。ムジェルは……同じく酒を呷ったはずだが、全く顔に出ていない。どうも、酒には確実に強そうな雰囲気《ふんいき》が漂っていた。

　そしてアルスはというと、中身を飲み干しはしたものの、予想通りその味は、ただの水のものであった。特に思うところもなく、ロキもどうせ似たようなものだろう……と思っていたが。

「……‼」

　ごくり、と喉が鳴った瞬間《しゅんかん》、ロキの顔が一気に火照《ほて》った。それから次第《しだい》に据《す》わっていく目。アルスがおい！　とばかりに振り返ると。

　ルイスが「あら？」と、わざとなのかどうか、どうにも判断に困る曖昧《あいまい》な困り顔を向けてきた。

「あちゃ？　ロキちゃん、お酒飲んじゃったっすね。まぁここは外界、治外法権みたいなもんすからいいとして……というか、ロキちゃん、弱かったんすね」

「は……いえまぁ、これぐらい、どうってことは……いえ！　余裕《よゆう》です平気です。なんなら今から、魔物の死骸《しがい》を山とここに積んで見せましょう！」

呂律《ろれつ》が回っていないどころか妙に気が強くなっていた。自分が怪我人であることすら忘れているらしい。

「アルス様はぁ、すこ〜し、私から目を離しすぎなんで、すよっ！　私にも、や、やれるぞってところを……見てもらわないことには、な、なっとく、できま、せん！」

台詞の合間には、妙なしゃっくりみたいなものまで交じっており、理性の箍《たが》が外れているのは間違《まち》いないようだ。

「これは呑んだら面白《おもしろ》くなるタイプっすよ、アルくん。ま、脱《ぬ》ぎ上戸とか酒乱じゃなくてよかったすねー」

「他人事《ひとごと》じゃないぞ。これ、どうするんだ」

レティは実に楽しそうだ。

「ついでに私は〜、酔っぱらうと甘《あま》えちゃうタイプなんっす！」

アルスはそんなレティを無視して、なおもしなだれかかってこようとする彼女を、無言で押《お》しやる。

そもそもムジェルとサジークの苦い表情を見れば、レティが酔った時には「甘えちゃうタイプ」などとは程遠《ほどとお》いことが分かるというもの。

「さささーいきますよ～。し、死骸パーティーを、は、はじめましょうッ！」

ベッドの上に立ち上がったロキはそのまま勢いよく跳《と》ぶ。アルスはロキの腹部へと腕を回して空中でそれを押さえるが、彼女は子供のようにバタバタと暴れ出してしまった。

「おい、なんとかしろ！」

「そうは言ってもっすね。ねえ、ルイス？」

そうこうしている内に、ロキはするりとアルスの腕を抜け出し、僅か二メートルほどの距離を移動するのに【フォース】を使った。さすがに酔っていようと、その身のこなしに隙はない。だがそもそもこの状態で、魔力操作や魔法の構築に支障がないことの方が驚《おどろ》きだ。

振り返り様に見せたロキのドヤ顔に、アルスは思わず額を押さえた。だが、このままでは誰も止められずに、ロキは一人で、魔物が跋扈《ばっこ》する拠点の外へと乗り出しかねない。

隊員達も慌《あわ》てて通路を塞《ふさ》ぎにかかった。

その直後、ロキは急に奇妙《きみょう》な微笑《びしょう》を浮かべたかと思うと……ゴフッと吐血《とけつ》した。

「あああぁぁぁ!!　傷口が開いてる!!」

慌てて叫んだのはルイスである。彼女の手には気付け代わりの薬草が握られていたが、時《とき》すでに遅《おそ》し。惨状《さんじょう》を見たルイスは「あれほど安静にって言ったのに」と肩を落とした。

ロキに酒を飲ませる原因を作った者の言うことでもなかったが。

なんだか慌ただしくルイスがロキを担ぎ上げ、再び治療室《ちりょうしつ》へと連れ出していく。隣《となり》ではレティが爆笑《ばくしょう》していたが、アルスとしてはそれどころではない。

普段見せないロキの姿と、彼女の本音が垣間見《かいまみ》えたこと。それに加え、ロキには絶対酒を飲ませられないという事実が分かったのはせめてもの収穫《しゅうかく》だったと言える。

一気に疲《つか》れが押し寄《よ》せてきたような気がして、アルスはそのままベッドの上に背中から倒《たお》れ込む。そうは言っても別にクッションがあるわけもなく、硬《かた》いベッドの上では、どうも背中を痛めそうだった。

やがてレティは笑うのを止《や》め、ひと時の休息を味わうかのように、大きな息を吐いた。アルコールの強い香《かお》りが、アルスの鼻を掠めていく。

戦場からまた次の戦場へ、彼らが魔法師であるが故《ゆえ》に、延々と続く果てなき道の中に生まれた、ひと時の小休止。ゆっくりとした時間が流れていく。

こんな外界の、それも洞穴《ほらあな》内に作られた粗末な拠点にすら、こんな時間が訪《おとず》れるのだから不思議なものだった。

誰かと一緒《いっしょ》に過ごす外界での時間は、いつでもアルスに、遥《はる》か遠い記憶とともに、あの頃《ころ》を……いつかあったかもしれない、充足《じゅうそく》した日々の記憶を、思い出させそうになる。

「こういうのも……悪くないもんっすよ」

察した、というよりも心の中を読んだかのようなレティの声。アルスは振り返りもせず、ただ、硬いベッドの上でそっと目を瞑《つぶ》る。同じシングル魔法師だからこそ、通ずるところがあるのだろう。特にレティとは長い付き合いでもある。付《つ》かず離れず……こういうのを腐《くさ》れ縁《えん》、というのかもしれないが。

(疲れたな)

レティの声にはあえて応《こた》えず、アルスはそんな思いとともに、意識をそっと己《おのれ》の内なる海の中に漂わせた。やがて、とろりとした眠気《ねむけ》がやってきた。

このバナリスで、久しぶりに訪れた静けさ。そんなぬるま湯のような心地《ここち》良《よ》い微睡《まどろ》みのただ中に、アルスはゆっくりと、己の意識を沈《しず》めていった。

◇　◇　◇

バナリス、かつては城塞《じょうさい》都市でもあった因縁の地。

そこに巣食っていた高レートの魔物達《まものたち》が討伐《とうばつ》された後、一帯の地図には、新たに描《か》き直される必要が生じていた。別に魔物の勢力図が変わった、ということではない。実際に、地形が一部、変化してしまっていたからだ。

これをヴィザイストなり、ベリックなりが知ったら、さぞ頭を抱《かか》えただろう。

特に、アルスとレティが討伐したシェムアザとの戦闘が行われた場所は、もう半世紀は草木も生えないであろう有様だった。

地は焼かれ、岩盤《がんばん》まで深く達する大穴。

至る所に捲《めく》れ上がった地面が、戦いの苛烈《かれつ》さを物語っていた。これを整備するとしたらさぞ多くの人員が必要になるだろう。

ただ、どうせ自分達がやるわけでもないので、アルスとしては特に気にもしていない。

戦いが終わった後、バナリスはあっという間に以前の気候を取《と》り戻《もど》しつつある。

もともと温暖地帯であることもあり、異様な雪は解け去って、バナリス本来の景色が地表に浮き上がってきている。空気は澄《す》み渡《わた》り、もう寒気で喉《のど》を痛めることもない。

任務が全て完了となった今日も、バナリスの空はやけに晴れ上がっていた。それこそ雲一つなく、澄み渡ったような美しさを持つ自然の風景に魅入《みい》られる。

まだ先の話だろうが、この地にもいずれ動植物が戻ってきて、再び緑の絨毯《じゅうたん》が一面に大地を彩《いろど》ってくれるだろう。

魔物達の姿も、あの戦闘から後は大幅《おおはば》に減っていた。

こういうことは、特に珍しい現象ではない。大陸や区域を支配する最高レートの魔物を討伐すれば、魔物はいつしか散り散りになっていく傾向《けいこう》があるのだ。次なる支配級の魔物が出現すれば話は変わってくるのだろうが、ひとまず〝頭〟がいなくなれば、魔物の増加は非常に緩やかになり、掃討《そうとう》もぐっと行いやすくなる。

せっかく清浄化《せいじょうか》されたバナリスである。もしできるならば、新たな魔物の王などは当分ここに現れてほしくないものだ。

「やっぱロキちゃん、欲《ほ》しいっすね」

任務の最終確認とばかり、高レートの魔物が残存していないか一帯を巡回《じゅんかい》している最中、レティが唐突《とうとつ》にぽつりと言った。

ロキはまだ完治とまではいっていないが、探知を行う分には何の問題もない。絶対戦闘には参加するなとルイスに固く止められているので、あくまで探知に限った話ではあるが、ロキは黙々《もくもく》と、その仕事に励《はげ》んでいた。

「いえ、私程度では逆にご迷惑《めいわく》がかかります」

妙にきっぱりとレティに断言するその口調には、よそよそしさとともに、妙な頑《かたく》なさがある。それは彼女なりに先日の大暴れを反省し、大いに恥《は》じていることの裏返しだ。正直、記憶《きおく》から抹消《まっしょう》したい思いでいっぱいなのだろう。

「まぁ、確かにこの前のは、ヤバかったすね。ゴバッと血も吐《は》いちゃうし」

「……!! そ、それはお酒がッ!?」

表向きなかったこととして済ませていたはずが、まるで実は気にしていたと自ら証明するかのような、分かりやすいロキの反応。

ロキは慌てたように、アルスへと顔を向ける。お酒のせいで、間違っても自分は悪くない、そんな同意を求めるかのような表情だ。

だが、アルスの無言の仏頂面《ぶっちょうづら》を見て取るや。

「すみませんっ！　その節は、ご迷惑をおかけしました！」と殊勝《しゅしょう》に口にし、上半身を大きく折って、謝意を全身で示す。

「ま、楽しかったっすからいいんすけどね」

「レ、レティ様ッ！」

顔を赤くするロキを他所《よそ》に、ケラケラと思い出し笑いをするレティは、心底楽しげだ。

呆れ顔《がお》のアルスはそんな流れを断《た》ち切《き》るかのように、そろそろ良いだろう、と切り出す。

「まあ、この一帯はだいたい大丈夫だろ。悪いが俺らは先に帰らせてもらうぞ」

他の隊員達《たち》からもコンセンサー越《こ》しに、それぞれの分担エリアについて問題なしとの連絡《れんらく》が入ってきている。一人二人とばらばらにではあるが、彼《かれ》らはそれぞれ、レティの許《もと》に戻り始めていた。次は細かい掃討作業の段階に入るのだろうが、さすがに雑魚《ざこ》の処理までは、アルスの仕事には入らないはずだ。

アルスの言葉に、レティは小さく笑って。

「仕方ないっすね。そういう約束っすから」

「当然だ。俺の学業にも支障が出るからな」

「システィさんには、アルくんでもお手上げっすか。あの人、怖いっすからね～」

「まあな。せいぜい上手《うま》くやるさ」

言い捨てて、アルスはロキを促《うなが》し、踵《きびす》を返した。拠点《きょてん》には、すでに二人分の荷物をまとめてある。

そんなアルスを、背中越しにふと、レティが呼び止める。

「ああっと……最後に、アルくんの口から例の返事、聞かせてほしいんすけど」

口調は変わらないまでも、視線を逸《そ》らしながらの、少し無愛想《ぶあいそう》にすら聞こえる声音《こわね》。それは、告白の返事を待つ思春期の少女を思わせる、純粋さを含んでいる。

そんな繊細《せんさい》なニュアンスが、澄んだ空気の中では、一層強調されて聞こえた。

その問いかけの意味は、アルスにだけ分かるもの。疑問顔のロキにはあえて説明せず、アルスはレティへとちらりと顔を向けた。

ただ、アルスが歩みを止めることはなかった。

考える時間などなかった、と言えば嘘《うそ》になる。

なのでこの場合は、考える必要がなかったということなのだろう。

己をいくら振り返り、どれほど考えてみたところで、答えなど出ない。

レティの部隊に誘《さそ》われた。そのこと自体が何故《なぜ》かアルスを、救われたような気持ちにさせてくれたのは事実だった。

一人で外界に出ることに慣れ、彼が死のうが生きようが、戦力としての計算以上の部分では、誰も干渉《かんしょう》してこない。他人に対してもそれは同様。

そんな世界と生き方に倦《う》んだために、アルスは退役《たいえき》を申し出た。

しかし、シングル魔法《まほう》師であるアルスが内地で暮らすには、そこはあまりにも世界が違《ちが》い過ぎた。実際、結局は外にしか居場所がないのだろう、と思い知らされたことも何度かある。

だからこそ、いつか、こうして手を差《さ》し伸《の》べてくる〝誰か〟を。

ずっと自分は、待っていたのかもしれない。

レティはそんなアルスの間を逡巡《しゅんじゅん》と取ったのか、形の良い唇の端《はし》に微笑を浮かべた。

「誰かと共に外界を駆《か》け回《まわ》る、そんな場所があっていいんじゃないっすか？　ここの連中はそう簡単には死なないっすよ。あ、そうなるとこの部隊の隊長はアルくんってことになるんすか。まあ、それも良いっすね」

そんな重い言葉をずいぶん軽いノリでレティは口にしたが、いつの間にか集まってきていた隊員達に、不満の色はないようだ。それどころか、受け入れる準備はあるとでも言いたげに、全員が顔を上げている。

微《かす》かな笑みを浮かべてたくましい腕を組んでいる者、顎を撫《な》でながら興味深げな様子を見せる者、手近な木に寄りかかり、遠巻きにじっと視線だけを投げかけている者。ただ彼らは一様に黙《だま》って、レティとアルスの間で交《か》わされる会話を見守っている。

どの顔も、どの面構《つらがま》えも。いずれも劣《おと》らぬ猛者《もさ》にして、誰に恥じることもない歴戦を生き抜いてきた者の顔ばかりだ。

「もう一人じゃないっすよ。外界でしか生きられないなら、そこで居場所を見つければ良いんす。ここは〝そういう場所〟っすよ。アルくんも、もう……家族の一員なんすから」

朗らかな笑みとともに、おもむろにレティが、そのしなやかで柔《やわ》らかい手を差し出す。

それを見たロキは、一瞬、驚きを隠《かく》せずにいた。

だが次には全てを察し、自然と顔をほころばせて笑顔《えがお》になっていく。

軍部で非人道的な扱《あつか》いに耐《た》え続け、全てを見返した結果、上辺ばかりの称賛《しょうさん》はされても、その心の痛みや願いは、決して顧《かえり》みられることがなかったアルス。

その彼が、傷つき果てた魂《たましい》が、今ようやく、少しは救われ、報われようとしているのではないか。

レティはそんなアルスの、この上ない良き理解者だ。きっとその手を取ることは、アルスにとって、本当の幸福の道への一歩に繋《つな》がるはず。

ロキもその傍《かたわ》らに居続けることになるだろう。いずれにしても軍からは離《はな》れられず、危険と隣《とな》り合《あ》わせの道だろうが、それは別に、今までだって同じことだ。

それよりも、彼らがいること。

アルスの価値を真に理解し、アルスの孤独《こどく》に寄り添《そ》ってくれる者達。

アルスが欲《ほっ》していた物がここにはある、そんな気がする。ロキ自身も肉親を亡《な》くし、ずっと軍で育ってきた。だから無意識にせよ、彼に何が欠如《けつじょ》し、何を欲しているのかが分かる。

魔物を倒す能力しか評価されない軍部で、レティの部隊はまるで夢のような場所だ。部隊そのものが、彼女《かのじょ》のいうように家族であり帰るべき家なのだから。

胸に満たされてくる感情を、ロキは言語化できない。温かくて、少しだけ苦味のある複雑な感情。

彼にとって良いこと尽《ず》くめなはずの誘いは、ロキにとっても同様だ。だが、結果的にイコールで繋がれるはずの二人の関係に、ロキは微かな違和感《いわかん》を感じていた。結局、ロキの口がそれを紡《つむ》ぐことはなかったが。

「そうなると、もちろん新たな探知魔法師のスカウトは、必要なくなるっすね。ロキちゃんも一緒っすから」

「それ以前に、だ。一つの部隊にシングル魔法師が二人いちゃ、軍のパワーバランス自体が崩《くず》れるだろ」

「あぁ、そういう小難しい理屈《りくつ》はいらないっすよ。アルくんがどうしたいかだけっすから。言っておくっすけど、私だって生半可な気持ちで誘ってるわけじゃないんすよ。部隊設立の時点から、考えていたことでもあるっすから」

レティのその訴《うった》えは、本当だ。

互いに最前線で戦い続けてきたシングル魔法師二人、彼女がアルスの動向を把握《はあく》していないはずもなかった。当然、彼に下される命令も……。

「誰にも文句は言わせない。総督に命令権があろうと、実質的に力を持っているのは現場の魔法師っすから。私の部隊にアルくんが加わったら単純なアルファの軍事力、その六割がたを掌握《しょうあく》することになるんすからね」

「盛り過ぎだ」という言葉をアルスは呑《の》み込む。

レティの不謹慎極《ふきんしんきわ》まりない発言。彼女は軍部に対して反旗を翻《ひるがえ》しても良いと考えている。いや、これは覚悟《かくご》の規模の表明なのだ。今、レティはそれほどの気持ちでアルスに誘いをかけている、それだけの話だ。

実際、アルスがどんな決断をしようと、誰も文句は言えない。不満は出るだろうが、シングル魔法師の力と存在価値は絶大だ。それが二人分、一部隊に集まったとすれば、もはや誰も手出しはできない。

ただ、そうした政治的な配慮《はいりょ》は一切《いっさい》抜《ぬ》きで、レティはアルスに声を掛けている。要は何を望むか、どう生きたいのか、それを問われている、とアルスは感じた。

外の世界で生きていくには、欠かすことができないはずの仲間という存在。それを、レティは教えようとしているのかもしれない。自分達がずっと傍《そば》にいる、アルスの戦いと歩みを、支え続けると。

だが「ずっと」などないことを、アルスはすでに経験している。

昔ひと時のみ共に過ごした仲間の記憶が、まるで執拗《しつよう》な亡霊《ぼうれい》のように、頭の片隅《かたすみ》から出て行ってくれないことも知っている。

アルスは、これまでの軍人生活を通して――つまり彼にとっては、人生そのものを通して――不要なものは、常に切り捨ててきた。そうすることで命を繋いできたのだ。感情さえもその一つだ。

だが今、レティはアルスへと手を差し出している。

それは、魔法師にしては綺麗な手だった。

一人で在り続けることの限界は、アルスも知っているつもりだ。だが、未《いま》だその限界は見えていないことも確か。必要か不要かで言えば……きっと、不要なのだろう。いつかは死ななければならないのだから。外界は常に「余生」でしかない。

一瞬、アルスの中でまた繰《く》り返すのか、という自問が生まれた。また同じように人が死んでいくのを、黙って見ているだけの日々が続くのだろうか。

いくら助けてやっても、また同じ場面が繰り返される。そうしていつしか面倒《めんどう》になってくるのだ――要《い》らなくなってくるのだ。

けれども、今回は違うのかもしれない。いつか必ずやってくるであろうその場面において、仲間さえいれば、互いの背中をかばい合い、補い合うことができるかもしれない。

そんな光景も良いのだろう。戦い疲れて内地に引っ込んでいても、外に連れ出される口実はいくらでもある。学院に入って一年にも満たない間に、アルスは何度外界へと駆り出《だ》されたことか。

体《てい》の良い理由とともに、自分で自分を騙《だま》した末に、本質的には以前と何も変わらない状《じょう》況《きょう》にある。隠居《いんきょ》などといくら口先で言っても、本音では、単に自分が居ても良い場所を欲しているだけなのかもしれない。そこには第1位の栄誉《えいよ》も最強の肩書《かたがき》もなく、ただ一人の人間としてのアルスがいるはず。そんな場所を追い求めてきたつもりだ。

そんな好きに暮らせる場所で、ただ好きなように生きたい。ただそれだけの願いなのだ。肩書など、いや、名前すらも置き去りにして……。

そのくせに欲求だけは、人一倍強いことも自覚の上だ。外界の更《さら》なるその先を見てみたいとも思っている。

だからレティの手は、その願いを叶《かな》えてくれるものなのかもしれない。そしていつかは戦いの日々からも解放されるだろう。そう、魔物をこの地上から一掃《いっそう》すれば……いや。

（それは無い、か。魔物を一掃できたとしても争いが絶えることはない。いつの世も殺しの術は重宝されるもんだ）

アルスは自嘲《じちょう》気味に笑うと、あと少しだけ沈思《ちんし》黙考《もっこう》し……やがて、レティが差し出す手へと、そっと自らの手を伸ばした。

この手を取ればまた、戦いの日々が始まる。しかしそれは、アルスが過去経験してきたものとは、全く異なったものになるはずだ。

そう、きっと今とは異なる未来が……。

だが。

その甘美《かんび》さを湛《たた》えた未来、しなやかで美しい指に触れる直前で、アルスの手は、静かに動きを止めた。

「……パスだ。まだ、やり残したことがあるからな」

それは、体の良い理由を、自分の中ででっちあげたというに過ぎなかったかもしれない。

だがレティは、微笑《ほほえ》みとともに黙って受け入れ、そっと自らの手を引っ込めた。

「学院、っすか」

「………………」

アルスは無言という答えを返す。そこに本当にやり残したこと、やるべきことがあるのか、アルス自身にも分からない。テスフィアやアリスの面倒を見るのを投げ出すのだから、確かにやり残すことにはなるのだろうが。

そんなアルスの、押し黙ったままの顔を見つめながら。

レティは学院そのもの、その場こそが、アルスにとって大きな意味をもたらす場所なのだ、と敏感《びんかん》に感じ取っていた。

ロキもまた、同様だった。

アルスは学院に来てから、随分《ずいぶん》と変わった。善《よ》し悪《あ》しはあるが、とにかく以前と全く同じではない。もしかしたら、人はそれを成長と呼ぶのかもしれない。

そういう意味では、次々と降りかかる厄介事《やっかいごと》もまた、アルスが事あるごとに愚痴《ぐち》るほどには、無価値なものではないのかもしれなかった。

「ま、残念っすけど、何となく分かってたんすよね。だから本当は、言うつもりなかったんすよ」

やれやれ、といった調子で愚痴るレティ。ただそれでも、機会は逃《のが》したくなかった、ということなのだろう。彼との外界での共同作戦、というこれまでにない好機を。

きっと、彼女もまた傍でアルスという人物を、その変化を直に感じたい一人なのだ。だからこそ、断られると半ば予想しつつも、そうせざるを得なかった。

しかし、隠しきれない動揺《どうよう》がレティの顔に浮かんでいることもまた、事実だった。

レティは――彼女の中では、実は結果は予想できていた。断られると分かっていたはずなのに、想像以上に落ち込んでいる自分に、彼女は気づいた。そんな内心の揺《ゆ》れ動《うご》きを、あえて気楽な物言《スタンス》いで隠すかのように。

「まあ、ホントに行く場所に困ったらうちに来るといっすよ。いつだって、ずっとずっと、待ってるっすから」

片手で髪を掻《か》き上げつつ、レティは、どこか儚《はかな》いような笑みを向ける。本気の感謝と未来への期待、微かな後悔《こうかい》に加え、どこかで妙《みよう》な安堵《あんど》にも似た気持ちを抱《いだ》きながら。

「あぁ、短い間だったが、世話になっ……いや、世話してやったのか」

冗談《じようだん》混じりのそんな返答に、レティは破顔一笑《はがんいつしよう》して「なにをぉっ！」とアルスの肩を掴《つか》む。そして強引《ごういん》に、こちらに背中を向けさせて。

そして、彼女は背後からそっと抱擁《ほうよう》する。

耳元で囁《ささや》かれる小声は、果たしてアルス以外の耳に届くことがあったのか。

「ホント、世話になっちゃったすね。……それにしても、こんなことなら学院に入る前に誘っておけば良かったすね。まぁ、今が良いのなら、それが一番なんすけど」

心に沁《し》み入《い》るような優しげな声を耳に受け、アルスは視線を少し上げ、何もない大空を望む。彼女が言うように学院に入る前、だったなら……。

そんな〝もしも〟はあり得たのだろうと、アルスも思う。同時に改めて、彼女から声をかけられたことで、自分の過去が、積み重ねてきた無数の行為《こうい》が、少し報《むく》われた気がした。

間違いだらけの泥濘《でいねい》にまみれた日々の中、僅《わず》かでも誰《だれ》かが肯定《こうてい》してくれるなら、まだアルスはこの世界を……軍を離れるわけにはいかないのかもしれない。

何よりも、アルスは彼女のことが嫌《きら》いではないのだから。

「ロキちゃんにも、随分《ずいぶん》助けられたっすね。こうなったら、ロキちゃんだけでも残ってくれて良いんっすよ？」

冗談めかしてではあるが、きちんと差し伸べられた手。それは、ロキが魔法師として認められた証《あかし》でもある。アルスと並《なら》び称《しょう》されるシングル魔法師の彼女《レティ》に、だ。

しかし、

「恐縮《きょうしゅく》ですが……いえ、レティ様、ありがとうございます。ですが、私はアルス様と、どこまでも一緒です」

そのはっきりとした言葉は、いっそ清々《すがすが》しいほどだ。

「そうっすね。それが良いっす」

すみません、と改めて深々と頭を下げるロキに、レティは苦笑を挟《はさ》み。

「でも、外界《こ こ》は案外狭《せま》い世界っすから、いずれまた、いつか……。そうそう、今度会う時には、ちゃんと〝お姉ちゃん〟って、呼んでくれていいっすからね？」

唐突に学院での茶番劇の一幕を持ち出したレティに、ロキは慌てて口の前で指を一本立てた。

女性同士、ならではの空気感。男であるアルスが、口を挟むのすら躊躇《ためら》われる独特の雰囲気。少なくともこの任務を経て、二人の関係はまた一層、深まったらしかった。


アルスとロキが、人が唯一《ゆいいつ》住める世界――内地へと引き返していくのを見送ったレティは、がくりと肩を落とした。

「ははっ、振られちゃいましたね、隊長」

ムジェルが、慰《なぐさ》めるかのようにそんな言葉をかける。努めて明るい口調だが、いかにも取ってつけたような雰囲気があるのは、そもそも彼のキャラクターに似合わないからか。

逆に感情を逆撫《さかな》でするかもしれなかったが、ムジェルとしては、そのリスクを負ってもなお、という健気《けなげ》な忠誠心ゆえの言動だ。

彼だけでなく隊員達もまた、部隊結成時からずっと、彼女がそれを夢見ていたのを知っている。アルスを部隊に引き入れ、共に肩《かた》を並べて戦うという夢を。

それは可能か不可能かで言えば、限りなく不可能に近い。

いわば、レティの個人的な我儘《わがまま》である。

それでも我を通したいという彼女の想《おも》いは、魔法師として経験を積めば積むほどに、皆《みな》が理解できるようになっていた。

シングル魔法師は、軍部でも戦闘力《せんとうりょく》として特に重要な国家の要《かなめ》だ。だからこそ、柵《しがらみ》が生まれる。政治的事情が、嫌《いや》でもその足に絡《から》みつく。

力を手に入れることに付いて回る窮屈《きゅうくつ》さは、彼らが実際に、シングル魔法師であるレティと共に過ごす中でしか、知りようがないものだった。だからこそ、皆アルスへの入隊にも好意的なのだ。アルスとレティ、両雄《りょうゆう》が並び立てば、互《たが》いが互いを精神的に支え合うことができる。そしてこの部隊の居心地《いごこち》は、シングル魔法師にとっては、きっとそう悪くないはず……。

デミ・アズール戦を経て、皆が一層、その思いを強くしたとさえいえる。

「ま、いいんすよ。その内来てくれるなら……いや、やっぱ来ない方が、アルくんにとってはいいんすかね～」

「どっちですか！」

覚悟していた鉄槌《てっつい》も落とされず、意外にレティが冷静だったせいか、呆れたようにムジエルが発した。そんな突っ込みを他所に、レティは曖昧に笑っただけだ。

実際、表向きのことだけでなく、部隊にアルスを迎《むか》える準備はすでに整っていた。しかし、同時にここは、アルスにとって最後の砦《とりで》なのかもしれない、とレティは考えている。だからこそ、軍部でアルスの退役の噂《うわさ》が流れ出した時は、好機だとも思ったのだ。そこまで来てしまったのならば、是《ぜ》が非《ひ》でも彼を引っ張ってこようと、動きもした。

しかし話を聞けば、アルスは学院に入ったという。そこでレティは一旦《いったん》様子見のために、彼の積極的な勧誘《かんゆう》は、保留にしたのだ。

結果としてそれが良い方向に働いているのなら、今更彼《いまさらかれ》を、あえて自分の部隊に入れる必要はないのかもしれない。ただ、私情を言えば……。

「なんか、取り返しのつかないものを逃《に》がした気分っすね。大損した、というか」

あ～あ、とレティは頭の後ろで手を組みながら、身体ごと振《ふ》り返《かえ》る。その足が向く先には、奪還《だっかん》したばかりのバナリスの大地が、広がっている。

「なんですか、それ。損というより、今回は大助かりじゃないっすか。今思えば、あと半年以上は、この任務に費《つい》やすハメになってたかもしれないんですぜ」

サジークにしては至ってまともな指摘《してき》ではある。しかし、レティの見方では、その認識《にんしき》は甘いと言わざるを得ない。

「馬鹿《ばか》っすね。半年程度じゃ多分無理だったっすよ。せいぜい死ななくて良かったすね、サジークくん」

耳慣れない呼び方に、サジークは、相棒が回避《かいひ》したレティの逆鱗《げきりん》に、今度は自分が触《ふ》れてしまったかと一瞬《いっしゅん》で身体を強張《こわば》らせたが、レティは彼に怒《いか》りの鉄槌を落とすこともなく、ぶらぶらと歩き始めた。

彼女の頭の中では、すでに次の段階へ向けた、様々な思考が始まっていたのだ。

こうして振り返れば、今回の任務は不可解なことだらけだ。魔物《まもの》の急速な世代交代ともいえる高レートの連続出現に加え、遠距離《えんきより》から魔法を放つ、上位種らしい角を持つレフキスの存在。また、魔物が高度な連携《れんけい》を行うという事態も、これまであまり見なかったケースだ。さらに、それを統括《とうかつ》していたのが、本来支配級であろう魔物・シェムアザではなくオグマだったことも、異常ぶりに拍車《はくしゃ》を掛《か》けていた。いや、寧《むし》ろ本当にオグマが操《あやつ》っていたのかも、今となっては怪《あや》しい。あの男の存在が、レティの思考に暗雲を垂らしているのは間違いなかった。

複雑すぎる諸要素を比べ合わせ、あれこれと考え込んだ挙句、頭が沸騰《ふっとう》しそうになる。一瞬だけ唸《うな》ったあと、レティはすぐに頭《かぶり》を振って、面倒事をまとめて吹《ふ》き飛《と》ばした。

「まあ、今はここの整備と引《ひ》き継《つ》ぎの準備が最優先っすね。サジークは報告書作成と外周区の掃除《そうじ》、ムジェルは地図の更新《こうしん》と引き継ぎに必要な資料を作っておくこと」

サジークとムジェルは二人同時に、踏《ふ》んだ地雷《じらい》が遅延型《ちえんがた》だったことを思い知らされた。

せめてもう一晩休息を、という彼らの懇願《こんがん》は、いとも無慈悲《むじひ》に撥《は》ね除《の》けられるのであった。

その後、レティの許《もと》に不吉《ふきつ》な一報が入るのは、少し先のことだ。

あの雪山の頂近く、回収に送り込まれた隊員達から、それは届けられた。

獲物《えもの》を漁《あさ》る魔物の姿もすでに消えたはずの一帯……具体的にはそこからの、ある物に関する報告である。

アルスが殺した〝雪の男〟の死体、その消失を知らせる一報が……。

第59章「過去の匂い」

アルスとロキがバナリスを出て、もう一時間程《ほど》が経《た》つ。

行きの移動中にレティが言っていたように、この辺りはすでに、内地と同程度の気温になっていた。もともと外界の自然は日々変化するのが常。だからこそ、その地で生きるものは魔物も含《ふく》め、適応と進化を急速に繰り返していくのだ。いずれにせよ、過ごしやすい気温であるのは助かる。

行きはかなりの強行軍だったのは確かだが、かといって帰りにゆっくりできるかと言えば、そうではない。魔物の世界にとって、所詮《しょせん》人間は余所者《よそもの》。それが憎《にく》まれ排斥《はいせき》されるのは、どこの世界であろうと変わりはない。ただ人間の世界と違って、容赦《ようしゃ》なき排斥者である魔物には、対話する意思も高度な政治的交渉《こうしょう》も通用しない、というだけだ。

ただこの辺りに魔物がいないことは確認《かくにん》済みであったため、比較的《ひかくてき》今は、一息つける夕イミングではある。

これまでアルスとロキの間には、ごく最低限の会話しか交わされていなかった——外界では、さすがに二人での行軍中に無駄話《むだばなし》をするほど、気は抜《ぬ》けないせいもある。

しかしそこは一匹狼《いっぴきおおかみ》のアルスだ、沈黙《ちんもく》だけが何時間続こうとさほど気にするわけもない。

現在はアルスが先頭を走り、魔物との遭遇《そうぐう》がいつ起きても対処できるように、独自の配置で移動中だ。

それでも沈黙は、自然とアルスに、より深い思考を促す。〝雪の男〟の正体についてのあれこれの推測や、彼が使った魔法についてもその一つ……氷の刀を己の精神のみで操るあの術について、アルスは改めて考察していた。いや、本当は考察する必要などないのかもしれない。あの魔法を見た瞬間《しゅんかん》、悟《さと》ったことがある。

それは、アルスが理論を確立させ技術的にも完成させるべく、現在進行形であれこれ練っている種類の魔法でもあったのだから。

ただ、それは己のための魔法でない上に、今は魔法の構成を作り上げる段階で、まだ完成と呼べるには至っていない。

（あの魔法は、位置情報などを必要とする基礎《きそ》部分においては、【永久氷塊凍刃《ゼペル》】と同じ……）

おそらくロキも、もう気づいている。そして、彼女が当然連想したであろう人物は、奇《く》しくもアルスが思《おも》い浮《う》かべたのと同じであるはずだ。

禁忌《きんき》とされる魔法についても、アルスは場合によっては国家機密すら閲覧《えつらん》できるシングル魔法師の特権を利用し、誰よりも多くの知識を詰《つ》め込んでいる。

もちろん知らない魔法があったとしても不思議ではないが、基本的な理論やベースとなった魔法が想像できない、ということはそうそうない。何故《なぜ》ならば今の魔法学において、一から完全なオリジナルを作り上げるのが容易ではないからだ。

しかし、例外は世の中にいくらでも存在する。とりわけ貴族や特権階級ならば、己の家系独自の魔法を考案した上で、それを家伝として秘匿《ひとく》してしまうことも珍《めずら》しくはない。

それは、いわゆる武道における「流派とその奥義《おうぎ》」のようなものだ。

そんな風に生まれた独自の魔法は、同じ家系の中でのみ伝えられ、代々守られていくことが多い。新たな魔法を『魔法大全』へ収録することは、人類への大きな貢献《こうけん》であり名誉《めいよ》でもあるのだが、魔法師の価値が高いこの世界では、家柄《いえがら》独自の魔法を秘密の切り札として持っておくことは、貴族としての階位を守ることにも繋がる。

ふぅーとアルスは、そこで一旦思考を切るように、細い息を吐いた。

あの魔法のことにあまり深入りすると、結果的に貴族のゴタゴタに巻き込まれかねない、と判断してのことだ。アルスとしては、全く良い印象のない貴族社会の面倒事に、自ら首を突っ込む価値など皆無《かいむ》だったのだ。

少しの間考えに耽《ふけ》っていたアルスは、ふと肩越《かたご》しにロキを確認した。

「……!!」

アルスは自責の念を込めて、心中で迂闊《うかつ》だったと舌打ちをする。

減速して静止すると、少し経ってからロキが追いついてきて、小首を傾《かし》げつつ、質問を投げかけてくる。

「アルス様、どうかされましたか」

そんな彼女の火照《ほて》った身体を冷やそうとするかのように、アルスの手が、少し強めに銀《ぎん》髪《ぱつ》の頭に乗せられる。

「いや、早く気づけて良かった、と思ってな」

アルスはしゃがみ込むと、ロキの足を詳細《しょうさい》に調べた。

アルスとて専門家ではないが、ロキに施《ほどこ》されたはずの治癒魔法《ちゆまほう》による回復は、予想外に進んでいないようだった。いや、寧ろ治癒魔法では限界だったのだ。

本来、彼女が負った怪我《けが》は、数週間かけて治さなければならないくらいの重症《じゅうしょう》だ。バナリスを発《た》つにはまだ少し早く、ムジェルと一緒にベッドで寝《ね》ているべきだったのだろう。

そんなアルスの眉《まゆ》を寄せた顔を見て、ロキは硬い顔ではっきりと意思表示をする。

「問題ありません。高レートとの戦闘《せんとう》でもない限りは、影響《えいきょう》はないです！」

このままでは、一人バナリスに置いていかれると思ったのか、ロキは必死にそう主張した。安静のためにバナリスで療養《りょうよう》するなど、論外である。アルスの行動を制限することは絶対に避《さ》けたいし、本音を言えば、片時も傍を離れたくない。

半ば我儘にも似た気持ちを正当化するための言葉を探すも、ロキがどんなに言《い》い募《つの》ったところで、説得力など微塵《みじん》も出せそうになかった。

「少し座《すわ》れ」と言われるがままに、ロキは手近な木の根に腰《こし》を下ろさせられる。さらにブーツも脱《ぬ》がされて、包帯で巻かれた足が露《あら》わになった。

アルスはその足を、じっと観察した。

ここでは正確な判断までは難しいが、少なくともその足の状態は、アルスの目には芳《かんば》しくないように映った。他に怪我をしている箇所《かしょ》はいくつもあるが、取り分け内地に帰還《きかん》中の今は、足が問題だった。【フォース】が身体に与《あた》える負荷《ふか》は、外からはどうにも分かりづらいところがある。術者本人でさえ、知らぬ間に限界を超《こ》えてしまっていることがあるくらいなのだ。

「一先《ひとま》ず、大丈夫《だいじょうぶ》そうか」

「心配し過ぎです！　あと、くすぐったいのであまり……その、ですね」

「いや、ペースは落とそう。帰ってもすぐに病室行きは嫌だろ？」

内地の軍医や治癒魔法師に改めて診《み》せるにしても、この移動速度をずっと維持《いじ》し続ければ、ロキの足に、さらに深刻なダメージを残してしまうかもしれない。

「さて、と」

「何をしているんですか？　アルス様」

「ん？　最大の功労者を負傷させたままってのは、忍《しの》びないんでな」

アルスはロキの目の前で背中を向けてしゃがんだ。膝《ひざ》を地面に付けて、腕《うで》を腰に回す。

その体勢は、わざわざ言わずとも、誰でも一目見ればわかるものだった。

所謂《いわゆる》、おんぶである。

「いえ、功労者だなんて……私は何も」

「そうか？　隊長のレティも認めてたくらいだ。誰も異論はないだろ」

ロキの英断。〝雪の男〟を見つけ、魔法を解かせた上に時間を稼《かせ》いだことは、シェムザ討伐《とうばつ》に貢献したといえよう。寧ろ彼女の行動がなければ、未だこうして帰路に就《つ》けてすらいなかった可能性は高い。〝雪〟による妨害《ぼうがい》で、後数日は、討伐に要する期間が延びたはずだ。

いち早く、〝魔物以外の異様な存在〟に気づいた洞察力《どうさつりょく》は称賛に値《あたい》する。

「バナリスに引き返すかそれとも俺《おれ》に背負われるか、どっちかを選べ。学院のことはベリックと理事長がなんとかしてくれるだろうから、バナリスで何日か療養しても問題ないぞ」

二択《たく》を迫《せま》られたロキは、実質的には一択である、とばかり不服そうな顔をする。無論、正面を向いているアルスから見られることはなかったが。

ロキは早々に諦《あきら》めたように、一つ溜《た》め息《いき》をついた。それから、ふとあることに気づいて、アルスに見られないようそっと頬《ほお》を緩《ゆる》める。そう、あの頃《ころ》のようだと思ってしまったのは秘密。

初めて彼との繋がりができた、魔法師育成プログラム。最初の任務で助けてもらった時と同じだ。あの時は泣いてばかりで、恥ずかしいところを見せてしまった。

ロキは、一度頭に乗せてもらった手の温《ぬく》もりに浸《ひた》るように、自らの頭に手を乗せる。まだ優《やさ》しく髪《かみ》に触れられた温もりが、残っているような気がした。これもあの頃と同じ温かいものだ。彼女は口元を朗《ほが》らかな笑《え》みで彩《いろど》ると、恐《おそ》る恐るその背中に、体重を乗せる。ちょこんと手を肩に乗せて、あの頃と体重差を感じさせまいとするかのように、丁寧《ていねい》に身体を預けた。

僅かにアルスの足が撓《たわ》み、彼はその反動を使って、何気なく身体を持ち上げようとするが。

「ん？」

「……‼」

ロキも成長しているので、昔と比べると重くなっていて当たり前だ。だが、そこは乙女《おとめ》心《ごころ》というものである。

「あっ！　重いようなら、AWRを置いていきましょう！　結構な本数、持っていますので」

先手を打ってロキは慌《あわ》てて、そう提案する。

ここでアルスから、重くなったなどという無粋《ぶすい》な言葉が出るようならば、ロキは真っ赤な顔で、バナリスへ引き返す提案をしたかもしれない。

「いや、そこまでする必要はないし、重たくもない……それより、きちんと首に手を回した方がいいぞ」

「そ、そうです、よね」

すでに密着しているのだが、ロキはそれでも手の置き場に困ったように、どこか遠慮《えんりょ》がちにしかアルスの肩に掴まっていなかったのだ。確かにこれならば、何かあれば振り落《お》とされてしまうかもしれない。

自ら墓穴《ぼけつ》を掘《ほ》った形のロキだったが、ここで話題を戻《もど》すようなヘマはしなかった。

「じゃ、行くか」

だが、走り出したアルスは、内心でやや気まずさを覚えていた。

危《あや》うく口に出しそうになったが、確かに昔と違う点はある。

体重ではない、背中に当たる二つの感触《かんしょく》だ。ただ実際に口に出せば、要らぬ火種となりかねないし、これは仕方のないことで、いわゆる不可抗力《ふかこうりょく》だろう。

アルスは努めてそれを、意識の内から弾《はじ》き出すことにした。

女性の身体、特にその胸周辺のことについて、男のアルスがとやかく言うのはデリカシーに欠ける——具体的にはいつだったか、とりあえず学院に入ってから、彼《かれ》が覚えたことの一つだ。

数歩足を運んだ時には、アルスの感覚はもう、いつもの研《と》ぎ澄《す》まされたものに変わった。人を一人背負って走るとなれば、それなりに速度も落ちる。体力的にも、さすがにアルスであろうと、この状態でずっと走り続けることは不可能だ。

生半可な鍛《きた》え方《かた》をしていないとはいえ、アルファまでずっとおんぶというわけにはいかない。せいぜいロキの怪我の具合がある程度落ち着くか、外界で特に危険な地帯を、ある程度抜け切るまでの間。

最後には、ロキの足を考慮《こうりょ》しながらの帰路になるだろう。

しばらくの間、二人の間に沈黙の時間が流れた。

やがてようやく落ち着いたのか、その間を打ち破るかのようにロキが口を開いた。その言葉は静かに、走るアルスの後方に流れていく風と景色に溶《と》けるかのように、小さく紡がれた。

「何故《なぜ》、レティ様の誘《さそ》いを、お断りになられたのですか？」

耳元で囁かれた疑問。

ただ、結局アルスがどちらを選んでいても、ロキは同じ質問をしただろう。アルスの考えを知るための質問だった。

レティの誘いは、アルスにとっては、確実に利があるものだったはず。

単に力ある魔法師としてだけではない、アルス個人をきちんと受け入れ、理解した上で、レティは声をかけてくれた。いわば最初はそのために部隊を作ったのだと、そのために軍の意向ですらひっくり返す覚悟だと、明快に示した。

一人で戦い続けてきたアルスにとって、どうやろうと結局、逃げ場《ば》などないことをロキも思い知っている。結局アルスは戦場に駆り出されてしまう。彼の意思もあるとはいえ、傍で仕える身としては、面白《おもしろ》いはずがない。またしても、という思いは常に絶えない。任務のたびに、アルスは死地へ送り出されることになるのだから。どれほど危険な綱渡《つなわた》りをさせ続けるつもりなのか、とロキは常に憤《いきどお》りを感じている。

尋常《じんじょう》ならざる強さと実力を誇《ほこ》るアルスだが、その生命はやはり、一つしかないのだから。

アルスが自由を手に入れるためならば、ロキは軍など、いっそ壊滅《かいめつ》しても良いとさえ思っている。でも、現実は違《ちが》う。叶わない理想を追い求めるより、あえて足を止め、現実を見るならば……軍という頸木《くびき》から逃れられないというのならば、アルスはやはり、彼の理解者かつ、戦場でも頼《たよ》りがいのある実力者とともにあるのが、最善なのかもしれない。

レティがその人物であることには、ロキもすでに異論はない。

だから……。

「やり残し、とはやっぱり、あの二人のことなのですか。でしたら……」

そんなことなど、まるで気にする必要はない。絶対にありえないことだ、彼女達《かのじょたち》がアルスを縛《しば》るなど、馬鹿馬鹿《ばかばか》しすぎて一考にすら値しない。いくらアルスが途中《とちゅう》で投げ出すのを嫌ったとしても、ロキには納得《なっとく》できない。

「ま、それもあるが、理由の一つにしかならない」

「でしたらなぜ……！」

無意識のうちにロキの声音《こわね》は、少しだけ強いものに変わっていた。何故だか、彼女自身分からない。アルスがどちらを選んでも、おそらくロキにとっては喜ばしいことだったから。少なくともあの場では、そうだった……アルスがレティの部隊へ加わっても、勧誘を断り学院に残ったとしても。

直後、ロキは慌てたように付け加える。

「すみません。出過ぎた真似《まね》でした」

「……そうだな」

アルスの言葉を受け、ロキは思わず小さく肩を震《ふる》わせた。近くなったのは距離《きょり》であり関係性ではないと、改めて思い知る。まさに、分を越えてしまった己《おのれ》の発言に、身が縮こまる思いだ。さっきの質問も元はといえば、アルスの心の内を知りたかったからだ。しかし、彼のことならなんでも知りたい、などという欲求は、身勝手極《きわ》まりないもの。

そんな忸怩《じくじ》たるロキの内心をまるで気にもしない様子で、アルスは改めて繰り返した。

「そうだな、俺にもよく分からないんだ。ただ、やはり……以前とは違う。単にそう思ってるだけというつもりなんだが。フッ、自分のことなのに、分からんもんだな」

改めて思い起こしてみれば、レティの前で言った言葉は嘘《うそ》ではない、と感じる。が、全《すべ》てでもないのだろう。

そんな様子を見て、ロキは直感した。

アルス自身すら分からぬ混沌《こんとん》とした心、その内なる鍵《かぎ》について。それはおそらく、今ではない過去にある。

それを悟った瞬間、彼女はここで出過ぎた真似として踏み留《とど》まらず、あえて一歩踏み込

むことを決める。

大きな勇気を持って、彼女はその決断を行った。

自分の欲求を満たすためだけではなく、アルスが己の内心を探《さぐ》る手助けをするかのように……自然と唇《くちびる》から、言葉が溢《こぼ》れ落ちる。

「アルス様、よかったら聞かせてくれませんか？　私が聞いたとしても、何にもならないかもしれませんが、それでも、教えて欲《ほ》しいのです。アルス様のことを……昔のことを、お辛《つら》かったことを」

真っすぐな視線でアルスの黒い瞳《ひとみ》の奥《おく》、秘《ひ》められているであろう過去を見つめて、ロキは続ける。

「多分今、誰かにそれをお話しになることが、かえって手がかりになります。アルス様が、ご自身のお心をよりよく知るための……」

アルスはその言葉を、黙《だま》って受け止めた。それから一拍《ぱく》ほど間を置いて。

「つまらない話だ……俺が昔、ヴィザイスト卿の下《もと》で部隊に入っていたことは？」

「はい、聞き齧《かじ》り程度ではありますが、経歴としては知っています」

その後、どうなったのか、何があったのか。ロキが知っているのは「最初と最後」だけだ。アルスの入隊と、部隊の解散。その間にある出来事については、全くの白紙。

任務中ルイスから聞いた、かつてのアルスの話は、胸がほんのり温まるような微笑ましい逸話ばかりだった。だがルイスが語ったのは、恐らく彼女なりに選別した内容のみ。現実は、それだけではなかったはずだ。それこそ、九割九分を占める「最悪」の中に、一分程度の「ささやかな日常」があった、というだけに過ぎないのだろうから。

そう、アルスは昔、一度だけヴィザイスト――フェリネラの父――が隊長を務める部隊に入り、そこで仲間と一緒《いっしょ》の時間を過ごしたことがある。彼の参加によって部隊の戦力は飛躍的《ひやくてき》に向上し、以降はほぼ、任務達成率100%を誇るほどの成果を上げたというが。

「確か、その部隊の名は……特殊魔攻部隊、通称《つうしょう》〝特隊〟」

「そこまで知っていたのか」

アルスの声が、どこか己の詮索《せんさく》を咎《とが》めているように聞こえ、ロキは素直《すなお》に頷《うなず》くことができなかった。記憶《きおく》が正しければ、その部隊が解散して以降、アルスは部隊に所属したことはおろか、正式なパートナーを持ったことすらない。何かの作戦に臨時的に組み込まれることはあっても、大半は単独行動を取っている。

「そのことが、レティ様のお誘いを断られた原因……いいえ、理由なのですか」

「どうだろう。あれは俺にとって苦い記憶だ。未だに足を引っ張られることさえある……あの日のことを忘れたことは一度もないからな。そう、仲間なんていらない、その証明がなされた日だった」

最後の言葉は、どうにも抑揚《よくよう》の乏《とぼ》しい、単調な響《ひび》きを伴《ともな》って聞こえた。

ロキはその一言一言を受け止めるように、そっと瞼《まぶた》を閉じる。彼がそこで何を感じ、心に消えない傷を、決意の証とでもいうように刻み込んだのか。

せめて同じ痛みを感じたいと思い、ロキはそっと、その頬を擦《す》り寄《よ》せるように、大きな背中に触れさせた。

その背中は、確かな人肌《ひとはだ》の温度を伝えてくる……だがロキはともかく、アルス自身には、そうは思えない。

どこまでいっても自分は、人としての温かみを捨てた人間だ。しかし、そこには冷たさなりの温度があるのも確かだ。だがそれとて、アルスが思うには、いわば余熱のようなもの。その元になった最後のぬくもりは、冷たく閉ざされた過去の扉《とびら》の向こうに、今も封《ふう》じられたまま。

アルスは、押《お》し黙ったまま己の内心を探る。扉を開け放つべきか、そうせざるべきか、迷いを抱《かか》えたまま、恐る恐る手を伸《の》ばす。

それから、銀髪の少女の頬のぬくもりをふとその背に感じ……ようやく追憶《ついおく》のノブに手が掛かった。数年ぶりに、錆《さ》びついたその重いノブに。

それはロキも知らない、誰も知らないアルスの話。軍で育った、軍と外の世界しか知らないが故《ゆえ》に、壊《こわ》れてしまった少年の話だ。

あとがき

The Greatest Magicmaster's Retirement Plan

「最強魔法師の隠遁計画　10」をお手に取ってくださり誠にありがとうございます、イズシロです。今巻は前の九巻から引き続き、完全書き下ろしストーリーとなっておりますが、いかがでしたでしょうか。

外界の話で、ここまで大ボリュームになったのは初めてです。WEB版本編から少し離れてサブストーリーっぽく、という形で書き始めたのが、ちょうど一昨年ぐらいのこと。……今となってはもはや遠い幻だったような気さえします。おかげさまで「バナリス」編、好評いただけているようで、著者としてもほっとしております。もちろん、この巻で明かしきれなかったり回収しきれなかった部分は次巻で、と思っておりますので、是非、ご期待いただければと！

さて、ここからは恒例の謝辞をば。

年末年始も辛抱強く作業にお付き合いいただきました編集様、ご助言・ご指摘をいただき、誠にありがとうございます。ミユキルリア先生、多忙な中、心躍るイラストを描いてくださりありがとうございます。キャラに魂を吹き込んでいただいた感動は、巻数を重ねるごとに強くなるばかりです。

そして読者の皆様にも、最大の感謝を。シリーズもついに10巻という節目まで支えていただき、どうもありがとうございます。そして本年も、ますます面白い物語を目指して精進していきたく思いますので、ＷＥＢ版ともども、「最強魔法師の隠遁計画」を、どうかよろしくお願いいたします。

HJ文庫 http://www.hobbyjapan.co.jp/hjbunko/
860

最強魔法師の隠遁計画 10

2020年2月1日　初版発行

著者――イズシロ

発行者―松下大介
発行所―株式会社ホビージャパン

〒151-0053
東京都渋谷区代々木2-15-8
電話　03(5304)7604（編集）
　　　03(5304)9112（営業）

印刷所――大日本印刷株式会社

装丁――AFTERGLOW／株式会社エストール

乱丁・落丁（本のページの順序の間違いや抜け落ち）は購入された店舗名を明記して
当社パブリッシングサービス課までお送りください。送料は当社負担でお取り替えいたします。
但し、古書店で購入したものについてはお取り替えできません。

禁無断転載・複製

定価はカバーに明記してあります。

©Izushiro

Printed in Japan

ISBN978-4-7986-2059-6　C0193

ファンレター、作品のご感想お待ちしております

〒151－0053　東京都渋谷区代々木2－15－8
(株)ホビージャパン HJ文庫編集部 気付
イズシロ 先生／ミユキルリア 先生

アンケートはWeb上にて受け付けております

https://questant.jp/q/hjbunko

- 一部対応していない端末があります。
- サイトへのアクセスにかかる通信費はご負担ください。
- 中学生以下の方は、保護者の了承を得てからご回答ください。
- ご回答頂けた方の中から抽選で毎月10名様に、HJ文庫オリジナルグッズをお贈りいたします。

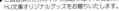